有财富的女人

You Caifu De Nüren

刘晓晖 著

APGTIME 时代出版
时代出版传媒股份有限公司
安徽文艺出版社

图书在版编目(CIP)数据

有财富的女人/刘晓晖著.—合肥:安徽文艺出版社,2017.5
ISBN 978-7-5396-6020-2

Ⅰ.①有… Ⅱ.①刘… Ⅲ.①散文集-中国-当代 ②随笔-作品集-中国-当代 Ⅳ.①I267

中国版本图书馆CIP数据核字(2017)第036316号

出 版 人:朱寒冬
责任编辑:刘姗姗 胡晓玲　　　　装帧设计:褚 琦

出版发行:时代出版传媒股份有限公司 www.press-mart.com
安徽文艺出版社 www.awpub.com
地　　址:合肥市翡翠路1118号 邮政编码:230071
营 销 部:(0551)63533889
印　　制:合肥创新印务有限公司 (0551)64456946

开本:880×1230 1/32 印张:11 字数:280千字
版次:2017年5月第1版 2017年5月第1次印刷
定价:32.00元

(如发现印装质量问题,影响阅读,请与出版社联系调换)

自序:女人的财富从何而来

刘晓晖

在这本书出版之前,我出过两本散文随笔集,分别是《有故事的女人》和《有智慧的女人》,加上这本《有财富的女人》,基本上构成了一个成熟女性的进阶过程。我希望读者朋友不要狭义地理解“财富”两字的含义。亦舒说过,一个女人,要有很多很多的爱,没有爱,要有很多很多的钱,以上两者都没有,有着健康,也是好的。所以爱、金钱、健康等等,都是女人拥有的宝贵财富。当一个女人超越了有故事、有智慧的层面,进入到对自身物质及精神财富的追求和积累的阶段时,静下心来读一读这本书,或许会有些不一样的收获。

《有财富的女人》是一本随笔评论集,绝大部分是我的阅读所得,也有部分娱评、时评,主要是关注了一些女性热点话题。这本书分为四辑,第一辑中既有对波伏娃、严幼韵、黄蕙兰等杰出女性传记作品的阅读心得,也有一些女性题材小说的书评,如海史密斯的《卡罗尔》、盛可以的《时间少女》等。在时代的大背景下，女性该选择怎样的人生道路？我把这些杰出女性的人生故事重新进行了一番梳理，让大家看到女性成长的诸多可能。

第二辑主要是娱评、时评，既有对娱乐圈女星感情生活的点评，也有对时下女性热点话题如二胎、早婚等现象的评论。一直以来我都希望女性在精神和物质方面能够保持独立，减少对男人的依赖，也呼吁社会各方关注女性的各种困境。这些文章都是我的一家之言，可能不够客观或者深刻，但希望能对女性自身的进步和发展有所帮助。

可能大部分人对财富的理解比较狭义，认为就是指金钱、股票、房产等。这样理解完全没有问题，这本书的第三辑就和财富积累密切相关。我曾在《南方日报》上写过一个名为“看得懂的财经书”的书评专栏，向读者介绍了一些投资理财方面的财经书籍。在财经媒体工作多年，我愿意把自己从工作与读书中获得的理财知识与大家分享，因此特意把与经济学相关的书评放在了这一辑里。

这几年，因为各种机缘巧合，我结识了一些写书的人、编书的人，常常能获赠他们所写、所编的书，每一本书都是他们心血的积累。我喜欢朋友们或编或写的这些书，因此给他们写了一些书评，集中放在了第四辑里。这些书有文学、历史、旅行、美食等题材,也有我非常喜欢的足球人物的传记。在我看来,朋友是女人重要的财富,朋友编写的书亦是。

因为与书的结缘,所以我把最近几年写下诸多和书相关的文字,结集成这本《有财富的女人》。有时候想想,读书真是世间最美妙的事情,书籍是人类进步的阶梯,更是女人不可或缺的精神财富。

女人的财富从何而来?我认为,投资可以带来财富,读书也能。

最后用本书中点题一文《有财富的女人》中的一段话结束这个自序:

《微笑依然》这本书讲述了达领小姐的毕生经历和达到成功的心路历程。她说,"爱是生命里最美好的礼物"。是的,爱是女人拥有的最大的财富。愿天下女性永远微笑,勇往直前。

辑二　两性乱弹

辑三　投资有道

辑四 书香闲趣

辑一　女性风范

女人并不是生就的，而宁可说是逐渐形成的。在生理、心理或经济上，没有任何命运能决定人类女性在社会上的表现形象。

——西蒙娜·德·波伏娃《第二性》

波伏娃：一个成为标本的女人

从1999年在青岛第一次读到波伏娃的《越洋情书》至今，十几年的岁月过去，其间我陆续读了她的《第二性》《女宾》等作品，直到最近读了《美丽与叛逆：波伏娃画传》《波伏娃：激荡的一生》这两本传记，波伏娃的形象才在我心目中渐渐变得完整了起来。《美丽与叛逆：波伏娃画传》的作者是钱秀中，这本书2005年出版，主要的参考书目是波伏娃的作品，特别是她足足有四大卷的回忆录。而《波伏娃：激荡的一生》的中译本于2009年出版，原著作者是法国人克洛德·弗朗西斯和弗朗德·贡地埃，“这部作品也是波伏娃生前唯一认可的传记，资料分别来自传主的作品、与传主的访谈对话录，尤其是晚近发现的多达一千六百多页的与美国情人艾格林的通信”。

我最早读的《越洋情书》就是波伏娃写给美国情人的书信集。不管是直接翻译外国人写的波伏娃传记，还是中国人根据波伏娃的翻译作品给她写传记，因为经过了一道翻译，人名的翻译就很难统一,除了波伏娃和萨特在世界哲学史、文学史上早已赫赫有名,连波伏娃的这位著名的美国情人在中国的译名都不一致,一本书叫奥尔格伦,另外一本叫艾格林。

“西蒙娜·德·波伏娃于1986年4月14日逝世。围绕着她的作品和生活,激情从来没有消退,聒噪之声从未停止”,《波伏娃:激荡的一生》一书以此句收尾。三十年过去,在我这个理科生看来,波伏娃已经成为女性世界的一个标本,浸泡在浩瀚文字的福尔马林里。作为一个女人,一个女作家,波伏娃的标本意义在于,“她不但出版了她所能保存的、获得的全部信件,她还给萨特写了口述整理的传记,自己又写了四本厚厚的自传”。波伏娃用巨量的文字保持了她一生的原貌,“借以提供作为展览、示范、教育、鉴定、考证及其他各种研究之用”。

很难想象假如萨特和波伏娃之间有一纸婚书,他们两人之间的关系该如何维持。“整整一个时代都在谈论波伏娃和萨特这对恋人,他们给这半个世纪留下了一种态度、一种生活方式、一种生存哲学”,他们都成了自己想成为的人:伟大的作家和哲学家。萨特并不认同一夫一妻制,他说:“在我们之间存在着无可取代的爱情,但是我们各自也会有些偶然发生的爱情。”波伏娃认同这种爱情,但她后来遇到的很多男人无法接受自己只是一段“偶然爱情”，她的美国情人艾格林就是如此。

大约是读《越洋情书》的先入为主，我非常喜欢书中那个柔软美丽的波伏娃，她深爱着自己的美国情人，但又不愿放弃和萨特的伙伴关系。她的矛盾、多情、才华和坚定在信中显露无遗，而在飞行技术尚不先进的年代，他们一次又一次的越洋相会总是充满了艰辛和危险。和美国作家艾格林的爱情是波伏娃感情生活里特别重要的一段，简单地说，就是一个不想结婚的女人碰到了一个特别想结婚的男人。“波伏娃和萨特都不想破坏彼此之间融洽的关系，事业对他们来说才是最为重要的。但是偶然的机会，他们俩都爱上了想要结婚的人。波伏娃后来曾力图建立一种跨越大西洋的关系，以调和她对萨特才智的喜爱和对尼尔森·艾格林的爱情这两者间的矛盾”。1947 年，39 岁的波伏娃与 39 岁的艾格林在纽约因电话结缘。艾格林是个高大英俊的男人，刚刚离婚，和萨特矮小的形象截然不同。而波伏娃自己承认，在 20 世纪 30 年代的时候，她和萨特就已经没有了性关系。艾格林和波伏娃恋爱之后希望能和她结婚，但是他完全搞不定这个女人，后来他和前妻复婚，又再离婚。这个两度结婚两度离婚的男人和波伏娃保持了多年的通信关系。波伏娃的小说《达官贵人》讲述的就是自己和艾格林的爱情，“她把这份不愿意自我消亡的爱情转变成文学作品,才终于得到了解脱”。但这本书的出版却让艾格林大发雷霆:“天哪,她是不是记下了我们做爱时的全部细节?”

萨特一生中说过多次,波伏娃身上最奇特的就是她有着男人的智慧和女人的多愁善感,她是情人又是朋友,更是终身伴侣。在他们两人一生的关系中,经常出现“三重奏”和“四重奏”。波伏娃和艾格林恋爱期间,萨特也有一段和美国女演员的爱情,这算是“四重奏”,另外一段著名的“三重奏”则被波伏娃写成了小说《女宾》。坦率地说,我喜欢那个写哲学著作《第二性》的波伏娃,不那么喜欢写小说《女宾》的波伏娃。奥尔加是波伏娃的学生,后来成了萨特的情人,和萨特及波伏娃组成了三人组合。萨特非常喜欢奥尔加,而奥尔加则爱波伏娃胜过爱萨特。这段三人关系当然没能持续到底,奥尔加后来和博斯特结婚,“三人奏”变成了“四人奏”,四个人关系良好。博斯特成了波伏娃的情人,关系长达十年之久,直到她遇到艾格林才中断。我认为波伏娃有着惊人的情商,这个一生不结婚的女人,在萨特这个终身伴侣之外有无数情人,她既能做到不和想结婚的男人结婚,又能做到不让不想离婚的男人离婚。波伏娃还能让很多女性爱上自己,虽然她在回忆录里一直否认自己是双性恋者,令人惊奇的是,“每当有一个非常年轻的女孩对波伏娃产生了爱慕之情,萨特就会想着追求这个女孩,不征服她决不罢休”。波伏娃在《第二性》中展示了女性的性欲是何等复杂,“而多亏了她和萨特的关系,她也观察到男性性欲的复杂性”。

波伏娃一生中最后一段刻骨铭心的爱情发生在她44岁时,“波伏娃和一个小她17岁的伙伴开始了一种新的生活,这似乎是这个年纪的男人才有的特权”。波伏娃一直和萨特分居,也拒绝和艾格林生活在一起,但是她决定和她的小情人克洛德·朗兹曼生活在一起,让他住进了自己的公寓,过起了同居生活。他们共同度过了六年的快乐生活,直到小情人选择离开。后来,萨特爱上了克洛德·朗兹曼的妹妹埃弗利·雷伊,她同自己的哥哥一样,在政治上极端“左”倾,“在萨特的几段爱情中,这是陷得最深的一段”。是的,你没有看错,萨特和波伏娃可以和一对夫妻“四重奏”,也可以和一对兄妹“四重奏”。男女感情的各种可能与不可能,他们都统统体验过了。世上再也没有比波伏娃更像标本的女人了。

波伏娃骨子里非常浪漫,她堪称“用身体写作”的鼻祖。“她出版了自己的全部生活”,除了哲学著作《第二性》,她绝大多数的小说都是根据自己的生活改编的,比如《女宾》,比如《达官贵人》。《达官贵人》一书在中国还有一个译名为《名士风流》,这本书让波伏娃获得了法国龚古尔文学奖,并因此得到了大笔收益:奖金和书的热销。她用这笔钱买了一间艺术家工作室,在那里一直住到逝世。因为和萨特之间没有一纸婚书,他们之间的财产关系也简单而复杂。其实,现代婚姻不仅仅是男女之间的感情关系,还是一种财产关系,没有婚书最终让波伏娃失去了对萨特遗产的继承权。波伏娃因为外祖父的破产,很小的时候就明白自己将来不可能有一笔体面的嫁妆,她一生独立,自力更生。萨特则为人慷慨,出手大方,当年他获得诺贝尔奖时,波伏娃曾劝他去领奖,因为当时他们正缺钱花。但萨特不接受一切来自官方的奖项。

萨特比波伏娃大三岁,他们可以说"识于微时",最终相伴了五十年。"一生中,他们每年都会给自己安排几个星期的时间单独相处,这些时间通常都是在国外度过。"作为著名人士,他们还经常共同出访,由于他们左翼的政治观点,他们到访过古巴、中国、苏联等国家。作为女权主义者,波伏娃期望社会主义可以为妇女带来公平与平等。当波伏娃和萨特进入晚年时,他们都没有儿女。后来他们分别有了一个养女,各自组成了一个家庭,两个年轻女人陪伴他们度过了最后的岁月。萨特的养女其实是他的情人,波伏娃同养女之间也关系暧昧,但她从来不承认自己是双性恋者。萨特曾经想同养女结婚,以便让她获得法国身份,但遭到了波伏娃的强烈反对,后来这个女孩还是通过被萨特收养的方式获得了法国国籍。这意味着养女将继承萨特全部著作权和遗产。波伏娃最终没有得到萨特的任何一样东西留作纪念。

"波伏娃/萨特组合的实质是:思想高于爱情",正因为如此,波伏娃并不认为她和萨特之间形成的情侣关系可以作为榜样来效仿。波伏娃作为一个标本的意义也在于此:她是独一无二的,可以用来研究,但无法复制。波伏娃的身份不是萨特的助手和追随者,"她的价值和意义就在于她写出了她作为一个杰出的职业妇女在以男性为中心的现代社会里的思想观念、感受体验、精神优越与矛盾苦闷、欢乐与幽怨"。选择成为一个标本,她首先具有智慧的头脑和强大的内心,无惧世俗世界的任何目光。

波伏娃说,写作一直都是我生命中的头等大事。我喜欢作为哲学家和女权主义者的波伏娃,喜欢她的那句名言:我们并非生来就是女人,而是后天变成的。波伏娃向我们展示了女人的一切可能,愿每个女人都能得到自己想要的人生。

1955，三个中法女作家的特殊情缘

2014 年 7 月，上海辞书出版社出版了一套六本的“亲历中国丛书”，包括《内山完造：魔都上海》《杜威：教育即生活》《罗素：唤起少年中国》《泰戈尔：我前世是中国人》《萧伯纳：我的幽默》《萨特和波伏娃：对新中国的观感》。编者说：“我们收录这些大师的讲演、著述和谈话，记录他们在华活动的行迹，选录当时及之后的种种评论，试图以此重构这些历史画面。”按照来华顺序，萨特和波伏娃是最后两位亲历中国的大师，正是借着《萨特和波伏娃：对新中国的观感》这本书，我对 20 世纪 50 年代中期的新中国有了更深刻的认识，也由此发现了波伏娃和丁玲、陈学昭两位中国女作家的特殊情缘。

在这三个中法女作家中，丁玲出生于 1904 年，陈学昭出生于 1906 年，波伏娃出生于 1908 年，她们年龄相仿，政治立场接近，文学成就都非常辉煌，感情经历也都称得上波澜壮阔。

“萨特和波伏娃对中国十分友好。1955 年 9 月至 11 月，他们曾来中国访问45天,并作为周恩来总理的客人,登上天安门城楼,参加国庆庆典”。在他们两人的在华活动日程表上,有一个中国作家陈学昭的名字,她是萨特和波伏娃从1955年9月22日起访问沈阳一直到广州的陪同和翻译。因为这段访华经历,波伏娃于1957年专门出版了对新中国的观感《长征》一书。《萨特和波伏娃:对新中国的观感》一书中节选了《长征》的大量篇章,波伏娃在《长征》中写道:“从沈阳到广州,陪同我们的是小说家陈女士。她和我同龄,年轻时在法国生活了十五年,对法国文学极为熟稔。上床睡觉之前,我们在卧铺车厢谈了很长时间,彼此变得非常亲近。在我看来,她代表了典型的中国知识分子和她那一代妇女。”

坦白讲,读波伏娃这段文字时,我完全猜不出这位陈女士是何许人也,直到读完书尾的“萨特和波伏娃在华活动日程表”,才知道这位陈女士是中国作家陈学昭。彼时我没有读过她任何书,只觉得这个名字似曾相识,果然翻了翻最近读的《丁玲传》,找到了陈学昭的名字。在《丁玲传》第47节《多福巷的欢笑》中写道:“20世纪50年代初与丁玲通信最多的当数陈学昭。丁玲认识陈学昭始于1938年8月的延安,但真正建立友谊是在1949年3月的沈阳,那时丁玲住在东北鲁艺,陈学昭参加筹备全国第一次妇女代表大会,不料病倒,搬来鲁艺休养。”陈学昭的长篇小说代表作是《工作着是美丽的》,我对这本书印象深刻,只是不记得作者是谁。丁玲和波伏娃的作品我相对比较了解,陈学昭的作品很陌生,于是我上网找她的书买来读,结果只能买到《延安访问记》这一本,读完之后大为倾倒,陈学昭果然是有着留法文学博士头衔的女作家,文笔好于同时期在延安的作家萧红和丁玲。《延安访问记》记录了一位敏锐而细腻的女性作家感受中的延安知识分子生活、工作等各个方面的真实情形,被誉为“中国报告文学史上的一朵奇葩”。通俗地说,可以认为这是一部延安版的《巨流河》。

陈学昭在《延安访问记》中简短地写了她和丁玲的相识。那时丁玲还在西北战地服务团,“听说丁玲女士正热衷于戏剧的旧瓶新酒问题”。有一天,陈学昭去看了西北战地服务团的演出晚会,“戏完了,幕已拉拢,一位胖胖的女同志站在台的左角,好似带着一点惆怅与疲倦,大约该是丁玲女士”。在吴亮平的介绍下,丁玲和陈学昭那天晚上认识了,“在暗淡的汽油灯光下,她似乎带着惊奇的眼光凝视我”。陈学昭对丁玲说“很好!”,“她笑了笑,没说什么话,搀着我的手,送到门口,彼此又握了一下,分别了”。1949 年后陈学昭才和丁玲真正成为好朋友,《丁玲传》

中写到“陈学昭个人生活不顺利，一陷入人际纠纷便顾虑重重，不能自拔，心情郁闷，有时向丁玲诉说，有时向她求助”。

怀揣着一颗八卦心，我上网查了一下陈学昭的个人生活，结果大吃一惊。丁玲和波伏娃的感情生活都写过了，我真想专门写一写陈学昭的八卦。简单地介绍一段影响她一生感情的巴黎“三人行”吧。陈学昭 1906 年出生在浙江，1922 年去上海读书，认识了学医的季志仁，17 岁时季志仁就向陈家求过婚，但陈家人不同意。1928 年陈学昭去法国留学，已经在法国的季志仁对陈学昭仍极为爱慕，像大哥哥照顾小妹妹一样照顾她。后来陈学昭又认识了蔡柏龄，“蔡柏龄是蔡元培的儿子，著名的物理学家，长期生活在欧洲，当时在巴黎大学物理系学习。同时他也是季志仁的好友。蔡柏龄更是一个十足的痴情公子，一开始就十分仰慕陈学昭，曾邀约姐姐一起登门求见”。大约陈学昭对这两个优秀男人都很喜欢，不知道该怎么选择，于是三个人就像三剑客一样，形影不离。季志仁和蔡柏龄都是君子，深爱着她，呵护着她。矛盾的陈学昭接受了另一个留法中国学生何穆的追求，和他结了婚，后来经历了丧子、丈夫背叛、离婚。“在陈学昭看来，这个婚姻使她错过了两个深爱她的挚友季志仁和蔡柏龄。这是一生最大的错事。从此，她一个人带着女儿过着独身生活”。

季志仁在陈学昭结婚后立刻同追求自己的一个法国女人结了婚，但蔡柏龄仍对陈学昭不死心，1947 年在法国的他还托人送信给陈学昭，希望能续前缘。已经离婚的陈学昭大约觉得自己已人到中年，始终下不了追求自己真正幸福的决心。《丁玲传》写到 1950 年陈学昭还给丁玲写信诉说苦闷，因为"又收到蔡的消息了"。她说"有些人对我和蔡的友谊是不了解的或者故意歪曲而用来打击我"，所以"这话我只有对你讲，对别人，那又会说我背上什么包袱了"。绝望的蔡柏龄一直到 1954 年才结婚。

时光来到了 1955 年。这一年，波伏娃同丁玲、陈学昭这两位杰出的中国女作家在中国相遇、相识，结下了深厚的情缘。这一年，也是新中国命运的一个转折点，也是丁玲后半生坎坷命运的开始。

波伏娃在《长征》中对与丁玲的见面着墨不多，"一次，我与丁玲共进午餐，我注意到她工作台上有支画笔，我问她是否作画，她笑了笑，什么都没说"。这和陈学昭第一次见丁玲时的描写真是惊人相似，丁玲都只是笑了笑，并不说话。但是，波伏娃对丁玲的创作显然是相当熟悉的，她觉得在中国参观的震撼力取决于自己阅读时的背景，"如果我没有亲眼见过中国的乡村和农民的话，那么丁玲和周立波的小说对我而言关于土地改革的事情方面意义并不十分重大”。她写道:“丁玲认为,作家必须一直深入社会主义建设,而不应该对某些生活领域做些浮光掠影的研究,否则这些领域对她来说仍然是陌生的。”波伏娃说:“大多数中国知识分子都与我们一样,是资产阶级出身。到工厂和农村体验生活,应大力提倡。”陈学昭在陪同萨特和波伏娃访问中国时,对波伏娃谈了自己的文学创作历程,波伏娃说:“陈女士解放后出版的第一部作品与任何政府工程无关,她只是想单纯地写本书,就这么回事。她以小说的形式讲述了自己的青年、自己所受的教育、抗日战争期间自己的思想演变,以及追随共产主义后所经历的道德危机。”

波伏娃1955年在中国访问时,应该并不知道她认识的这两位中国女作家正遭遇前所未有的政治危机。《丁玲传》在第54节《厄运》中把丁玲的厄运开始的时间定格在1955年。“丁玲被打成反党小集团,至今令人费解,笔者以为分析此案,要看1955年上半年的中国政坛。3月下旬,中国共产党全国代表会议通过了《关于高岗、饶漱石反党联盟的决议》;4月3日,参加中共全国代表会议的上海市副市长潘汉年在北京饭店被捕,由此牵扯出‘潘汉年、杨帆反革命集团’案;5月又出了‘胡风反革命集团’。”三个月出了三件大案,引起毛泽东的高度警觉,7月1日

“肃反运动”在全国展开。《丁玲传》认为高饶事件对丁玲一案影响最大,1955 年 8 月 8 日,作协召开第三届理事会主席团第五次会议,开始揭发批判丁玲,“丁玲一下就蒙了,她没想到她会成为批判对象,而且罪名是‘反党’!她更没想到陈学昭、菡子这些朋友也会揭发她,甚至不惜捏造大量事实”。1954 年夏天丁玲在杭州时还特意去看了陈学昭。

丁玲的厄运开始于 1955 年,而后 1957 年,陈学昭也被划为右派。1957 年,波伏娃出版了《长征》,后来又在自传性作品《环境的力量》(1963 年)中提到访华一事。波伏娃在《长征》中对陈学昭赞叹有加,“她非常聪明,极有教养,是个出色的观察者,她给我提供了各方面的非常宝贵的信息。她嘴里没有一句废话和宣传。对于政权所带来的种种好处,她坚信不疑,对于政权需要她做的事,她也没有必要对自己或他人撒谎。她的坦率很大程度上补救了我打过交道的那些干部们的刻板和不通融”。可能对于 1955 年的陈学昭来说,揭发丁玲也是政权需要她做的事情吧!

波伏娃直到二十八年后才在法国与丁玲重逢。1983 年 4 月,应密特朗总统之邀,丁玲访问了法国。《丁玲传》中写道:“1955 年秋天,丁玲曾在家里款待她和萨特,这一次波伏娃也在家里接待丁玲，客厅里最引人注目的是桌子上那两只萨特的石膏手模，波伏娃回忆起二十多年前的中国之行，回忆起在丁玲家里吃到了鱼翅。‘鲨鱼的鳍！’她大笑起来。”1983 年 5 月末，丁玲途经杭州时去看了陈学昭。2014 年 9 月 11 日的《文学报》上发表了《宽厚的人是美丽的——丁玲与陈学昭》一文，文中写道：“就在这次会见时，丁玲谈到她当年 4 月曾应法国政府邀请到巴黎访问，碰到了著名作家萨特的夫人西蒙娜·德·波伏娃。1955 年波伏娃访华时，陈学昭曾陪同并任翻译。波伏娃特意托丁玲转达她的问候。这对于潦倒中的陈学昭无疑是一种安慰。丁玲告别时坚决不让 77 岁的陈学昭送她，一边健步如飞地下楼，一边说：‘我会再来看你！’不料竟成永诀。”《丁玲传》中说“陈学昭在 7 月 10 日（1983 年）写了《一九五五年夏天在北京》，回忆在中国作协批判丁玲大会上，某些人动员她揭发丁玲的经过”，认为“陈学昭以这篇文章表达了内心的愧疚”。不管怎样，1983 年，波伏娃和丁玲、陈学昭这三位中法女作家经历了重逢与和解，也算一个皆大欢喜的结果。

从 1955 到 1983 年，波伏娃和丁玲、陈学昭三位中法女作家各自度过了一言难尽、甘苦自知的二十八年的岁月。1986 年丁玲和波伏娃先后去世，陈学昭也在 1991 年走完了自己的一生。

掀起面纱——两个民国名媛的财富与爱情

已经112岁的严幼韵女士曾口述了一本《一百零九个春天——我的故事》。她说，我长寿的秘诀是：不锻炼、不吃补药、最爱吃肥肉、不纠结往事、永远朝前看。112岁就是这个长寿秘诀最有力的证明，我因为这个秘诀，走进了她的故事，却发现了一个比长寿更丰富的情感世界。那里有美丽，有财富，有和毛姆小说《面纱》相似的爱情故事。

严幼韵一生有两段婚姻，她最后的身份是著名外交家顾维钧的遗孀。顾维钧有过四段婚姻，严幼韵是他第四位太太，他们1959年结婚，1985年顾维钧去世，享年97岁。1956年，顾维钧和她第三位太太黄蕙兰离婚。黄蕙兰也很长寿，1993年以百岁高龄去世。

关于自己和顾维钧的婚姻，黄蕙兰在她的自传《没有不散的筵席——顾维钧夫人回忆录》中有翔实的回顾，她没有回避导致他们婚姻破裂的主要原因——第三者插足，却只字没提严幼韵的名字。

既然两位顾太太都出版了回忆录,不妨拿来进行一下比较阅读。黄蕙兰的书,文字更胜一筹,她的这本书共24章,前9章描述黄氏家族的发迹和富豪生活,从第10章开始记述她与顾维钧婚后在北京、巴黎、伦敦、华盛顿等地三十多年的生活。译序中说“她以类似意识流的跳跃笔法,写出了军阀官僚和外交界上层社会人士的骄奢生活、杂事秘辛;写出了她对顾维钧外交事业的支持和帮助;写出了她的家人近戚的离合悲欢;以及她和顾维钧夫妻间感情的和谐与隔阂,波折与破裂。文笔细腻、坦率,富于感情色彩。最后描绘了她老年独居的情景和她的人生哲学,从绚烂归于平淡”。

在三十多年的交际舞台上,黄蕙兰挥金如土,为国也为己增光添彩。一外国友人写诗称她是“远东最美丽的珍珠”。不过,黄蕙兰花的都是自己父亲的钱,因为她是爪哇华侨首富“糖王”黄仲涵的爱女,她的财富对顾维钧的外交官事业很有帮助,但也是造成他们夫妻隔阂的原因之一。新婚伊始,顾维钧就对她说:“我曾送给你我仅有的力所能及的首饰。以我现在的地位,你戴的为众人所欣羡的珠宝一望而知不是来自我的。我希望你除了我买给你的饰物外什么也不戴。”

因为富有,黄蕙兰是第一代时髦女郎,她深知“我的价值一半体现在我雄厚的财力上”,正是靠着父亲的财产,他们才能轻松自如地周旋于欧洲的社交界。

黄蕙兰和顾维钧生育了两个儿子。他们三十多年的婚姻生活谈不上幸福,但配合得很好,特别是在外交舞台上。黄蕙兰说:“真的,即使我们的婚姻在粉饰的外表下已经开始走向破裂时,我们还维持着这样的配合好多年。”婚姻生活里,他们是一对配而不合的夫妻。不合的原因是他们两个太不一样了:一个是爪哇富豪的女儿,从小生活在东南亚;一个是中国旧式家庭的儿子,母亲裹脚,只会说上海话。所以,虽然娶了四个太太,顾维钧最喜欢的还是上海小姐严幼韵,他们的婚姻称得上琴瑟和鸣。

在黄蕙兰的婚姻岁月里,她和严幼韵有两段时间有交集。第一段是 20 世纪 30 年代,严幼韵作为外交官家属随丈夫杨光泩到巴黎,顾维钧是当时的驻法大使,严是他下属的太太。严幼韵的书里还有她和黄蕙兰等人在摩纳哥蒙特卡洛海滩的合影。第二段是 1945 年之后,丧夫的严幼韵带着三个女儿重返美国。

严幼韵的回忆录文字不多,图片丰富。大约是和顾维钧有一个特别幸福的晚年,她的言谈间充斥着满足感。对于和顾维钧的相识,她说:“1932 年新年我们去中国公使馆拜会,我被正式介绍给顾维钧。他刚被任命为驻法国公使，当时我怎么也没想到后来他会成为我生命中如此重要的人。”那一年，严幼韵 27 岁，顾维钧 44 岁。

黄蕙兰则在她的日记中这样记录：“我真是烦恼而不幸。我看着这位风流大使穿着燕尾服打着白领带满面笑容地朝着那个女人走去，她身穿一件镶着不起眼的廉价皮毛绲边的丝绒外套。我穿着我的貂皮斗篷。摄影记者们纷纷来给维钧和我照相，不理睬那对夫妇。”

严幼韵其实没有黄蕙兰说的那么寒酸，我是第一次在两个女人的书中看到她们争相炫耀自己的财富，这个说自己有多少价值连城的翡翠，那个说自己的钻石有多少多少克拉。严幼韵是复旦大学的首届女生、开豪车进校园第一人，是十里洋场的名门闺秀。当然，论家庭财富和黄蕙兰家还是不能比。

张学良作为顾维钧的朋友，晚年曾在回忆录里写过两个女人的直接交锋：“我们在杨××家里打麻将，顾太太来了，拽着顾走，顾坐那儿就不走，这个顾太太指名骂杨××的太太，指名骂，你这个不要脸的东西！这顾太太拿着茶水，给顾的头上哗哗哗地浇下去。顾呢，我就是不动弹。浇完了，她也没办法了，走了。她当我们面骂杨的太太，骂的那个话，不好听得很哪，那杨的太太也坐那儿,也不动。我们在那儿也不好意思。”

黄蕙兰最终动用她和孔祥熙的关系调离了杨光泩和他的太太。她在回忆录中说:“我知道他一定能理解我的问题,何况我已经告诉过孔夫人,因此我向当时已回到国内的他写信,请他把那对夫妇调离巴黎。”严幼韵的书中则这样写道:“不久光泩晋升为公使,被提名去捷克斯洛伐克任职。但是财政部长孔祥熙却请光泩去菲律宾,这个国家有大量的富裕华裔,孔博士希望光泩前去为抗战募集捐款。”

1938 年 11 月,杨光泩以公使身份作为中国驻菲律宾总领事前往马尼拉,四年后以身殉国,年仅 42 岁。作为被日军杀害的外交九烈士之一,他最终把生命献给了国家。他和严幼韵生育了三个女儿。

没有任何文字记录过杨光泩对自己的太太和上司顾维钧婚外情的看法。毛姆的长篇小说《面纱》中讲了一个有些相似的故事。20 世纪 20 年代,英国女子凯蒂生在一个绅士家庭,虽然美丽,但从小娇生惯养、爱慕虚荣,凯蒂的母亲想要赶紧把她嫁出去。最后,自傲的她答应了内向呆板的细菌学家瓦尔特的求婚,并被后者带去了当时英国的殖民地香港。在香港那个英国人的花天酒地的世界里,爱虚荣而且太把自己当回事的凯蒂,非常嫌弃不解风情的丈夫，于是和风度翩翩的情场高手香港助理布政司查理·唐生偷情。得知真相的瓦尔特展开了报复计划，他要将凯蒂带到当时中国一个正在闹瘟疫的地方：贵州湄潭。凯蒂在向情人求助反被抛弃之后，和丈夫互相折磨，来到瘟疫肆虐的小镇。最后的结果是瓦尔特为帮助当地人摆脱疫情，自己感染而死，而凯蒂却获得了重生。

瓦尔特临死前对凯蒂说的最后一句话是："死的却是狗。"这是戈德史密斯的诗《挽歌》的最后一句。《挽歌》的大意为，一个好心人在城里领养了一只狗。起初人和狗相处融洽，但是有一天二者结下仇怨，狗发了疯将人咬伤。大家都预料被咬的人将会死去，但是人活了下来，最终死去的却是狗。

瓦尔特最终死于心瘁，"从军医的话里我没有听明白的是，他到底是意外感染还是故意拿自己做实验"。瓦尔特死时凯蒂已有身孕，她自己都不确定孩子到底是丈夫的还是情人的。

杨光泩和瓦尔特一样死得伟大。马尼拉沦陷后，杨光泩等八位中国外交官被日军拘捕，他们身遭严刑折磨，但威武不屈。1942 年 4 月 17 日杨光泩等八位外交官被秘密枪杀于菲律宾华侨义山。敌人未击中杨光泩要害，杨光泩以手指心，大义凛然，视死如归，牺牲时年仅 42 岁。

抗战胜利后，在友人的帮助下，严幼韵带着三个女儿又来到了美国。黄蕙兰没想到过了七年之后，她的情敌变成了寡妇，她开始了长达十余年的婚姻保卫战，最后黯然离场。黄蕙兰在回忆录里说："转年(1945)春天，维钧又参加旧金山会议。这次会议起草了联合国宪章。我没有伴他同行，结果事后才知道维钧找到他那位寡居的相好，并为她谋到个联合国的差事。"

严幼韵的书中说："1947 年 9 月，在联合国工作还不到一年的我就不得不提前休探亲假，去南京参加光泩和其他领事官员的国葬。"此后，严幼韵一直居住在美国，再也没有回过中国。"到了 1949 年，我有了公寓、工作、汽车和一个消夏别墅，孩子们都就读于私立学校。我安顿了下来，对生活感到相当满意。"

如果没有顾维钧的帮助，严幼韵不会过得这么满意吧？黄蕙兰回忆说："维钧每个星期要到纽约度周末，从星期五一直待到下个星期二，与他那位在联合国工作的女相好相会。他带着她去波多黎各。有一次他被召回台湾时也带上她。"回首往事，黄蕙兰坦言："假如我年轻时学得更明智、更世故些，我可能就会容忍顾维钧对某种女人的诱惑，把它视为小事一桩而不去计较了。"

黄蕙兰和顾维钧的婚姻在后期已经名存实亡。她最终还是放了手。严幼韵书中没有写她和顾维钧如何进行这段婚外情，他一直自然而然地出现在她的生活中，和她及女儿一起去度假，在她重返美国时为她接风，女儿突发阑尾炎时开车送她去医院，就像早就是她的家庭成员。“至于我自己，我和顾维钧打算只要他办完离婚手续就立刻结婚。在美国期间，无论生活如何沉浮，他一直在支持我。尽管他和妻子蕙兰已经分居快要二十年了，但蕙兰舍不得‘大使夫人’的头衔，拒绝在他退休之前离婚”。1956 年，顾维钧卸任“驻美国大使”一职，和黄蕙兰离婚。后来顾维钧又担任了九年联合国国际法院的法官，严幼韵说：“幸运的是蕙兰已经签署了离婚文件，因为她肯定喜欢国际法院法官夫人的头衔！”

1959 年严幼韵正式成为顾维钧的最后一任太太，至于为什么在他离婚三年后才结婚，没人知道。顾维钧和严幼韵都是上海人，语言和生活习惯一致，他们是一对麻将夫妻，从他们刚开始认识的时候就在一起打麻将，到结婚以后还是打麻将。在顾维钧生命的最后十年，严幼韵依然用麻将来填补空白，一周玩三四次。看来女人能上得了牌桌对维持婚姻还是相当有帮助的。

人生是一段孤独的旅途，没有人能一直陪伴你走下去。和顾维钧离婚后，黄蕙兰独身一人生活了三十多年。而顾维钧去世之后，严幼韵也已经独自生活了三十多年。每个女人都会有自己的孤独，在孤独的道路上，她们殊途同归，没有胜利者。

在我看来，女人的财富不是珠宝，不是丈夫的头衔，而是努力活出自己的风采，成就自己的传奇。虽然因同一个男人有过不那么愉快的交集，但黄蕙兰和严幼韵依然是女性世界的瑰宝。我喜欢今人对她们两位的赞美：一个是“中国最时髦的女人”；一个是“上海滩最后的大小姐”，喜欢她们的一路优雅，一生风华。

贤妻才女的比较级和最高级

杨绛先生仙逝。媒体铺天盖地的悼念文章中,到处可见"最贤的妻,最才的女"的盛赞,据说这是多年前钱锺书先生对妻子杨绛的评价。

大约这种最高级的贤妻才女的夸奖总让我觉得哪里有点不太对头,我翻遍手头的书籍并上网搜索,并没有找到钱先生是在哪一年什么地方什么场合说过这句"最贤的妻,最才的女",倒是在吴学昭 2008 年出版的《听杨绛谈往事》的目录中找到了:17 最贤的妻,最才的女。认真读了这一标题为"最贤的妻,最才的女"的第 17 章节,吴学昭并没有在文中提及这个章节标题来源于钱锺书本人对杨绛的夸奖。倒是第 12 章节,标题为《妻子、情人、朋友》,内文则图文并茂地对标题进行了解读。1946 年初版的短篇小说集《人·兽·鬼》出版后,"在两人'全存'的样书上,锺书写有一句既浪漫又体己的话:To C. K. Y An almost impossible combination of 3 incompathible things:wife,mistress,&friend. C.

S. C”。这句话钱锺书是用英文写的，书中特意翻译成中文“赠予杨季康绝无仅有的结合了各不相同的三者：妻子、情人、朋友。钱锺书”。

“妻子、情人、朋友”已经是一个丈夫对妻子特别满意的表达了，用英文写出来更显浪漫。杨绛对钱锺书也有各种爱的表达，那钱锺书是否喜欢夫妻互相吹捧呢？《听杨绛谈往事》中写杨绛“《记钱锺书与〈围城〉》完稿后，未马上发表。原因是钱锺书开始不愿发表，说‘以妻写夫，有吹捧之嫌’”。钱锺书还曾有诗云：“自笑争名文士习，厌闻清照与明诚。”说明他并不是太喜欢夫妻互相说赞美的情话，尤其不喜用中文表达。“朋友来信称赞杨绛的书，锺书总是很高兴，还天真地对人家说‘内人著作承赞，弟亦bask in the reflected glory’。”我百度翻译了一下，就是“沐浴在反射的光辉中”。这样一个老式兼英范儿的男人，很难想象他会亲口说出“最贤的妻，最才的女”来。

在《听杨绛谈往事》的第12章中，杨绛对吴学昭说：“锺书称我妻子、情人、朋友，绝无仅有的三者统一体，我认为三者是应该统一的。夫妻该是终身的朋友，夫妻间最重要的是朋友关系，即使不是知心的朋友，至少也该是能做伴侣的朋友或互相尊重的伴侣。”书中还说，锺书曾对杨绛说：“照常理讲，我应妒忌你，但我最欣赏你。”通过这些话可以看出，钱锺书和杨绛的关系更多是平等的势均力敌的知己关系，“最贤的妻”这种评价显然不那么平等，杨绛至少应回赠一句“最好的夫”才对。

《听杨绛谈往事》中还提及，“从台湾省访问回上海不久，锺书一天在王辛笛家闲聊，主人忽笑嘻嘻地问他 uxorious 是什么意思。锺书说不知道。回家告诉杨绛：‘王辛笛笑我有誉妻癖。’杨绛问：‘你誉我没有啊？’锺书答：‘我誉了。’‘你誉了我什么啦？’锺书随口就说出三件事……”这三件事都是他们生活中遭遇过的真实事件，即使在专门誉妻的甜蜜时刻，钱锺书也没有说出“最贤的妻，最才的女”来。可能这句话是吴学昭对他们夫妻关系的个人总结，因为拟成章节标题写在了书中，就白纸黑字的广为流传了。uxorious 是溺爱妻子的意思，钱锺书一生对妻子女儿的溺爱有目共睹。

不管是不是钱锺书亲口所说，在大家心目中杨绛担得起“最贤的妻，最才的女”的赞誉。贤妻才女是杨绛一生的写照，只是，这种最高级的赞美总不如比较级来得客观，毕竟，作为钱锺书唯一的妻子，所谓“最贤的妻”只能与别人的妻子相比，而“最才的女”的可比较对象就比较多了。

2014 年因为电影《黄金时代》的上映，已经去世七十多年的作家萧红又在媒体上热闹了一番。我曾于当年 8 月在新浪微博上写下这样一番话：

萧红出生于 1911 年 6 月 2 日，杨绛生于 1911 年 7 月 17 日，两人仅差一个半月。在萧红去世的 1942 年，杨绛业余学写的话剧《称心如意》《弄真成假》上演。在萧红轰轰烈烈恋爱、写作的岁月，杨绛 1932 年东吴大学毕业，后进入清华大学，1935 ~ 1938 年留学英法。今年萧红、杨绛的作品都要出版全新的全集版本，杨绛有新作《洗澡之后》加入。

杨绛先生去世后，我又重翻出这条微博，微信群里很多朋友表达了感慨。有朋友说她觉得这两位女作家的经历可以说明，一个女人幸福与否，有四个可以左右的要素：家世、容颜、教育、婚姻。萧红除了容颜方面和杨绛相当，家世、教育、婚姻方面都不如，寿命更是连杨绛的三分之一都不到。但是，若干年后文学史上评价两人的作品，论才华，萧红和杨绛谁更胜一筹？《生死场》与《我们仨》哪部作品更有力量？朋友当中好多人还是选择了萧红。

看来至少在和杨绛同龄的女作家中，“最才的女”花落谁家，大家还是颇有些不同意见的。

萧红的那支身后烟

周五的下午，单位组织看电影，我得以抽出三个小时的时间去看了放映已近尾声的《黄金时代》。因为票房不够理想，不少人说再不看可能就在电影院看不到了，可尽管如此，若干同事当中，还是只有我选择了《黄金时代》，别人全都热热闹闹地扑向了别的电影。

其实，《黄金时代》在之前的很长时间都是热热闹闹的一部电影，各种造势，各种评说，唯有票房是冷清的。我怀着对导演和编剧的偏见认认真真地看完了这部电影，感觉这是一部有诚意的上乘之作，制作精良，细节考究，镜头很美，演员集体点赞。虽然，我对许鞍华导演的《桃姐》和李樯编剧的《致青春》都颇有一些价值观上的不能认同，但这部电影，仅从讲述萧红的感情和人生角度而言，导演和编剧基本上做到了尊重历史，并且，难得把影片色彩处理得这么明亮，并没有把一个穷而短命的女人的一生拍成一部灰暗的电影。

可是，拍萧红的电影这已经不是第一部了。由霍建起导演、宋佳主演的《萧红》为纪念萧红百年诞辰(2011 年)而拍摄，片长有 120 分钟，宋佳也因此片斩获了几个影后，算得上珠玉在前。《黄金时代》与之相比，好在哪里呢？我觉得，《黄金时代》更注重史料的运用，它以萧红为线，串起了一个时代的文人群像，因为影片详尽地描述了萧红朋友们对她的回忆，在看过萧红的作品，了解了萧红的感情和人生故事之后，我选择把这些朋友的回忆文章一一找出来看了一遍，确实，通过这些文章，我看到了一个更丰满、更真实、更文学的萧红。

在两部有关萧红的电影当中，我对萧红最深刻的一个印象就是她很能抽烟，两部电影当中都有大量萧红抽烟的镜头。萧红轰轰烈烈地活过，又如烟花般早逝，所有认识她的人几乎都活得比她长久，在她身后，关于她的感情、人生、写作，一直都有各种人讲述，如果说这是一支身后烟，那么这烟燃得很长，很长。

就从萧红的抽烟说起。无论是民国还是当下，抽烟、喝酒、熬夜几乎是女作家们普遍的生活方式。萧红的烟抽得很早，在她还没有成为一个女作家，还是一个刚刚认识萧军、大着肚子的弃妇时，她就常常在抽烟了，在她逃离旅馆的那个窗口，她抽着烟的样子很有风情。据说抽烟是可以排解苦闷的，可为什么女人抽起烟来就会显得风情万种呢？影片浓墨重彩地拍了萧红的两次怀孕，每一次都有她抽烟的镜头，抽烟对胎儿是不好的，抽烟也反映了萧红的苦闷和对成为母亲的抗拒。

萧红抽烟当然是有史料记载的。据她的朋友张琳回忆：她的脸色很黄，样子也很憔悴，我私信她有鸦片的恶好。后来才知她并不吸鸦片，但对烟卷却有大癖。不错的，那天晚上，我便看见她烟不离手。听说她是死于肺病的，这一段凄苦的遭遇，许就成了她病的种子吧！梅志的回忆是：而萧红也不少抽，那抽烟的气派、手势，看来也是一个老烟客。萧红的丈夫端木的回忆则是：萧红身体本来就较虚弱，原来还喜欢喝酒、抽烟，和我结婚后，不抽烟、喝酒了，身体比较恢复过来。

但在《黄金时代》这部电影里，和端木结婚后的萧红，依然是抽烟的，甚至在生命的最后关头，还希望骆宾基在她身边抽一支烟，她大约很迷恋烟草的味道。

我不抽烟，因此我对萧红的抽烟充满了好奇。

而普通观众最好奇的则是萧红的感情经历，她为什么两次大着肚子跟了别的男人？其实，萧红的感情虽然看似多彩，但主角基本上是萧军一人，因此，也可以分为萧军之前和萧军之后。但我觉得她在感情上是专一的，一生只深爱过萧军一人。据萧红的中学同学徐薇回忆:张迺莹不大谈她的家事,她家早把她许给一个姓汪的,正是因为攀这门高亲,才让她来哈女中读书的。当时,我们女中学生的未婚夫大都在工大、法大读书,按那时的社会风气,这叫天造地设、门当户对的金玉良缘。姓汪的也在法政大学读书,是个纨绔子弟,我们对他非常讨厌。在毕业之际,迺莹告诉我们,汪家提出了结婚的要求,问我们怎么办。大家商量后,提出一个逃婚的方案:上北京。大家所知,迺莹的未婚夫姓汪的追到了北平,迺莹受了这个人的眼泪的软化同他同居,后来又被姓汪的骗到哈尔滨,被汪安置在一个什么旅馆,汪自己却逃之夭夭了。这时迺莹已怀孕,身无分文,连买一块面包的钱都没有,旅馆老板想把她卖到妓院里去,直到后来三郎即萧军,趁哈尔滨发大水,用小划子把她救出。

徐薇的这段回忆,和影片中描述的并不相同。萧红和萧军志同道合,在文学上互相成就,在感情上令人遗憾,有萧军的原因,也有萧红的原因。和萧红在一起的萧军并不专情,离开萧红后的萧军,很快认识了王德芬,共同生活了五十多年,养育了多名子女,其中有一个女儿萧耘,以后还成了萧红的一位研究者。而王德芬也出版了一本《我和萧军风雨五十年》,可惜知者寥寥,反而萧红和萧军那风雨五六年,成为一支燃烧不尽的身后烟。

虽然史料丰富是《黄金时代》的一大特点，但正是因为史料太多，编剧对史料的选择反映了他对这部电影的创作方向，他已经尽力把剧本往卖座的方向改编了，可惜的是，眼下并非一个读书的黄金时代，中国现代文学（民国文学）对很多从事写作的中青年作者来说都相当陌生，何况是绝大多数的普通观众呢？

为了卖座，《黄金时代》把萧红和所有男性的交往都往暧昧的方向写，要么是她对他的，要么是他对她的。和聂绀弩之间，有一场吃饭的戏，萧红拿一根棍子试探聂的态度，这其实是聂绀弩回忆文章里写过的，但是，聂绀弩回忆萧红的文章至少有两篇，编剧却放大了这个情节，而对聂和萧之间谈论文学的情节只字不提。

是的，《黄金时代》写了萧红的人生和萧红的感情，但对萧红的写作着墨不多。据说写作是很难在大银幕上表现的，但为什么在萧红朋友们的回忆文章中，关于萧红的写作是那么的丰富多彩呢？

关于萧红的回忆文章集中在两个阶段，一个阶段是 20 世纪 40 年代，萧红去世的那几年间，很多朋友都写了纪念文章；还有一个阶段是 20 世纪 80 年代，那些活下来又活过来的文人又纷纷忆起了萧红。看这两个阶段的文章，还是能发现很多不同：时代的不同,个人经历的不同,因而感悟的不同。前期的文章,写萧红的感情大多很饱满;后期的文章,对萧红的人生则有了更客观的认识,毕竟,活下来的文人们能活过来几乎都经历了难以想象的磨难。

聂绀弩前期写萧红时写了那根棍子,等到若干年后再写,写的是和萧红谈论文学,他认为萧红是才女,若在古代能得到武则天的认可。她笑说:"你完全错了。我是《红楼梦》里的人,不是《镜花缘》里的人。我是像《红楼梦》里的香菱学诗,在梦里也作诗一样,也是在梦里写文章来的,不过没有向人说过,人家也不知道罢了。"

萧红自认是《红楼梦》里的人,说明她虽然一直和左翼文人在一起,是一个进步作家,但她并没有什么政治热情和方向,她和丁玲截然不同。梅志回忆说:萧红谈了她在西安的那段情况,她见到了另一位女作家,对女作家的解放的思想和生活,她表示了吃惊和不习惯。

"另一位女作家"就是丁玲。但丁玲其实对萧红是热情的,爱护的。丁玲在 20 世纪 40 年代写的《风雨中忆萧红》中说,有一次我同白朗说:"萧红决不会长寿的。"当我说这话的时候,我是曾把眼睛扫遍了中国我所认识的或知道的女性朋友,而感到一种无言的寂寞,能够耐苦的,不依赖于别的力量,有才智、有气节而从事于写作的女友,是如此其寥寥呵!

现如今,早已不是女作家寥寥的时代,所以当代人看萧红,无论对她的作品还是她的为人,都无法感同身受。比较好地继承了萧红写作气质的是东北作家迟子建,但迟子建是一个在感情方面非常矜持、保守的女性。虽然人生与感情的道路不同,但文学成就方面,她们分别是她们所处时代最优秀的女作家之一。

梅志回忆说:这时上海文坛向他们敞开了大门,不但许多刊物向他们约稿,有的还拉他们做台柱儿。所以在名誉和金钱方面他们是双丰收的。萧红心情非常好,比他们刚到上海时还好。有一次在一个新创刊的刊物主编邀请撰稿人的小宴会上我见到萧红,她是那么情绪高昂。她说出自己的主张和想法,我才发现她是那么热爱她的文学事业,她真是想在文学方面干一番大事啊!这一段时期她可以说过得既丰富又热烈,有许多新朋友像捧角儿似的捧着他们,使他们都有点飘飘然了。

胡风回忆说:这两本书出来后,销售很好,他们就成了名作家了。卖稿不成问题,还有人拉拢捧场。这时生活好了,不用发愁了,同时也滋生了高傲情绪。尤其是在他们夫妇之间,我感到反而没有患难与共时那么融洽、那么相爱了。

这两本书正是萧军的《八月的乡村》和萧红的《生死场》。高兰回忆说:而第一个以沦陷了的东北为题材,向全世界有良心、有正义感的人们控诉,震惊了千万人的心的,最成功的作品,无疑的也是他们夫妇的《生死场》和《八月的乡村》。那真是一抹彩虹一般的作品哪!那是在一个盛大的文艺座谈会上,包括了自上海、香港、南京、北平齐集在武汉的作者们,那天到会的女作家记得有白薇、子岗、安娥、彭慧、淮元、冰莹等,但其中要以萧红最为惹人注意了。

当年两萧带着这两部书稿来到上海,得到鲁迅的提携和帮助。这两本书虽然是自费出版,却奠定了他们在文坛的地位。鲁迅和萧红之间,没有什么男女私情可言,如果有,许广平不会写多篇文章纪念萧红,并夸她:在患难生死临头之际,萧红先生是置之度外地为朋友奔走,超乎利害的正义感弥漫着她的心头,在这里我们看到她却并不软弱,而益见其坚忍不拔,是极端发扬中国固有道德,为朋友急难的弥足珍贵的精神。萧军的回忆里也说,在他和萧红一起的日子里,他有过不忠,萧红并没有。

萧红、丁玲、张爱玲,是文学成就和私生活都比较轰动的民国女作家。虽然萧红被认为是进步的左翼作家,和丁玲也有交往,但她认为自己和丁玲完全不同。虽然她和张爱玲没有过任何接触，但在写作上面，她和张爱玲同根同源，都来自于《红楼梦》，都向往西方的文艺咖啡室。

在罗荪的回忆中，有这么一段：

“我提议，我们到重庆以后，要开一座文艺咖啡室，你们赞成吧。”她瞪着大眼睛，挺着胸，吹散了面前的烟雾。

“唔。”声韵微笑着，而且点着头，表示她赞成，“你做老板，我当伙计，好吧！”

三个人都笑了起来。但是萧红突然一本正经地说：

“这是正经事，不是说玩笑。作家生活太苦，需要有调剂。我们的文艺咖啡室一定要有最漂亮、最舒适的设备，比方说：灯光、壁饰、座位、台布、桌子上的摆设、使用的器皿等等。而且所有服务的人都是具有美的标准的。而且我们要选择最好的音乐，使客人得到休息。哦，总之，这个地方可以使作家感觉到是最能休息的地方。”说完这个设想之后，她满满地吸了一口烟，又把它远远地喷了出去。

萧红一生向往的就是能有一张安稳的书桌，好好写作。可是时运不济，战乱频仍，遇人也不淑。她人生的最后一站是香港，那时候，张爱玲也在香港。香港的沦陷最终泯灭了萧红，却成就了张爱玲。张爱玲写出了代表作《倾城之恋》，萧红却上演了“倾城之死”。

萧红临死绝笔:我将与蓝天碧水永处,留得那半部“红楼”给别人写了。半生尽遭白眼冷遇……身先死,不甘,不甘。

在《黄金时代》这部电影里,却没有这段临死绝笔。取代的是编剧李樯为她写的旁白:也许,每个人都是隐姓埋名的人,他们的真实面貌我们都不知道。我在想,我写的那些东西,以后还会不会有人去看,但是我知道,我的绯闻将会永远流传。

萧红的不甘哪里去了?她哪会有时间精力去想别人以后如何议论她的感情事?

萧红的这支身后烟,燃至如此,我也是无语了。

林徽因和陆小曼的4月天

从来没有哪一个民国女子，像林徽因那样，在去世多年后，依然会在网上招致那么多的争议。

每年4月，林徽因都会被怀念。因为人间的四月天，因为她不寻常的婚恋。

很多人不喜欢林徽因。她常常在网上被人骂，前有不肯和徐志摩结婚，后有不肯和梁思成离婚。现代人的观点是男的喜欢你你也喜欢他，你们就得结婚。比如说，徐志摩爱上了林徽因，不惜为她和张幼仪离婚，林徽因就不能因为不想当二房而不肯嫁给他。后来金岳霖爱上了林徽因，林徽因也爱他，她就该离婚嫁给他，不应该害他终身不娶。

在我的感觉里，林徽因是特别现实的一个女人，身体又不好，常年肺病，因为自己庶出，不想当二房，所以不嫁徐志摩。因为拖儿带女，梁思成又很爱她，所以不改嫁金岳霖。至于梁思成在她死后再娶，她应该不会介意的。梁思成在这段感情里付出很多,无怨无悔,林徽因比较早去世,梁思成适时再娶一个年轻的太太,也算是林徽因的一种成全。

有时候会想,女人的才华和感情,是不是一定要安置在一个男人的身体里?

我的观点是,因为常年肺病,林徽因应该是个性冷淡的人。所以她适合和一个男人在一个婚姻里进行到底,至于她的才华和感情安置在哪里,不那么重要,反正与身体无关。

美才女闫红说陆小曼才是性冷淡。好像也有听说过肺病反而会让女人亢奋。那么我觉得,林徽因至少是一个很知道自己要什么的女人,而陆小曼正相反。陆小曼是有些小才情,真性情,但花钱才是她最喜欢的事情,她就应该找个有很多女人的有钱男人,花着他的钱,又不用尽女人的义务,而不是嫁给徐志摩,让他不停地到外面去挣钱养她。后来她找到了翁瑞午,同居三十年,也算得偿所愿,这个没有名分的男人才是最适合她的。

相比之下,林徽因就很知道自己要什么,选丈夫就选一个家世好没婚史的。虽然文学成就上不那么合拍,可林徽因还是一个优秀的建筑师,她人生中文学的那一面被放大了,其实她最大的成就是在建筑方面。她很爱建筑,也很爱文学,博爱的女人麻烦就多。我看过萧乾的回忆文章:她是真的喜欢和人们谈文学,她家的客厅不是用来社交而是进行文学交流的。

林徽因常常被拿来和陆小曼相比，她们人生中都有三个重要的男人。可林徽因只嫁了一个，为他生儿育女，另外两个都传为佳话，说是闲话也可以，但至少徐志摩死后她可以大大方方地发表纪念文章。金岳霖也是他们一家终生的朋友，最后由林徽因的儿子养老送终。陆小曼就不同了，三个男人，两段婚姻，一段长达三十年的同居，名分尴尬，没有孩子。陆小曼热衷于跳舞、交际、抽大烟，而林徽因的客厅则为很多文学青年提供了与名家交流的机会。陆小曼只知道让徐志摩拼命赚钱，林徽因会和丈夫在穷乡僻壤里因为发现古建筑之美而喜出望外。

林徽因和陆小曼的共同点是，她们都是美女，都有才华。美才女的感情生活总是会比普通人丰富一些，民国的开放氛围又为这些美才女提供了浪漫的土壤。所以她们的故事才会流传至今，为后人各种评说。

如果一定要总结，我想说的是，女人要跟合适的男人结婚，为值得的男人离婚，前提都是要有爱情。这一点，林徽因做到了，而陆小曼没有。

后妻的逆袭

一个男人，倘若在五六十岁的年纪不幸丧妻，他多半会选择再娶一个年轻的太太。在中国，这是人之常情，虽然，常常会遭到子女、亲朋好友的反对。而如果这个男人是一个功成名就的男人，他的发妻又是一个美丽与才华兼具的优秀的女人，他再娶的后妻就难免会被拿出来和前任进行各种比较，加上和子女之间割舍不断的亲情，在中国，后妻确实难为。

但是，年轻是后妻的优势。后妻一旦等到丈夫去世，自己变成了遗孀，一下子就成了历史的亲历者，甚至可以对和自己并没有多少交往的丈夫的发妻说三道四。

梁思成的遗孀林洙就是这样一个女人。

林洙2004年出版了《梁思成、林徽因与我》一书。之后接受《新京报》的采访，当记者问及林徽因和梁思成对于幸福的看法时，林洙说，他们对幸福都是一种很宽容的态度。金岳霖对林徽因的感情，梁思成一直是知道的。林徽因知道梁思成很爱她，她觉得这样也很幸福。而金岳霖也说，他知道梁思成很爱林徽因，他说他不会去伤害一个真正爱林的人。他们对待婚姻都有一种很高尚的态度，我觉得现在对待婚姻、爱情有这种态度的人太少了。

这是什么态度呢？换到今天的说法，就是一种开放的态度。在林、梁、金三个当事人均已去世，并且生前从来没有就三人之间的感情公开发表过看法的情况下，林洙作为梁的后妻，说出这样的话来，确实居心有点叵测。从某种程度上说，这种所谓三角暧昧关系的广泛流传，是林洙一手造成的，虽然她谈起林徽因一直是尊重的口吻，但丝毫没有影响她对林徽因情史隐晦而巧妙的捏造。

而事实又是怎样呢？

网络和媒体上所流传的“林徽因同时爱上两个人”的说法最早即是出自林洙的这本书。书中说：我忽然想起，社会上流传的关于金岳霖为了林徽因终身不娶的故事，就问梁公，是不是真有这回事。梁公笑了笑说：我们住在总布胡同时，老金就住在我们家的后院，但另有旁门出入。可能是在 1932 年，我从宝坻调查回来，徽因见到我时哭丧着脸说，她苦恼极了，因为她同时爱上了两个人，不知怎么办才好。她和我谈话时一点不像妻子和丈夫。却像个小妹妹在请哥哥拿主意。听到这事,我半天说不出话,一种无法形容的痛楚紧紧地抓住了我,我感到血液凝固了,连呼吸都困难。但是我也感谢徽因对我的信任和坦白。她没有把我当一个傻丈夫,怎么办?我想了一夜,我问自己,林徽因到底和我生活幸福,还是和老金一起幸福?我把自己、老金、徽因三个人反复放在天平上衡量。我觉得尽管自己在文学艺术各方面都有一定的修养,但我缺少老金那哲学家的头脑,我认为自己不如老金。于是第二天我把想了一夜的结论告诉徽因,我说,她是自由的,如果她选择了老金,我祝愿他们永远幸福。我们都哭了。过几天徽因告诉我说:她把我的话告诉了老金。老金的回答是:看来思成是真正爱你的,我不能去伤害一个真正爱你的人,我应当退出。

然而事实上据各种资料显示此事纯属子虚乌有。根据林徽因友人费慰梅书中所写"1932 年 8 月徽因和思成的儿子的出生是一件大喜的事情"。再有,根据资料显示,金岳霖于 1931 年 7 月 20 日已经离开北京前往美国进修一年,并且当时他仍然和美国女友丽琳同居。所以,此事完全是虚构。

在这个重要的 1932 年,梁思成与林徽因的长女梁再冰 3 岁,而林洙才 4 岁。她们基本上是同龄人。可以想象,在母亲去世之后，一个和自己同龄的女人嫁给了自己的父亲，作为女儿确实很难接受。在林洙与梁思成结婚后，由于这桩婚姻的缘故，梁思成逐渐与自己的弟妹，自己过去的朋友甚至与自己的一对儿女渐渐疏远。在梁家的客厅里，原本挂着一幅由著名油画家李宗津所画的林徽因像，林洙和梁思成结婚后，取下了这幅画。为此梁再冰曾打了林洙一巴掌，并拂袖而去。此事当时从清华一直传到北大。

也正是因为梁再冰和林洙几乎同龄，作为一个老人，她没有多少气力替自己的母亲说话。她也不能阻止林洙出书写她的亲生父母。但是，乔松都可以。

乔松都是前外交部部长乔冠华与龚澎的女儿。在龚澎因病去世后，乔冠华与章含之有十年的婚姻。章含之是一位著名的后妻，她家世显赫，同样美貌与才华兼具。在乔冠华去世后，章含之出版了《跨过厚厚的大红门》等著作，回忆了她和乔冠华之间深厚的感情。她说，大概很少有人像我这样在短短的十二年中经历了从天堂到炼狱。这十二年中我得到的耀眼光彩使我成了一个公众人物，而我所获得的爱情令世人羡慕，不仅因为乔冠华当时是叱咤风云于国际舞台的佼佼者，而且我们这样年龄相差二十二年的忘年恋爱得这样深、这样真，也这样艰难。

几年之后,乔松都出了一本书《乔冠华与龚澎:我的父亲母亲》,封面上,“乔冠华”与“龚澎”这两个黑体的名字格外大,格外显眼。似乎在提醒章含之的众多读者们,龚澎才是乔冠华生命中最重要的女人,他们之间有二十八年的感情,育有一子一女。在这本书中,乔松都回忆母亲去世后父亲再娶那些不愉快的往事,只字没提章含之,只是说“那个中年妇女”。在书的最后有一篇《朋友的话》,这位叫思猛大哥的朋友说,冠华叔叔本是文人才子,又是性情中人,不幸过早地失去了贤内助和政治生涯的主心骨——龚澎阿姨,从而卷入了复杂的政治斗争的旋涡,留下千古遗憾。

确实,林徽因和龚澎这两位优秀的女性都活得太短了,也正是由于她们过早地去世,才给她们深爱的男人生命中留下了一段空缺。来填补这段空缺的两位女性,虽然都是优秀的,然而后来者总有逆袭的情结,她们无形中不是贬低了前任,就是美化了自己。林洙和章含之都有前夫和子女,她们和前夫的关系也都颇为复杂。

只有像杨绛这样才华与长寿兼具的女人,才能把她和钱锺书先生的感情完好无损地保护下来,不容任何人染指,即使面对费孝通,也能决然地说出:朋友,可以。但朋友是目的,不是过渡,换句话说,你不是我的男朋友,我不是你的女朋友。若要照你现在的说法,我们不妨绝交。

一对恩爱夫妻的从一而终,终究是个神话。若不想被后来者逆袭,就尽可能的长寿吧。

有些情怀和岁月无关

4 月的一个周末，我应邀参加星期天读书会和徐汇区图书馆联合举办的读书观影活动，重温了经典港片《流金岁月》。观影结束后，我作为嘉宾和到场的观众一起交流了对这部电影及原著小说的一些看法。

《流金岁月》这本书和《流金岁月》这部电影，其实很难放到一起来进行评述，因为导演杨凡在改编亦舒的这本小说时，对情节进行了大量地改动，差不多已经完全是两个故事了。

小说和电影是两个不同的艺术载体，导演在小说的基础上进行二次创作是很正常的。虽然对小说《流金岁月》的情节进行了改编，但作为电影的《流金岁月》仍然是一个完整的动人的故事，以至于过了这么多年，这部电影还是能直抵人心，让观影者为之动容。

我大概是在 2000 年第一次看了电影《流金岁月》，那时，距离这部电影拍摄的 1988 年已经过去了十二年。第二次看这部电影是今年，一晃又是十五年过去了。看后最大的感慨是，有些情怀真的和岁月无关，将近三十年的一部老电影，放在当下的大城市上海，竟然从剧情到剧中人物的穿着打扮，毫无违和感。张曼玉和钟楚红在她们最美好的青春年华，联袂贡献了一部佳作，两个大美女穿着时髦，剧中的戏服在将近三十年后依然华美。三十年前的香港和三十年后的上海，在时尚方面完美地衔接了起来，而那些炒股、炒房的情节也几乎在当下的上海复制着、上演着。拍这部电影时，张曼玉还不是影后，仍然处在扮演花瓶的阶段，演技显得较钟楚红稍逊一筹。在片中，红姑的演技非常好，如果不是早早息影，她大约会取得更大的成就吧？这两个美女就像她们扮演的蒋南孙和朱锁锁，之后选择了不同的人生道路，钟楚红结婚隐退，张曼玉成为横扫各大电影颁奖礼的演技派巨星，拿了无数影后。剧中的男配角李先生的扮演者曾江，大陆观众对他最早的认识是电视连续剧《射雕英雄传》中的黄药师。一晃几十年过去，曾江依然活跃在银屏上，刚刚获得了最新一届香港金马奖的最佳男配角，成为香港影坛的常青树。

杨凡是一个著名的导演，在他后来拍摄的电影《游园惊梦》中，影片开头便是这样的一句话：情不知所起，一往而深。这是《牡丹亭》里的句子。杨凡把电影《流金岁月》处理成了一个三角恋的故事，张曼玉扮演的蒋南孙和钟楚红扮演的朱锁锁，在中学毕业时同时爱上了宋家明。几年后重逢，朱锁锁在几番傍富商过上荣华富贵的日子之后，即将嫁给一个富二代，蒋南孙作为一个自力更生的职场女性一直待字闺中，看上去和单身的男记者宋家明更加般配。可惜的是落花有意，流水无情，宋家明和朱锁锁互相爱慕冲破种种阻力走到一起，最终，朱锁锁为了报答李先生的恩情而离开了宋家明。在电影中，朱锁锁的角色更加丰满，有情有义，蒋南孙就弱了不少，不但在三角恋中处于下风，在与朱锁锁的友情方面，也是故意隐瞒宋家明消息的一方，显得不够光明磊落。可这一切在导演的编排下又都显得合情合理，因为，情不知所起，一往而深。

导演杨凡是个男性，难免从男性视角来讲述这个故事。这个电影是以男主角宋家明的口吻来讲述的，在他读书的时候，邂逅了两个美丽的白衣少女，毕业几年之后又与她们重逢，身为记者的他要写下自己与这两个女孩子的故事，所以，就有了这部电影，他是两个女孩心仪的对象，但他只深爱其中的一个，可惜，情深缘浅，不能在一起。

其实，在女作家亦舒的小说《流金岁月》中，并没有一个叫宋家明的男主角。亦舒的小说中有很多男主角名叫家明，杨凡拍摄的另一部由亦舒小说改编的电影《玫瑰的故事》中,男主角就叫傅家明,玫瑰这个角色也是张曼玉扮演的。但在小说《流金岁月》中,没有男主角宋家明,确切地说,这是一部只有两个女主角没有绝对男主角的小说,因为亦舒在这部小说中着重要讲的是友情,换作今天的流行说法,就是闺蜜情。

我曾经在微博上看到大家在讨论什么才是真正的闺蜜,有个女作家说,她认为能够托孤的才是真正的闺蜜。在这个连孩子的父亲都未必能托孤的年代,以托孤来衡量女人之间的友情未免太苛求了。但是,《流金岁月》中蒋南孙和朱锁锁之间就是能够托孤的感情。朱锁锁在夫家败落之后,把自己的女儿托给了蒋南孙来抚养,自己跟随富二代老公甘苦与共去了。蒋南孙和朱锁锁是中学同学,从中学时代就是特别要好的朋友,她们家庭出身不同,各自成长,走上了不同的人生道路。但两个人之间一直情深意笃,从来不会因为某一个男人而心生芥蒂,因为,她们两个的爱情观是迥然不同的,绝无可能爱上同一个男人,相反,喜欢她们的男人常常会在她们的友情面前觉得自己是个外人。在小说《流金岁月》中,蒋南孙后来的男朋友是这样说的:王永正觉得这两个女人之间有种奇妙诡异的联系,非比寻常,在她俩面前,他始终是个外人。

在观影结束后的交流环节,有一个女孩子说,她觉得蒋南孙和朱锁锁之间的感情也可以用“情不知所起,一往而深”来形容。两个原籍上海的女孩子 12 岁时做了中学同学,从此成了一生的好朋友,互相扶持,肝胆相照,这种一相识就诚意接纳的感情确实也是情不知所起,一往而深。最近刚读了一篇文章《致我们终将失去的闺蜜》,恰好作者和她笔下的那位闺蜜我都认识,在我做副刊编辑时都曾经是我的作者。我几乎是忍着难堪读完全文,读到“有些人适合相濡以沫,有些人适合相忘于江湖。我们在遥远的两岸各自貌似安好,而彼此心怀善意,真是朋友间一场极幸运的事”,终于恍然,我和这两位美女最终相忘于江湖,真的不怨我。而蒋南孙和朱锁锁之间才是真正的闺蜜情,不但相濡以沫,而且肝胆相照,达到了可以托孤的最高境界。

亦舒写《流金岁月》这部小说,其实重点写的是女性的成长,作为一个女作家,她以女性视角,从女人的角度讲述了这个故事。这个故事里,有蒋南孙和朱锁锁这两个选择了不同的人生道路的现代都市女性,也有蒋南孙与祖母、妈妈三代女人的命运交响曲。蒋南孙的祖母是个重男轻女的传统老太太,一直嫌弃南孙不是个男孩子,而蒋南孙的妈妈则是个唯命是从的全职太太,一切都听从婆婆和丈夫的安排,在蒋南孙的父亲意外去世以后,南孙果断的让母亲到英国投奔姨妈开启新生活,自己一个人承担了照料祖母的重担。书中写道:“真奇怪,南孙心里想,自幼被当一个女孩子来养,父母只想她早早嫁个乘龙快婿(骑龙而至,多么夸张),中学毕业后速速择偶,到如今,社会风气转变,本来没有希望的赔钱货都独当一面起来,照样要负家庭责任。”

时代在进步,经过一代又一代女人的不懈努力,蒋南孙终于摆脱了几千年来传统观念对女性的束缚,成了一个自力更生的现代女性。而她的好友朱锁锁,却选择了和她截然不同的人生道路。朱锁锁从小寄人篱下,没有办法读大学,只能在高中毕业后早早就业养活自己。作为一个天生丽质的女人,朱锁锁选择了走捷径,很快就靠傍富商过上了养尊处优的日子。蒋南孙虽然并不认可朱锁锁的活法,但从来没有看不起她,也没有听从家长的命令和她断绝来往,朱锁锁也尽其所能报答蒋家对她的恩情。这两个女人,情路都是相对坎坷的。朱锁锁虽然凭借年轻貌美在男人面前呼风唤雨,但已婚男富商并不肯为她离婚,而她处心积虑嫁的富二代,又处处留情,她在那个大家庭里并没有尊严和地位。蒋南孙年轻时候的男朋友在家庭变故后抛弃了她,她一心打拼事业、照顾祖母慢慢成了大龄剩女,好在最后找到了情投意合的好男人王永正,修得正果。而朱锁锁在夫家败落之后只能咬紧牙关和他们同舟共济,连亲生女儿都只能托给南孙抚养。到底,蒋南孙的命运是掌握在自己手中的,而朱锁锁始终要依靠别人。

有些情怀真的和岁月无关。亦舒将近三十年前写的这两个身处香港的上海女孩子的故事,在今日的上海仍然不断上演着。看电影《流金岁月》时,我喜欢影片中的朱锁锁,她的扮演者钟楚红风情万种,在日本的街头她就那么回眸一笑,看呆了家明,也看呆了我。看小说《流金岁月》时,我喜欢书中的蒋南孙,一个沉稳大气、举重若轻的奇女子,活出了现代女性的精彩。

所有的久别重逢都是当头一棒

有个美女写博客说：最早看到“掉伞天”这个词，是读书的时候看了一篇台湾女作家的短篇小说，虽然当时并未真正理解作者要表达的意思，现在也全然忘记小说的情节，但下雨时出门带伞，雨停后伞却丢掉了，这个“掉伞天”的比喻却不经意地留在了记忆里。我和她一样，从十几岁起就记住了“掉伞天”。直到最近读了蒋晓云的长篇新作《桃花井》，看作者介绍才知道她就是当年《掉伞天》的作者。

从《掉伞天》到《桃花井》，于作者蒋晓云，时隔了三十年。于我这个读者，也隔了二十多年。真是猝不及防读到《桃花井》这样一部小说，在我的想象里以为最多是朱天心《初夏荷花时期的爱情》那样的风格，没想到竟遭遇了当头一棒！看完之后五味杂陈，结合着最近看的电视剧《北平无战事》，一时竟不知道该怎么消化这些作品。

卡夫卡说：“我们应该阅读那些伤害我们和捅我们一刀的

书。”《桃花井》于我就是这样的一本书。

逃离与回归是《桃花井》的主题。最近热播的电视剧《北平无战事》,最后一幕是方孟敖驾驶的飞机驶离北平飞往台湾。1949 年,是中国人家国命运发生巨大变化的一年,有很多中国人通过各种方式逃离大陆。《桃花井》中的主人公李谨洲就和太太带着小儿子逃离家乡来到台湾,把母亲和大儿子留在了大陆。书中只是串场的非主要人物杨敬远,也把年轻的太太和年幼的儿子留在了家乡。这两个男人都有非走不可的理由:一个是曾经的县长,一个是士绅级的少爷。他们后来在台湾的一个小岛监狱里重逢,身份都是政治犯。这真是让人感慨,原来他们走与留,命运竟然都差不多。

多年以后,两岸开放探亲,去台多年的老兵们纷纷回归。这一幕,我是亲眼见过的。当年解放,我还远远没有出生,80 年代末期两岸开放,我已经是中学生。只记得当时热销的杂志上到处都是台湾老兵寻亲的信息,我们看到有一个台湾人要找的亲人和学校里一个老师的名字一模一样,籍贯与年龄也对得上,就纷纷把杂志拿给老师看。老师哭笑不得:“好多人跟我说了,这个人真的不是我。”

可是我们的生活中,确实有台湾的亲人回家乡了。有个同学的外公从台湾回来了，他虽然年事已高，但气度不凡，出手大方，同学间热议的是他带回来的金戒指和给家里买的各种电器。那个时候，大陆的民生还不富裕，我们看台湾电影《汪洋中的一条船》，好羡慕片中家家都有冰箱、彩电。

于是，在时代的大背景下，《桃花井》中的杨敬远和李谨洲们回来了。杨敬远在回乡的路上就生病了，最后还没能真正看一眼故乡就死在了医院里，死在几十年没见面的妻子和儿子身边。丧偶的李谨洲却一次一次地在家乡和台北之间往返，直到 80 岁的时候，在大陆娶了一个 60 多岁的太太，定居下来，最后死在家乡。

就像同学的外公一样，李谨洲在家乡和台北之间一次次往返，其实就是把在台湾攒的一点老本一次次折腾在回家乡的过程中。由于大陆的贫穷，他的出手大方令他重新找到当年在家乡做青年县长的成就感和尊严。在台湾多年，他是个郁郁不得志的政治释放犯。这犹如当头一棒，让我重新思考亲情和金钱的分量。

李谨洲带到台湾的小儿子后来读了大学，留在家乡的大儿子则成了农民。两个儿子的命运是被小儿子逆转的，当初被带走的本来是哥哥，只因为奶奶舍不得哥哥，而弟弟又表示自己不会哭闹,父母就换了小儿子带到台湾。几十年后,兄弟二人久别重逢,结果却是“慎行知道为了 3 岁那年兄弟互换位置的事,慎思一辈子饶不了他”。这真是当头一棒的悲哀,整个民族的大悲剧落到个人身上,竟使这对亲兄弟不能释怀。

这些年工作,我接触到很多台湾公司和在大陆工作的台湾人。随着经济的发展,台湾人经济层面的优越感越来越小,李谨洲们后来在大陆的排场也越来越负担不起。台湾人和大陆人都经历了复杂的心态变化。李谨洲 80 岁的时候用他在台湾的最后一点老本给自己安排了余生:在家乡娶个太太,照顾自己的暮年。

《桃花井》中的董婆就这样成了李谨洲的第二任太太。这场婚姻的结局也是给人当头一棒:伺候中风的李谨洲终老后,董婆吊死在了自己家中。董婆命运坎坷,小时候被卖到青楼,后来又多次嫁人,送走了五个丈夫,李谨洲是最后一个,也是她此生唯一真爱。“桃花井那不堪,甚至非人的过去在现实中被遗忘,在精神里重生的董金花,是大户人家里的规矩姨奶奶”。董婆带着这样的满足感殉了夫,不禁让人感慨,几千年过去了,中国妇女的命运竟然还是看不到丝毫改变。

《桃花井》这本书,是蒋晓云与小说创作的久别重逢。对于写作,她的感慨很多,在代序和跋及后记中都有各种抒怀。我是先看了这三篇文章才开始读小说正文的,她讲了自己创作道路上的逃离与回归。蒋晓云说:“我的创作开始在报章、杂志发表时,我的父母一则以喜,一则以忧,虽然得意女儿名字因好事见报,却又怕我胡编瞎写惹上文字狱一类的麻烦。”大约也是有这方面的顾虑,蒋晓云在 1980 年之后有三十年没有出书,在美国做了几十年职业妇女兼家庭主妇。父母去世后,写作方面政治上的担忧没有了,她却说:“我在做一个需要人‘供养’的单身女作家,和有能力分担家庭责任的职业妇女的前途之间,选择了后者。”直到退休之后,她才重新提笔写作。这真的又是当头一棒,令我对和蒋晓云的久别重逢,再添沉重一笔。我也是一个已届中年的写作者,30 岁到 40 岁之间也曾在需要供养与分担家庭责任之间选择了后者,现在写作之路虽然重启,也是一路走来一路顾盼,可能真的如卡佛所说:“作家需赚钱购买自己写作的时间。”

令人欣慰的是,60 岁的蒋晓云已经拥有了写作需要的钱和时间,希望她能一路精彩地写下去。

济南往事:作茧自缚抑或破茧而出

2001 年,我离开济南到上海工作的那一年,一个济南的高中女生张悦然获得"第三届全国新概念作文大赛"一等奖。之前在济南混论坛的时候,我已经在网上认识了张悦然的师哥李一粟,他是"第二届全国新概念作文大赛"一等奖的获得者,2000 年保送到了清华大学法律系。所以,张悦然这个济南女孩并没有引起我太多的关注。在上海十几年,我是从 2015 年才第一次读张悦然的小说,先后读了发表在杂志上的一个中篇、一个短篇,最近又读到了她发表在 2016 年第二期《收获》杂志上的长篇新作《茧》。读完张悦然这个长篇,我开始对这个济南姑娘刮目相看。

《茧》这部长篇小说,写的是以山东医科大学为背景的一段故事,围绕着一个在"文革"中受到伤害的植物人,讲述了三个家庭的三代人错综复杂的恩怨情仇。看到张悦然笔下的医科大学的校园、南院的家属区,我突然就想起了 2002 年夏天去过的一个朋友在山东医科大学的家。

最近几年我对80后作家极为看好，相比于70后的专业作家，80后作家普遍受过完整的高等教育，较早接触西方现代作家的作品，视野开阔，技巧娴熟。在70后女作家还在集体仰望张爱玲这座高峰的时候，80后们早就把目光洒向了比张爱玲更远的地方。在《茧》中，张悦然借着女主人公李佳栖的话，直言不讳地表达了对张爱玲的看法："看了一遍目录，翻到名字最好听的那一篇，叫《倾城之恋》。听上去应该是个动人的爱情故事。没想到一上来，女主角已经离婚了，让我想到我妈妈。并且充满了算计和钩心斗角，完全和美好无关。勉强读完，我一点都不喜欢这个故事。看了看作者的名字，我在心里暗暗发誓，以后再也不读这个人写的东西了。"

既然书名叫《茧》，自然讲的就是作茧自缚抑或破茧而出的故事。全书从李佳栖和程恭两个80后的孩子十几年后在医科大学的校园相遇讲起，他们曾是小学同学，都曾住在医科大学的家属区。程恭的爷爷就是那个"文革"中受伤的植物人，一个革命军人出身的医科大学的副校长，而李佳栖的爷爷则是医科大学的著名院士。因为祖父一辈的恩怨，李佳栖和程恭的父母一辈也恩怨纠缠，程恭的姑姑暗恋着李佳栖的爸爸，而李佳栖的爸爸则喜欢一个叫汪露寒的女子，汪露寒的父亲在"文革"中因为涉嫌伤害程恭的爷爷而自杀,母亲受刺激精神失常。真相似乎在两个孩子的调查中逐步展现,真相也成了两个孩子成长的阴影。

我一直觉得很多80后孩子的叛逆源自父母离异,70后的孩子还比较少有父母离异的状况发生。独生子女兼父母离异的80后,先天在情感上就有了重大缺失。李佳栖的父亲娶了下乡插队的“小芳”,恢复高考后他考上了山东大学中文系,硕士毕业后留校任教,为了保护学生而受到处分,他辞职经商,与“小芳”离婚,娶了青梅竹马的汪露寒,后来跑到俄罗斯成了倒爷。从父母离异,到父亲车祸去世,李佳栖都在努力地寻找父爱,却始终没有答案。她长大后,先后遇到了父亲当年的学生和同事,并同他们产生了复杂的感情。三代人的爱恨情仇看下来,每个人似乎都是时代的受害者,却没有一个人是无辜的。

其实,原生家庭对孩子的影响不仅仅是父母离婚,父亲对儿子的冷酷也是一种影响。李佳栖的父亲和爷爷就是彼此冷漠、互相抵抗的一对父子,在去北京办理儿子的后事时,她的爷爷仍然能平静地先把几台手术做完。一直到生命的终点,李佳栖的爷爷都没有说出当年的真相,我感觉在他内心深处,他并不认为自己是一个凶手,因为,没有一个人是无辜的。

济南真是一个特别的城市,其实现代中国史某种程度上可以说是被一条胶济铁路改写的历史,济南就在这条著名铁路的一端,青岛在另外一端。济南和青岛都有众多德国人的建筑。同样是德国人修的火车站,济南站早早被拆掉了,青岛站却保留至今,这也反映了两个城市对待历史的态度。改革开放初期崛起的很多知名企业,青岛的大多存活至今,济南的很多都烟消云散。长大后的李佳栖和程恭步入职场,虽然没有祖辈父辈们因政治原因遭遇的挫折,但他们一样面临着商业时代的职场挑战,一个企业就在他们手里倒下了。80 后们无论在感情还是事业方面都较少受到道德的约束,不管是男女关系的道德,还是商业伦理的道德。但是,我们很难用是非来判断这种改变,因为,什么都有代价。

很钦佩张悦然作为一个 80 后的写作者能驾驭《茧》这样一部跨度几十年的长篇小说,难能可贵的是,她为我们提供了一个 80 后的视角,来重新审视当代中国曾经发生过的那些重大事件。济南是张悦然出生和长大的城市,这个城市的点点滴滴都流淌在她的文字之间,直到小说的最后一段。张悦然把最后的笔墨献给了济南的炸酱面:

“程恭回过身来,硬币已经被新落的雪覆盖,看不见了。他和李佳栖站在那里,听着远处的声音。汽车发动机的声音,狗的叫声,孩子们的嬉笑声,一个早晨开始的声音。他闻到了炒熟的肉末的香味,浓稠的甜面酱在锅里冒着泡,等一下,再等一下,然后就可以盛出锅,和细细的黄瓜丝一起,倒入洁白剔透的碗中。"

与炸酱面齐名,济南还有一种著名的小吃甜沫。在济南的那几年,我不曾吃过甜沫,一直到去上海后再回济南,我才慕名品尝了甜沫,并不太喜欢它的味道。虽然在济南工作生活过几年,我却不曾拥有过这个城市的户籍,算是一个"济漂"。可是那些济南往事,已经成为我生命中不可磨灭的烙印。离开济南于我,也算是一段"破茧而出"的难忘经历。

淌过影像与歌声的时间之河

读盛可以的长篇小说《时间少女》时，我耳边始终回荡着那首《九九艳阳天》。真没想到这首歌的旋律在我的记忆里保存得这么完整，不知道已经淌过了多少岁月。

《九九艳阳天》是1957年电影《柳堡的故事》的主题曲。对于生于20世纪70年代的盛可以和我，恐怕都很难记起第一次听到这首歌的时间。盛可以把这首歌作为一条有关湖南少女西西身世的线索，贯穿整部小说。这首歌也是西西母亲许文艺爱情故事的写照。“九九那个艳阳天来哟，十八岁的哥哥呀，坐在河边……等到你胸佩红花，回家转……”，盛可以在《时间少女》中把歌词“回家转”全部改成了“回家庄”，可能是听歌时的口误，因为小说的故事背景是湖南，而《九九艳阳天》的背景却是江苏宝应。这首脍炙人口、流传广泛的电影歌曲，其歌词大量运用了民间的素材和民歌中赋比兴、问答和重复等表现手法，让整首歌曲充满活泼的生命力，有着坚实的生活基础。歌曲调式以传统的五声调式为主干的六声调式,曲调以级进音型为主,间有小跳,使之旋律优美,节奏明快,柔美悠扬,婉转俏丽,音域跨度不大,采用了典型的江苏民歌小调式的表现手法,恰似劳作休闲时所哼唱的小曲,又如年轻恋人的对唱,极具生命力和生活性。

这么一首欢快向上结局美满的爱情对唱歌曲,由《时间少女》中的疯女人许文艺独自唱出来,平添了各种凄凉之感。许文艺的兵哥哥一去不回头,带走了许文艺的爱情和贞操。许文艺生下女儿后千里寻哥未果,回来后就疯了,幼小的女儿也被乡下农妇抱回了家,长大后变成了少女西西。

西西的命运比许文艺好不到哪里去。当她爱上城里的读书郎傅寒并委身于他时,并不知道被抛弃的命运正在延续,先是被亲生父母抛弃,然后被各个男人抛弃。许文艺和兵哥哥的爱情刻在了河边的那棵树上:"树上面竖刻着两行字,第一行:等你佩戴红花回家庄,署名许文艺。第二行:等我回来迎娶小英莲。"这棵树下也发生了西西和傅寒交欢的故事。西西也在树上刻下了一句话:"永远不要忘记那朵小红花。你的小傻瓜。"却始终只有一行字。

西西小时候在猪圈里长大。"西西喜欢猪圈的味道,或者,喜欢母猪身上的奶味,包括那些小猪崽"。她对疯女人许县长的第一印象是“一个洁净的女人,还带着很‘妈妈’的温馨笑容”,在对许县长的故事和自己的身世产生怀疑时,西西去看了《妈妈再爱我一次》这部电影。整个《时间少女》的故事没有一个明确的时间交代,《妈妈再爱我一次》这部电影的出现第一次让我确认这是个20世纪90年代初的故事。这部电影我是1990年上大学后和同学一起在学校电影院看的,当时看哭了很多人,我和同学看之前约定一定不要看哭。事实上看的时候也没怎么哭,然后很快淡忘了剧情,远不如对《九九艳阳天》这首歌的记忆深刻。

回忆一下这部电影吧。《妈妈再爱我一次》以倒叙方式进行,描写精神病医生林志强留学归国,正要展开精神病院的业务,偶然发现院中一名病人,竟是他失踪十八年的母亲秋霞。原来当年其母秋霞与其父相恋,但遭林母以秋霞身家不清白为由拆散鸳鸯,一次风雨之夜,志强躲在庙外避雨,秋霞等人遍寻不着,翌晨找到时,志强已奄奄一息,昏迷不醒。秋霞大为激动,失足跌下楼梯成为疯妇。十八年后,志强终于找到他心爱的母亲,并以一曲儿歌“世上只有妈妈好”重新唤醒母亲尘封多年的记忆,母子相认大团圆。

西西亲生母亲许县长就是一个失去爱人和孩子的精神病人,然而,同电影《妈妈再爱我一次》母子相认大团圆的剧情不同,许县长从来没有想过西西可能是自己的女儿,她完全疯了。在小说的最后,许县长死在街头,西西在许县长的尸体上看到确认自己身份的记号:"她清楚地看见了那条手臂上的手镯,以及手臂上粉红的圆点,被太阳烤得红亮,艳丽。艳丽得在她面前炸开,世界一片粉红。"西西手臂上有和许县长一样的粉红圆点。这是许县长在自己和女儿身上烫出来的记号。

《九九艳阳天》超越一般电影的插曲,成为纯朴、真挚、缠绵爱情的象征。可许县长的爱情是一出始乱终弃的悲剧。电影《妈妈再爱我一次》虽然让观众泪流满面,但母子终于相认团圆,西西和许县长却只能在天堂里母女相逢。《时间少女》对影像、歌曲故事的颠覆并不仅于此,盛可以还改写了金庸的小说《神雕侠侣》。被傅寒抛弃后,西西又爱上了工人厉小棋,厉小棋决定不顾各种流言和西西结婚,虽然内心里很在意西西不是处女。就在结婚前夕,厉小棋在工厂里被机器卷掉了一只胳膊,看上去很像独臂杨过和失身小龙女从此将拥有美好的姻缘,可在去西西家提亲那天厉小棋没有出现……

《时间少女》是华语文学传媒大奖获奖作品。虽然在情节上借鉴并颠覆了《九九艳阳天》《妈妈再爱我一次》《神雕侠侣》等歌曲、电影、小说,但它毕竟是一部有着作者盛可以浓烈个人色彩的小说,并不是每个人都能把一个母女两代遭遇"痴情女子负心汉"的故事讲述得不落俗套。"如果提前知晓爱情是一场浩劫,你是否还会义无反顾?"淌过影像与歌声的时间之河,新一代少女们的命运总该有些变化了吧?

同性之恋与母爱之光

在拿到《卡罗尔》试读本的前一天，我刚刚在网上下载了最新的同名电影，还没来得及看。先看书还是先看电影？我突然就面对了一道选择题，上海译文出版社的朋友说，先看书再看电影，我就是这样的。我没有像她那样，抵不过电影色香味更全的诱惑，先把电影《卡罗尔》看了，然后，读小说时看到卡罗尔这个名字，脑海里浮现的全是凯特·布兰切特的形象。

总觉得《卡罗尔》的原著作者帕特里夏·海史密斯就应该是一个像凯特·布兰切特一样的气场强大、充满魅力的女人。她的小说写得太好了！读完上海译文出版社的雷普利系列之后我这样感慨。看完《卡罗尔》之后我又感慨：她太会写小说了！擅长讲故事已经让人膜拜。读雷普利系列的时候，我完全跟着作者进入了一个是非混乱的境地，是的，雷普利是个罪犯，杀了很多人，可我为什么就喜欢看他一次又一次逃脱呢？因为海史密斯要让他活着。“这是一个很扰人的阅读经验，但又令人难以合卷;论者大都归因于海史密斯处理人物的心理深度,她深明犯罪者天性中不可控制的冲动与自成一格的内在逻辑,描写得既可怖却又合情合理。而那些非理性的犯罪冲动又隐隐与我们内在的某些声音若合符节,让我们读后害怕起自己来”,詹宏志在雷普利系列小说的导读中这样说。所以,以海史密斯的功力,让《卡罗尔》这本小说抹掉世俗观念里男女之欢的美好,给读者一种女女之恋更伟大的感觉,简直就是小菜一碟。而一本爱情小说应该有的语言的煽情和优美,海史密斯只会给你更多:特芮丝“只觉得卡罗尔的香水是从常青树强烈气味当中延伸出来的一条细细的线条,她只想要跟随着这个味道,用手臂抱着卡罗尔”……“特芮丝再度注意到她从肩膀到宽腰带上的线条,延伸到她大腿上。线条很美,就像琴弦或一整段芭蕾一样”。看看,这只是我随便从书中摘抄的两小段,一个男人对女人气味和线条的感觉,能有这么细致美丽吗?在海史密斯的笔下,同性之恋多么美好。

迄今为止,我对同性之恋的了解全部是通过影视文学,生活中没有任何一位朋友的性取向是同性而非异性。最早的阅读体验是陈若曦《纸婚》这本小说,那时我 20 岁左右,保守而充满偏见,这本小说让我以为同性恋是误入歧途,如果碰到好的女子,男人是不会爱上同性的。这当然没有太多的道理,即使后来我喜欢的张国荣,曾经对毛舜筠说如果她当初接纳他,他可能就会有不一样的人生,我依然觉得那只是双性恋而已。后来根据小说《北京故事》改编的电影《蓝宇》,我看完感动得想流泪。再后来李安的《断背山》,因为男主人公结婚,让我得出对方爱上同性的婚外恋对已婚女人的伤害比爱上异性更甚的结论,因为完全没有希望。从 20 岁开始这一路同性恋影视文学读下来看下来,我慢慢同主流舆论一起在进步在成长,已经能理解和尊重别人的性取向,直到看到《卡罗尔》,才猛然惊觉同性之恋并不需要自己的理解和尊重。海史密斯在《关于本书》中说:“《卡罗尔》的吸引力在于,对书中的两个主角来说,结局是快乐的,或者说她们想要共组未来。”海史密斯真是内心极度强大的女人。我最早读的《纸婚》的结局是悲惨的,男主人公得了艾滋病,这暗示了一种离经叛道的代价。

纵然海史密斯以一种不容置疑的口吻写了一本优美的同性爱情小说,我依然要在字里行间追问:为什么特芮丝会爱上卡罗尔? 不论是同性还是异性,两个人能够相爱除了身体的魅力,精神上的慰藉在哪里? 书中我看到,特芮丝第一次见到卡罗尔就对这个“穿着皮草大衣的优雅金发女子”很有好感,“特芮丝注意到那女人的嘴巴和脸颊，很像自己的母亲”。在这个故事里，两个女人有十几岁的年龄落差，以及身份地位、经济能力的差距，这并不是一种旗鼓相当的对等之爱。就像一个从小缺少父爱的女孩长大后很容易爱上一个像父亲一样的年长男子，海史密斯告诉我们，一个缺少母爱的女孩长大后也会有可能爱上一个母亲。卡罗尔就是一个母亲，有一个女儿，在和特芮丝相遇时，正在同丈夫办理离婚手续，并积极争取着女儿的抚养权。至于卡罗尔离婚的原因，当然不是因为特芮丝，而是因为艾比，她从小到大的闺蜜，却在后来成了同性爱人。也就是说，在同特芮丝相遇时，卡罗尔已经明确了自己的性取向，而特芮丝还是迷惘的。她有一个交往中的男朋友，虽然一直抗拒和他的身体接触，但她还不知道自己会接纳一个女人的身体。一明一暗，一长一幼，所有的爱情都是从试探开始，然后步步为营，走向美好或者深渊。

波伏娃在她的名著《第二性》中曾经把所有的母女之爱都指向了同性恋。换句话说，母女情是两个女人之间最接近同性恋的一种感觉。都说儿子是妈妈的小情人，女儿又何尝不是呢？特芮丝只有 19 岁，“卡罗尔对她仿佛像对一个生病发烧的小孩一样”。她小的时候住在儿童之家，“基本上，人们都把她当作孤儿，学校里半数以上的女孩子是孤儿，永远没有从外面得到过礼物”，她曾经崇拜艾莉西亚修女，而遇到卡罗尔之后，“她就已经把艾莉西亚修女抛得老远了，修女远远比不上坐在对面的那个女人”。看来，特芮丝对卡罗尔的感情同很多男女之爱也没有什么不同，也是因崇拜而起，因依赖而生，爱情弥补了亲情的欠缺。她是一个单纯的少女，而卡罗尔就不同了，她是一个正在走向中年的女子，情感丰富、内心强大，特芮丝对她的吸引远远没有她对特芮丝的吸引那么容易理解。卡罗尔和丈夫之间是中产阶层婚姻的典范，与艾比之间则是从闺蜜到情人的惊人跨越，她爱上特芮丝简直是对丈夫和艾比的双重背叛。说真话，海史密斯并没有通过这本小说说服我，为什么卡罗尔非要爱特芮丝不可？难道女人对女孩的肉体也有类似中年妇女对“小鲜肉”那样的垂涎吗？尽管这份感情的缘起在我看来不够有说服力，但感情的发展却足够饱满、波折，特别像一种历经苦难终成正果的爱情。波折的起因是卡罗尔的女儿。

卡罗尔算是一个离经叛道、不守妇道的中产阶层主妇。文学史上类似的形象很多。我随便举一个例子，《包法利夫人》中的爱玛。爱玛一生在她的虚荣心的驱使之下追求着爱情直至死亡，她怎么作我都能理解，唯一不能理解的是她对自己女儿的不闻不问。我常常想，就算她对丈夫毫无感情，充满厌倦，但女儿总是她亲生的，总会有母爱吧？可是爱玛没有。爱玛死后，她的女儿会有怎样的人生？我突然就想到了特芮丝，爱玛的女儿会不会变成一个特芮丝一样的少女，然后遇到一个卡罗尔？卡罗尔虽然也作，但她不是爱玛，她很爱自己的女儿，为此不惜一切代价要争取女儿的抚养权。可惜她的丈夫被她的所作所为伤害太深，这个蠢男人能想出来的惩罚卡罗尔的办法就是抢走女儿。他请了私家侦探一路跟踪卡罗尔和特芮丝，以不法手段取得证据，要在离婚诉讼中让卡罗尔一无所有。同性之恋与母爱之光的冲突，让这本小说从爱情小说变成了悬疑小说，海史密斯写起悬疑来真是太擅长了。这冲突让热恋中的两个女人经历了重生，她们最终冲破所有的障碍走到了一起。至于卡罗尔的女儿，她最后还是被牺牲了吧？卡罗尔失去了她的监护权，但我相信她会一生爱着女儿，关心女儿，并且在以后的岁月里一旦有机会一定会想着重新夺回女儿的监护权。

因为同性之恋不可能有一个拥有两个人基因的生命的诞生，所以在这样的故事里看到母爱，总是有些异样的感觉，这也是我虽然被雷普利一路诱惑着看他杀人，却常常会从卡罗尔的故事中跳出来走走神的原因。可是，海史密斯作为一个小说家太优秀了，她随随便便写下的文字都充满了诗意之美，我愿意给这样一部充满诗意的作品打一个高分，以感谢一个天才女作家给我们带来的不一样的阅读体验。最后让我们读读海史密斯的诗歌，看看她怎样歌颂一月：

> 一月。
>
> 一月是所有的事物，也只是一种事物，例如一扉稳固的门。一月的寒冷把整个城市封进一个灰色的胶囊里。一月是好多个瞬间，一月也是一整年。一月的每个瞬间如雨点般倾泻而下，凝结在她的回忆中……

后面的故事就是小说里的情节了。赏心悦目，波澜壮阔。

姐妹花的遇见与别离

两个女孩，少年相遇，互相依靠走过人生短暂而漫长的道路，也历经了嫉妒、愤怒、伤害、憎恨……如果说我在看的是这样一个故事，电视机前的人们一定会抬起头来说：这是《芈月传》吧？芈月和芈姝，正是这样的一对姐妹花。她们出生在公元前的战国时代，少女时在楚宫里相遇，后来又一同来到了秦国，她们之间那些相爱相杀的故事把芸芸众生都虐得不轻。“悄悄是别离的笙箫”，芈月最终站在了权力之巅，曾经的好姐妹芈姝黯然落幕。

其实，虽然同样是讲姐妹花的遇见和别离，我看的这本小说的名字是《萤火虫小巷》，作者是美国畅销书女作家克莉丝汀·汉娜。当年，在她决定要去读法律之时，她母亲说：“但你将来注定要当作家的。”事实证明母亲的话永远是正确的，汉娜已经写了 20 本书。在离开楚宫前往秦国之前，芈姝的母亲也表达了对芈月一同去秦的担忧，事实证明芈月果然是一颗霸星。

柯尔律治说,友谊是一棵可以庇荫的树。在遇到友谊这棵树之前,女孩们首先要得到来自母亲的庇护。有没有一个好的母亲,对女孩的成长极为重要。在看这本书之前,我 10 岁的女儿遭遇到了对友谊的一些困惑,当我得知《萤火虫小巷》被书评人称赞其为“一本描写女性友谊罕见的史诗”时,我找了这本书来读,没想到读后最受启发的反而是如何当好一个青春期女孩的母亲。我的女儿很快也要青春期了,她以后会是塔莉还是凯蒂这样的女孩?我不得而知,可能两种都不是,而我要做的是向凯蒂的妈妈学习,甚至塔莉那个极不靠谱的妈妈也有可取之处。

塔莉和凯蒂正是《萤火虫小巷》一书的两个女主角。“塔莉,美丽聪明,却行为叛逆,总是人们目光的焦点,但没有人知道,她一直活在被母亲抛弃的阴影中,更害怕一直照顾她的外婆撒手人寰。凯蒂,一个看起来中规中矩的乖乖女,有着幸福温馨的家庭。性格温顺可爱,只是乖巧的外表之下,也充斥着无法消解的束缚感,偶尔渴望挣脱”。这么说来,这两个女孩的经历和芈月、芈姝也有几分相像。而凯蒂的妈妈穆勒齐伯母可不是芈姝生母那样的狠角色,她博爱、包容,在塔莉外婆去世后,她充当了塔莉的监护人,“之后数十年的人生中,塔莉一直记得这一刻,这是崭新的契机,她成为全新的人。……她永远记得这一刻和这句话:

欢迎加入我们家,塔莉”。

作者汉娜认为,虽然凯蒂与塔莉互相有很深的影响,但是在最深层的内在,母亲教养的方式决定了她们的性格。14 岁,两个女孩初相遇不久,穆勒齐伯母就发现了塔莉在撒谎,而她的女儿凯蒂是个好孩子。但她没有阻止女儿与塔莉的交往,而是教育塔莉:“你妈妈是怎样的人,过怎样的生活,并不代表你也一样,你可以自己选择,而且不必觉得可耻。可是,塔莉,你必须拥有远大的梦想。就像电视上的珍恩·艾诺森那样,能在人生中得到那种地位的女人,一定懂得追逐她想要的一切。”

珍恩·艾诺森是最早登上晚间新闻时段的女主播。塔莉由此确定了长大以后要当记者的理想,后来,她果然实现了自己的理想。而她的亲生母亲白云,虽然多年来对她撒手不管,自己沉迷于大麻及抗议者身份,但仍然对年幼的塔莉说:“记住了,孩子,人生并非洗衣、煮饭、生小孩,而是要追寻自由,做自己想做的事。如果你想,你甚至可以当上他妈的美国总统。”

在让女孩子树立远大理想方面,两个妈妈方式不同,但目标一致。塔莉和凯蒂虽然选择了不同的人生方向,但她们都勇敢地听从了内心的呼唤,做了自己想做的事情。从 14 岁相遇,她们就亲如姐妹,共同度过了许多美好的时光,直到遭遇爱情。

友谊于是垂怜自天而降，
来到人间为我帮忙；
它大概也充满着温存，
但再比不上爱情那样的炽狂。

——伏尔泰《赠夏特莱夫人》

塔莉和凯蒂都是为爱疯狂的女子。只不过爱情之外，塔莉追求的是个人事业的成功，爱情是事业的助推剂。大学里和查德的师生恋，一方面“他的确给她很多帮助，他们在一起时他传授了许多东西，如果她自行摸索，恐怕得花很多年”；另一方面，塔莉从小没有父亲，教授查德的出现弥补了她父爱的缺失。

就像芈月、芈姝最后都成为秦王的女人一样，塔莉和凯蒂这对姐妹花也和同一个男人纠缠了半生。塔莉和凯蒂大学毕业后在同一家电视台工作，强尼是她们的同事。一开始“他们三个在人生的瓦砾中寻觅真相，却坚决不肯看清自己的人生。塔莉不晓得强尼喜欢她，他则完全没有发现凯蒂的心意”。这段奇异的三角关系的打破，先是来自塔莉的失恋，因为追求事业的成功，她没有接受教授查德的求婚，不肯为婚姻放弃事业。她是爱查德的。在这段苦闷期，她和强尼有了一夜情，仅仅是一夜情，她并没有爱上强尼。而强尼在意识到无法得到塔莉的真心之后，接受了凯蒂的感情，并在凯蒂怀孕后和她结了婚，成了一个五好丈夫。对凯蒂来说，强尼是一个无可挑剔的好丈夫，孩子们的好爸爸。对塔莉来说，强尼后来成为她的事业搭档、合伙人，助她一步步走上事业的巅峰。

中年之后的塔莉和凯蒂都遭遇到了各自人生的种种挑战，这和友谊无关，是全天下女人都会遭遇的挑战。无论是职业女性还是家庭主妇，拼到最后其实殊途同归，总会有体力不支的那一天。所以这对姐妹花的故事还告诉我们，女人不必去羡慕别人的人生，总要有所选择，然后，有所遗憾。女主播塔莉觉得“30出头时，应付如此繁忙的工作并不难，但她现在快要40岁了，开始感觉有些疲惫，穿上高跟鞋赶场变得很辛苦”。而家庭主妇凯蒂则发现“带玛拉和双胞胎一起出门买东西是件令人头疼的苦差事。她接连跑了超市、图书馆、药局和书店，还不到三点就已经体力耗尽。回家的路上，双胞胎不停哭闹，玛拉则一直怄气”。

玛拉就是凯蒂的大女儿，一个青春期少女，正是因为她，塔莉和凯蒂遭遇了她们相识之后友谊方面的最大挑战。虽然凯蒂对强尼和塔莉的关系终生耿耿于怀，但强尼实在是个好丈夫，并没有中年男人出轨的狗血剧情发生，塔莉也没有去撬好姐妹的老公。芈姝一直耿耿于怀芈月侍寝秦王并得到了更多的宠爱，但让她们姐妹俩反目成仇的原因还是下一代，芈姝要保证自己的儿子稳坐江山，所以才会对芈月母子赶尽杀绝。青春期少女玛拉极为崇拜事业有成的干妈塔莉，和自己的妈妈凯蒂关系恶劣，而塔莉试图居中调停，反而火上加油。"凯蒂站在那儿，看着女儿对干妈崇拜至极的模样，虽然不想承认，但她感到一丝揪心的嫉妒"。玛拉是一个性格更像塔莉的女孩子，后来穆勒齐伯母一针见血地对塔莉指出："你不该抢着做玛拉的好朋友，而是要做凯蒂的好朋友。"

正是因为没有摆正自己在一对母女之间的位置，塔莉一度失去了他们整个家庭的信任，强尼也放弃了工作离她而去。然而，塔莉和凯蒂从 14 岁到 40 多岁，她们这对姐妹花的友谊，就像萤火虫的微光，足够温暖彼此的一生。凯蒂患了癌症，去日无多。塔莉得悉后放下一切来到凯蒂的身边，她送给凯蒂的礼物是一本笔记本，让凯蒂写下自己的故事。曾经，凯蒂的理想是成为一个作家，可是家庭及孩子们束缚了她，在人生的最后时刻，她还是为孩子们留下了自己的故事。看来只要有理想，我们总是有办法可以去实现它。

死亡是最后的别离。凯蒂亲自安排了自己的葬礼，塔莉一一恪守，“凯蒂选了塔莉最爱的花，而不是自己喜欢的那种，这就是她”。都说夫妻是要性格互补的，好朋友也是。“我知道你一定觉得被我抛弃了，但是你错了，你只要想起萤火虫巷，就能找到我。塔莉与凯蒂永远在一起”。最好的朋友是会永远放在心里的，所以凯蒂去世之后，塔莉并没有感到孤独。“她们拥有超过三十年的感情，经历过起起落落，什么也无法夺走。她们拥有音乐和回忆，在那里，她们永远永远在一起”。

热播的《芈月传》把我们带到了遥远的战国时代，让我们见识了楚国与秦国的种种风情。《萤火虫小巷》这本小说也把我们带到了美国，从20世纪70年代一直到今天，每个年代的流行音乐及影视剧都穿插在书中，从阿巴乐队到玛利亚·凯瑞。当我们读完这对姐妹花感人肺腑的故事之后，再把书中提及的流行歌曲找来听一听，也是不错的选择。

物欲横流方显女孩本色

坦白地讲,我是怀着一颗猎奇的心去读这本《香奈儿女孩》的。因为它的噱头如此直接:关于物欲、虚荣与幻灭,直击 90 后女大学生的"拜金时代"。更有先前读过书稿的朋友在微信圈剧透:你能想象现在的女大学生会为一顿鼎泰丰包子而献出初夜吗？这一下子就吊足了我的胃口。

其实,除了理想、革命至上的那个年代,哪个时代不是"拜金时代"呢？单就文学作品而言,《包法利夫人》《项链》等名著珠玉在前,所谓写"拜金时代"的文学作品,思想性、艺术性肯定无法超越前辈,唯一能体现的只有时代特色了。

于是,《香奈儿女孩》这本长篇小说应运而生。作者白薇是个 90 后留美女硕士,长得也很惊艳,颇具小说中女主角之一白霜的神韵。在前言中,她直言"我自然是落了俗套的写了感情",可是,书中为情困为情死的白霜始终感觉面目模糊,倒是另外两个直截了当出卖身体换取香奈儿的女孩苏苏、叶影的形象更立体,感情更饱满。整本书读下来,作为猎奇者的70后的我依然不了解90后们对爱情的态度,但他们对物质的追求和痴迷倒是深深触动了我,说看得目瞪口呆也不为过。

著名评论家吴亮说过,上海曾经有一些年轻的女作家怀着一种欣赏、向往写物质生活,这样只能写出来一种品质那就是穷酸,向往是因为没有,炫耀也不是一个好点子。只有两种品质能够写出好的物质生活,一种是愤怒,还有一种是遗憾。敏锐地观察,一定要和愤怒,和遗憾相关联,而不是向往,更不是炫耀。

白薇是个北京姑娘,《香奈儿女孩》中的故事也发生在北京。她对笔下的物质的北京,并没有太多向往和炫耀,虽然愤怒也有,遗憾也有,但离吴亮的要求还是颇有差距,因为,作者毕竟年轻,作为写作者的才华和经验都远远不够,但她有生活,有直接的体验,她愿意用稍显稚嫩的文笔写出她的体验和思考。她说:"写这本书并没有耗费我太多的时间或者精力,因着它是有世俗的艳丽的,像太阳底下的一枝牡丹,不藏不掖,坦荡荡地接受各色目光的检阅。"

90后确实是我行我素的一代,叛逆不羁有之,勇往直前有之。看完这本《香奈儿女孩》,我一下子就想起来70后卫慧的代表作《上海宝贝》,两本书的共同点是,书中的姑娘都不是传统意义上的贤良女子，她们对自己身体的态度都相当的随便，可是，70 后的随便里有爱情，有情欲。90 后的随便里只看到了金钱、物质，并且，因为对物质的太过追求，这种随便里添加了更多的刻意。

卫慧笔下那个随心所欲的姑娘，很巧合也有个很香奈儿的名字，她叫 COCO，是著名时尚品牌香奈儿创始人的可可・香奈儿的名字，然而卫慧更欣赏的是作为女人的可可・香奈儿的生活态度，90 后们却只想拥有香奈儿品牌的产品，从套装到包，越多越好。所谓物欲横流方显女孩本色，70 后和 90 后到底还是有些不同的。

白薇应该是读过卫慧的成名作的，以至于书中主角之一叶影在酒吧里搭上德国人 Richard 的时候我就在想，与卫慧写可可和马克的故事相比，她能写出什么不一样呢？结果当然是很不一样，可可离开马克的时候，刻意地拿走了他的婚戒。而叶影，最终只拿到了 Richard 递来的钱，“大概一千块都不到”，她处心积虑想要得到的那只香奈儿包，只换来了一个“面包会有的”口头安慰。这段关系的结束，叶影“并不为将永远见不到 Richard 而伤心，她只是为她没有自己以为的那么目标坚定和不择手段而失望”。我觉得卫慧老师被嘲弄了，看看，只有你们这些 70 后的老女人,当年才会那么天真地为陷入一个德国男人的爱欲陷阱而痛不欲生。

《香奈儿女孩》写了一个宿舍的四个女大学生的故事,有官二代白霜,有富二代金蔓,有父母离异的叶影,有乡下妞苏苏。富二代金蔓的人生态度是男人就是用来娱乐的,因为有微博上王思聪的存在,我们对这种人生观现在也并不陌生了。我最喜欢的是苏苏的故事,她就是那个为一顿鼎泰丰包子而献出初夜的姑娘,当然,还得到了700多块钱。苏苏一个男人一个男人地睡下来,我给她数了数,得到了几个香奈儿的包,还有从每个男人那里得到的从1万到10万不等的钱,看上去比叶影更有收获。最后和已婚中年男金主分手后,苏苏觉得“还好,到目前为止,她只是很爱他的钱,事情还没有糟糕到她已经爱上他”。

看到这里我不禁感叹,90后们真的很乐观!丘吉尔说过,悲观主义者在每个机会里看到困难,乐观主义者在每个困难里看到机会。90后们再离经叛道,他们的人生永远都是机会大于困难,而70后们曾经为离经叛道付出的代价,他们是理解不了的。

和卫慧因《上海宝贝》而承受的舆论压力相比,《香奈儿女孩》这本书可能会大卖,但并不会引发舆论对拜金90后女大学生们的讨伐。时代终究是在进步,对我们70后来说,年轻的时候似乎只有做良家妇女一条路可以走,几乎所有的离经叛道者都代价惨重。90后们生逢一个日新月异的时代,观念比物质进步得更快,连同性恋都可以结婚了,拜金有什么不可以?

物欲横流方显女孩本色。作为一个正在老去的70后,有时候翻翻已成禁书的《上海宝贝》,我发现我还是蛮喜欢当年颇看不惯的卫慧式的卖弄的,不是吴亮说的对物质的炫耀,而是每一章节前引经据典的对文艺的炫耀,从托马斯到迪伦到米勒,让你猜猜他是谁。

有财富的女人

年届90岁的达领小姐说:“我必须要真诚地面对自己的一生,这意味着要揭开那些一直以来都隐藏在我微笑背后的痛苦。”这是她在自传《微笑依然》开篇致辞中的一句话。当我认真读完这本书,读完这个永远25岁的女人丰富多彩的一生,我深深觉得,那些微笑背后的痛苦都是财富,无论从哪个方面讲,达领小姐都是一个拥有巨大财富的女人。

该怎么定义达领小姐的财富呢?从物质层面讲,她23岁时创办了南半球第一家礼仪修养学校和南半球第一家模特事务所,后创办澳洲著名的June Dally - Watkins商业精修学院,并在悉尼、布里斯班等地开设分校,是澳大利亚首位女企业家。从精神层面讲,她是一位跨越两个世纪的传奇女性,缔造了一个现实版的灰姑娘传奇,她是世界礼仪皇后、著名模特,自信优雅,豁达坚强。在我看来,她已经超越了有故事的女人、有智慧的女人的层面,是一个创造了巨大财富的女人。

1927 年,琼·达领-霍特金斯出生在澳大利亚偏远的小镇沃森溪。“我在成长的过程中对自己的身世一无所知”,所以当这个 6 岁的小女孩被人以“私生女”的称呼来辱骂时,她也只能用微笑掩盖内心的尴尬。达领绝少跟朋友谈起自己的身世,“我整个一生都在试图撕掉这层掩盖我过去的遮羞布,寻找到真正的自我,无视那些窃窃私语的存在”。而达领的母亲,这个怀了有妇之夫的骨肉又不得不离开对方的单亲妈妈,几十年来都和这个给自己命运带来巨变的女儿相爱相杀,“小时候我是妈妈最好的朋友,我们无论去哪儿都在一起,连她约会也是”。但在女儿事业刚刚有点眉目时,这个妈妈对女儿的怨恨越积越深:“你在享受快乐时光,而我在你这个年龄却没有。我为你牺牲了这么多,我恨你!”1979 年,52 岁的达领小姐送走了 75 岁的母亲。一直到她写这本自传《微笑依然》时,“我才敢撬开那道我自己封上的锁,去探索母亲对我的真实感受”,翻开母亲的手稿,回顾母亲的一生,达领小姐泪流满面,“她曾经把自己的命运归咎于我,但是她的字里行间丝毫没有流露出那种怨恨或痛苦”。她的母亲这样描写自己的女儿:

“我为女儿以这样一种漂亮、迷人的方式使澳大利亚扬名世界而感到无比自豪。

她非常推崇职场妈妈。她认为你只有工作才能获得满足感，并且，对于职场妈妈来说，孩子们看到妈妈高兴，他们也会高兴。”

都说金钱是人生最大的财富，在我看来，父母和子女的亲情与爱更是与生俱来的财富，伴随和滋养我们的一生。虽然作为一个私生女，父亲的缺席是达领小姐的人生遗憾，但母亲和收留他们的外公外婆、她的四个子女和七个孙儿让她的人生充实和圆满。在《后记》中，达领小姐这样总结自己的一生：“我意识到我已经活了三生。一个是小女孩琼·斯库斯的，她在无名马棚出生，在外祖父母的养羊场长大，想知道悉尼在哪儿和她怎样才能去那儿，梦想着当一名模特或电影演员，但是又不知哪颗星是好莱坞！然后是第二个，我找到了悉尼，成为澳大利亚最上镜模特和电影明星的朋友。第三是结婚并生了四个孩子，却坚持做我自己并拥有独立事业的权利。在执教六十五年并教出数以万计的三代学生后，我彻底明白那些无须花费任何东西的品质才是最重要的：高贵、自尊、言谈、好的体态、优良的举止、善良、微笑、目光交流，比最重要更重要的是爱。”

是的，比最重要更重要的是爱，爱是人类最美好的财富，特别对女人而言。而达领小姐无疑是个爱心爆棚的女性，从男女之情及父母和子女间的狭义的爱，到关爱克罗地亚难民群体的人间大爱。

《微笑依然》这本自传，作者达领小姐身为优雅、美丽、富有的成功女性，并没有去炫耀自己在男性世界里的被众星捧月，可是简简单单交代的几段感情经历，已经让人过目难忘。《好莱坞星》这一章仅占全书24章的一小部分，但通篇都是惊人的八卦，从玛丽莲·梦露到两个著名的女星赫本，都和达领小姐有不解之缘。25岁那年，达领小姐作为澳大利亚的著名模特来到了美国和欧洲。她作为嘉宾模特参加了在皇家夏威夷酒店的午宴走秀，做发型时，伊丽莎白·雅顿就坐在她旁边为她喝彩。她是在美国电视上展示澳大利亚时尚的第一人。在好莱坞，她应邀参加了玛丽莲·梦露的生日宴会，梦露乘坐直升机降落到游泳池边的草地上，达领小姐的眼珠子差点掉下来：梦露穿着一件紫红色毛线裙，裙子下面没穿一针一线——绝对一丝不挂！在好莱坞，达领小姐结识了著名影星斯宾塞·屈塞并被他追求，“那个阶段，我知道他已经离开了他的妻子和两个孩子，他们住在纽约，但我不知道凯瑟琳·赫本是他的情人”。她拒绝了他。和另一个赫本的渊源则是达领小姐到达意大利之后发生的，“我的意大利之恋一直延续并传给了我的孩子们”。那时，奥黛丽·赫本正在罗马拍摄《罗马假日》，达领小姐被安排和她见面，两个美女一见如故。至今，两个人的孙辈仍然是好朋友。见面几天后，奥黛丽·赫本“邀请我参加她主演的《罗马假日》的杀青晚宴，而且由于她需要赶赴另外一个片场，请我代替她坐在格里高利·派克的身旁”，一段罗曼史就此展开。

在晚宴上达领小姐就和派克感觉到了对彼此的倾慕，在接下来的一个月中，派克带她参观游览罗马的名胜古迹，并向她求爱，在月光下吻了她，“我们拥有了自己的罗马假日”。可是达领小姐拒绝了派克，“诚信守时和洁身自好一样深深根植于我的内心，所以我坚守自己的计划”。因此，尽管美国和欧洲之行遇到了众多的追求者，并接到了好莱坞抛出的橄榄枝，她还是按期回到了澳大利亚，“我不后悔放弃这个机会并离开好莱坞”。那是1952年，通讯与交通尚不发达，“当时，经常来往于澳大利亚和美国之间还是不可想象的”。我突然就想起了波伏娃的《越洋情书》，书里一次又一次提及她和美国情人在法国和美国之间长途跋涉的艰辛。

“除了格里高利·派克，我没让自己爱上任何人”。可是达领小姐不是波伏娃，她现实而清醒，没有什么能让她抛下母亲以及放弃自己辛苦创立的事业。婚姻，从来不是达领小姐人生的全部,她后来和约翰结婚并生育了四个孩子,十几年后又离了婚,单身至今。"我是澳大利亚第一个能够为自己买车的女性。能够买车得益于我的模特工作",工作给达领小姐带来了无与伦比的财富,不仅仅是金钱方面。"在我的婚姻中我已经是养家糊口的主要力量,挣的钱是约翰的四倍。我从来不需要依靠任何人"。是的,达领小姐一直公开使用婚前姓名,事业是她的第一个孩子,是她所有孩子里的老大。

达领小姐于13岁成为模特,是澳大利亚首位年度模特和最上镜模特,后进入好莱坞,成为世界知名模特。从十几岁开始,达领小姐一步一步开始了自己的财富人生。她的朋友这样称赞她:"她领先于所有的解放运动。达领是我们人类最杰出者具有的那种精细、勇敢、温柔的力量的鲜有而光辉的代表。当女人们和男人们都意识到我们每个人都是宝贵的独一无二的珍宝时,我们就不必再谈论怎样竞争和应对生活中的困难了。"

有财富的女人能把所有的不幸和苦难都化作自己人生的财富,达领小姐就是这样。私生女的身份,和母亲长期关系不睦,离异,一次次遭遇合作伙伴的背叛,和亲生父亲的尴尬接触,70岁后患上抑郁症……她不是一个蜜罐里出生长大的女人,相反,她见多了美丽可爱的女孩因为太天真而遭遇灭顶之灾。《微笑依然》这本书讲述了达领小姐的毕生经历和达到成功的心路历程,她说,“爱是生命里最美好的礼物”。

是的,爱是女人能够拥有的最大的财富。愿天下女性永远微笑,勇往直前。

从梅花苦寒到牡丹芬芳

在看到《美卿:一个中国女子的创业奇迹》这本书之前,我不知道翟美卿这个名字。打开作家叶梅写的这本书,从美卿的童年往事一页页往下读,当读到她的公司借壳上市的时候,作为一个多年的证券记者,我习惯性地按下了 F10 键。

翟美卿是上市公司香江控股的董事长,这应该是她最为人知晓的身份。打开股票行情软件,输入 600162,再按一下 F10 键,就能看到董事长翟美卿的精彩履历。这家曾经名叫山东临工的上市公司 2003 年被翟美卿夫妇亲手缔造的南方香江集团借壳,2005 年初更名为香江控股。而翟美卿的创业故事,早在 1985 年就开始了,那一年她才 21 岁,一个高中毕业后在业余时间练摊三年的广州姑娘辞掉了华侨宾馆的"铁饭碗",去了北京闯荡。在北京,美卿先是卖广东家具,后来又做床垫生意,1987 年一年之内,她就成了名副其实的百万富翁。都说梅花香自苦寒来,美卿在北京遭遇到的岂止苦寒,而是差点命丧黄泉:她在租住的院子里遭遇了歹徒持刀抢劫。当时,美卿深知只要说出保险箱的密码自己就会被灭口,所以不管歹徒如何在她脸上乱戳,就是不松口,直到工友们赶来把她救下,那时她“血糊糊的脸上,数不清被戳了多少刀,嘴里被戳掉了四颗下牙、一颗上牙,太阳穴一带肿成了大包”。事发一年后破案,据说那些歹徒“多次入室抢劫,杀人灭口,翟美卿是唯一的幸存者”。更为幸运的是,美卿脸上的刀伤愈合得很好,“年轻的皮肤、旺盛的生命力,居然战胜了乱刀戳下的伤口,就像窗外的桃花一样,又一次绽放”。

重新绽放的美卿在广州遇到了真命天子刘志强。1990 年,他们相识不到一年就结了婚,开始一起打拼。“事实上,广州很多媒体的老记者都会记得翟美卿和丈夫刚创业那会儿有多苦,下大雨的时候还得守着摊,身上都被浇透了;夫妻俩就着一个盒饭,在大街上送小广告;为了开业,几天几夜不睡觉;她生了孩子未满月就出门采购货物……”作家叶梅在书中这样写道。草根出身的刘志强家在深圳宝安,母亲是山东人。婚后翟美卿和丈夫选择在深圳宝安重新创业开家具店,1990 年 12 月 25 日金海马家具城正式开张,他们第一个月就赚了一万多块钱。翟美卿曾感慨地说:“我常常想,我们踩着所有的点,其实都是改革开放的路径。”邓小平南方谈话给美卿夫妇加了油鼓了劲,他们第一时间扩展了经营,组建了香江集团。30 岁这一年,翟美卿夫妇一下子就成了千万富翁、亿万富翁,他们一个是营销的天才,一个是管理的天才,可谓珠联璧合。《地产 SHOW》做点评:商界名流刘志强与生意天才翟美卿结为连理,真可谓是如虎添翼。难怪在短短三四年时间里,能由一个房地产的门外汉成为南中国地产大腕。二十年以后,社会的评价:从家具业起步的刘氏夫妇,目前活跃在房地产、家居、金融、物流、商贸等多个领域。与妻子翟美卿共同打理事业的刘志强成为中国民间商会副会长,香江集团董事局主席,第九届、十届、十一届全国政协委员,第十届全国工商联副主席,全国青联副主席,中国光彩事业促进会副会长。

美卿自己也拥有众多头衔:全国政协委员、全国妇联常委、中国女企业家协会副会长、广东香江集团总裁……人生在美卿身上体现出罕见的完美,作为商界女杰,她拥有着和睦兴旺的家庭,与丈夫琴瑟合鸣,育有两儿两女,因为他们夫妇早就加入了香港籍。美卿生大儿子刘根森时一个人在深圳的医院进行了剖腹产手术,那时丈夫还在沈阳打拼,差点走投无路。在香港生第二个孩子时,美卿以为剖腹产只能生两胎,医生鼓励她试着顺产,结果她先后顺产了两个女儿。1999 年美卿准备到美国留学时,发现自己又怀孕了,“美卿左思右想之后,决定不仅要保住孩子,而且坚持还是要去美国读书”。高中毕业的翟美卿一直遗憾自己当年没有上大学,20 世纪 80 年代的时候她报名参加了全国高等教育自学考试,结果考试失败。但她仍然不断寻找学习机会,1997 年,广东中山大学工商管理学院开办成人教育班,专门针对有一定成就的管理者。翟美卿顺利地被录取了,两年之后获得了中山大学工商管理学士学位。在她毕业的时候,中山大学和美国杜兰大学有一个合作的亚洲 EMBA 计划,尽管怀有身孕,美卿“终于还是西行,按计划去杜兰大学深造”。美卿一直在读书,从杜兰大学拿回学位之后,她仍常年读书,参加各种培训班,好几次到哈佛大学、欧洲的一些大学。美卿学以致用,在公司实行了现代化的管理制度,从用电脑做账到导入 ERP 管理软件,香江集团在中国企业现代化的道路上不断开拓实践。

招商银行前行长马蔚华说:“翟美卿女士在金融投资领域取得了巨大成功,难得的是,她在创造财富的同时,从不忘回报社会和对人性美好的追求。”从 1992 年起,翟美卿夫妇就踏上了撒播爱与慈善的大道,他们的第一笔 20 万元捐款捐给了艺术家陶白莉、陈健夫妇,帮助广州戏剧界排演了一部戏。从捐建第一所希望小学开始,翟美卿对丈夫说:“志强,我想,慈善应该是我们的第二人生。”从 20 世纪 90 年代中期开始，翟美卿把对教育的捐助纳入了香江集团的工作计划，同时参与了全国希望工程和春蕾计划，设立了“中国少年儿童专项基金”“刘翟美卿专项基金”等多项对教育的扶持项目。2005 年 6 月，民政部批号“001”的国家级私立基金会——“香江社会救助基金会”正式成立，首次注入原始基金 5000 万元，基金会每年必须捐出 400 万元。经过一段时间的调研，基金会推出了面向全国的“五个 1000”爱心工程，即“建立 1000 个香江爱心图书室，助养 1000 个孤儿，帮助 1000 个贫困家庭，帮助 1000 个贫困学生，吸纳 1000 个义工”。多年来，香江集团热心助学、扶危救困，慈善捐款已达 10 亿多元。

尽管在事业上取得了巨大的成就，美卿从不讳言“她和志强原本就是广州深圳最为普通的人，出生于普通的家庭，既不是官二代，也不是富二代”。作为跻身于富豪榜前列的“富一代”，美卿夫妇非常重视对子女的教育，他们的四个孩子都不是充满娇、骄二气的“富二代”。大儿子刘根森已经海外学成归来，顺利接班，担任了香江集团副总裁、前海金融控股集团董事长，掌管着香江的金融大业。这个高高帅帅的小伙子对作家叶梅说：“我将来要拿出钱，请一些专门的人才来研发治疗这些疑难杂症的药，这是人类的共同需要，是不分国家和民族的。”叶梅觉得同父母一代的慈善事业相比，刘根森“这种对人类负有责任心的心愿，显然是新一代的超越”。

翟美卿是个漂亮女人。经过这些年的打磨，美卿的气质越来越雍容华贵，有如从香自苦寒的梅花变成了芬芳吐艳的牡丹，总是面带温婉自信的笑容。“人们每每问及她的养生秘诀，她的回答是第一是心态，第二是心态，第三是事业”。2014 年，美卿开始学习画画，“她画的牡丹，让人一天天惊讶，不到一两个月时间，已经是枝繁叶茂，生机盎然”。

牡丹花开，万紫千红。作为一个有财富的女人，翟美卿真是把完美演绎到了极致。

奈保尔和他的女人们

我最早对奈保尔产生兴趣是看了女作家南妮的随笔集《妖娆时代》,这位本名也叫“晓晖”的女作家为奈保尔写了两篇文章,一篇是《奈保尔的印度》,紧接着一篇是《和血吞下,自己走啊》。第一篇算是书评,第二篇就充满了八卦,奈保尔在第一位太太去世后迅速娶了第二位太太,并因此和一些朋友绝交。有一次在伦敦街头和一位朋友意外相逢,他对朋友说的是:“和血吞下,自己走啊。”

这个朋友其实也是一位作家,美国作家保罗·索鲁,他为奈保尔写了 43 万字的文学回忆录《维迪亚爵士的影子——一场横跨五大洲的友谊》。南妮说这本书实在太精彩了。这本回忆录我没有看过,但我刚刚读完了英国作家帕特里克·弗伦奇写的《世事如斯——奈保尔传》,这本 50 万字的书厚达 546 页,我艰难地在奈保尔携夫人来上海之前把它看完了。

我对奈保尔产生兴趣当然不仅仅是因为读了他的传记,去年夏天我读了他的小说《米格尔街》，非常喜欢，他的小说居然写得这么举重若轻！大约是他的印度三部曲太出名了，我一直认为奈保尔是位严肃得有些沉重的作家，没想到他的小说风格独树一帜，轻松，诙谐，令人回味无穷，《通灵的按摩师》《斯通与骑士伙伴》等皆是如此。

今天下午，经过种种努力，我终于在思南公馆见到了奈保尔和他的第二位夫人纳迪拉。已经 82 岁的奈保尔坐着轮椅来到会场，他的太太纳迪拉替他说了大部分的话。纳迪拉比奈保尔小 20 岁，强势，能干，说一不二。

奈保尔生命中有三个特别重要的女人：两任太太，一位关系维持了二十年的情妇。遇到这三个女人时，奈保尔分别是 20 岁、40 岁、60 岁左右，而这三个女人与他相遇的年龄分别是 20 岁、30 岁、40 岁。

奈保尔在牛津大学读书时遇到了他的第一任太太帕特。帕特比奈保尔大 17 天，苗条矮小，“有张友善可爱的脸”。他俩 22 岁时结婚，“双方家庭都不知道这场婚礼，维迪亚没准备结婚戒指”。他们的婚姻维持了四十余年，直到 1996 年 2 月 3 日帕特因乳腺癌去世，时年 63 岁。两个月后的 4 月 15 日，奈保尔和纳迪拉登记结婚。十八年后，第二位奈保尔太太陪同轮椅上的奈保尔第一次来到了中国,纳迪拉兴致勃勃地说,奈保尔可能会就中国之行写一本新书,而奈保尔则略显有气无力地表示,写一本有关中国的书需要知道很多有关中国的知识,他已经不太可能去了解这些并专门写一本书了。

在和第一位太太帕特四十年的婚姻里,奈保尔并不是一位忠实的丈夫,他的自我解释是结婚的时候他还是个童男子。作为一个男人,一个作家,他需要很多的经验和体验以获取写作的灵感。他经常嫖妓。40 岁左右的时候他遇到了一个祖籍英国的阿根廷女人玛格丽特。她是位苗条迷人的已婚女人,有三个孩子,彼时 30 岁,她经常跟奈保尔一起旅行,并为奈保尔舍弃了丈夫和三个孩子。在他们关系的初始,因为奈保尔相对贫穷,玛格丽特得自己为她和奈保尔的约会买单,为了生计离婚后她甚至做了一个银行家的情妇。奈保尔对她招之即来挥之即去,他们的关系维持了二十年,第一位奈保尔夫人去世后,她却没能如愿以偿嫁给奈保尔。

帕特终生未育,奈保尔没有自己的孩子。不育的原因在帕特,玛格丽特多次为奈保尔怀孕,却都流了产,奈保尔不想要孩子。玛格丽特和帕特是截然不同的两个女人,有二十年的时间,奈保尔在两个女人之间无法取舍,帕特和他在文学上可以交流,是他的贤内助，而玛格丽特妖冶放荡，可以满足他的各种性需求，却没有多少文化修养。在得知玛格丽特的存在后，帕特也曾想过离开奈保尔，但无法做到，她虽然是一个英国女人，却比印度女人还像一个印度女人。在那本奈保尔的传记中，关于帕特最让我心酸的是这么一段："在丈夫和情妇外出时，帕特能去哪里求救？在一个朋友来做客时，帕特穿上她的和服，小心翼翼试图引诱他，这个朋友很温和，什么也没说，谢绝了这一邀请。对于帕特这样一位没有自信不谙世故的女人，这个错误太容易犯了：撞上一位友好、可爱的同性恋男人。"

帕特郁郁寡欢，最终死于乳腺癌。在她去世前不久，奈保尔遇到了纳迪拉，他迅速抛弃了玛格丽特，在帕特去世后马上和纳迪拉结了婚。今天的活动有媒体提问的环节，我很想八卦地问一下奈保尔：你的两任太太对你的文学创作都有什么帮助？我没敢问，我想奈保尔也不愿意回答这个问题。

纳迪拉与奈保尔相遇时是个 42 岁的新闻记者。她出生在非洲，24 岁时一时冲动嫁给一个巴基斯坦的乡下地主，生了一个女儿和一个儿子。后来她离了婚靠自己的智慧谋生。和帕特不同的是，她能掌握自己的生活；和玛格丽特不同的是，她有足够的智慧和文学素养。

回到文章的开始,美国作家保罗和奈保尔有长达三十年的友谊,他们的关系破裂始自奈保尔的第二次婚姻。保罗与第一任奈保尔夫人关系良好,帕特去世后奈保尔暗示保罗替他写帕特的讣告。正是那篇动人的讣闻惹恼了第二任奈保尔太太。"和血吞下,自己走啊",奈保尔并没有与保罗重归于好,而是对他说了这样一句话。

这句话又何尝不是对他自己说的呢?在他的一生里,他对帕特、对玛格丽特都是无尽地索取,无情地抛弃。然后,他遇到了生命中最后一个女人,一个终结者,她满足了他灵与肉的双重需要,他最终被她所控制。南妮说他被一个庸妇所控制,我今天见到了这个控制者,我觉得她不是一个庸妇,而是一个声音洪亮、精力充沛的60岁女人,是一个骄傲的诺贝尔文学获奖者的夫人。

最后的新书签售环节,主办方说,奈保尔先生已经很疲惫了。但他仍然耐心地在夫人的帮助下,默默地签了一本又一本书。

辑二　两性乱弹

娜拉的时代虽然过去，新时代的女性身上应该同时负有作为反封建的娜拉的任务，也只有通过新女性的势力，娜拉的愿望才能彻底实现。

——聂绀弩《阮玲玉的短见》

从牌桌之上到饭桌之下的女权之路

最近看到一篇文章《在我老家，女人小孩不上桌的家庭更兴旺》。按照这位男作者的逻辑，完全可以得出“发生火灾，女人小孩先不救的国家更进步”“碰到无座，女人小孩先站着的城市更文明”等等的结论。保护和礼让妇女和儿童本是文明世界的共识，为什么突然在吃饭上不上桌这件事情上就要被颠倒过来呢？某些农村不让妇女儿童上桌吃饭这样的封建陋习本该大力废除，为什么到了21世纪还有男人要为它翻案，并且，还有部分女性为之叫好呢？

傅立叶说，一国文野，看其妇女所在地位。这是我从聂绀弩的文章里看到的一句话。20世纪40年代，男作家聂绀弩出过一本杂文集《蛇与塔》，解放后重印出版时，他在自序里说：“《蛇与塔》一望而知，是取白娘子与雷峰塔，寓意妇女到哪里，对妇女的压迫、虐待、轻视、玩亵便到了哪里。对妇女实施这种种行为的，甚至是妇女自己。”

聂绀弩写过不少与妇女问题有关的文章,三联书店给其编了单行本,就是我看到的这本《蛇与塔》。1986 年出了第一版,我买的是十三年后 1999 年出的第二版,到我想为这本书写点感想的时候,已经是 2016 年,离 1999 年又过去了十七年。尽管过了几十年,我觉得我们妇女面临的问题似乎又严重起来了,不得不翻出早已过世的聂绀弩的文章来反驳一下自以为兴旺发达的新一代男性写作者。

《蛇与塔》共收录了三十几篇文章,包括《怎样做母亲》《母性与女权》《贤妻良母论》《妇女、家庭、政治》等。聂绀弩说,他写这些文章,大概是从五四时代飘来的一点民主思想。真的很可惜,距离五四时代快一百年了,那点民主思想在今日的一些男性写作者身上已渐走渐远,这些男性写作者慢慢又回到了“三纲五常”的封建老路上。不由得想起崔健的歌词“我依然走在老路上”,在对待女性的态度方面,“女人只找 25 岁以下的”“崔健”们确实走在老路上。

《怎样做母亲》一文中,聂绀弩对自己的母亲言语间有颇多控诉,从母亲只顾打牌谈到母亲一不顺心就打骂自己,他最终得出的结论是:“怎样做母亲呢?让别人去讲大道理吧!我却只有两个字:不打。”不看不知道,封建时代的女人居然可以在家中有如此地位,而备受委屈的儿子对好母亲的要求只有两个字:不打。现在的女人都怎么做母亲啊?任劳任怨不说,还不能上桌吃饭,并且这种不上桌居然"成为少数有精神自觉的农家的奢侈品"。聂绀弩说:"中国许多妇女的日常生活必需品,简直单纯得像沙漠上的景物,一生一世,永久只有那样几件事做来做去。有几位朋友的太太,几乎天天打牌,几乎像是为打牌而生。"女人只顾打牌当然不好,应该走下牌桌为社会做贡献。可是,将近一个世纪过去,我们的男作家开始歌颂女人默默奉献甘于在桌下吃饭了。我怎么觉得这从牌桌之上到饭桌之下的女权之路越走越窄,越来越倒退了。在聂绀弩那个时代,女人还可以拥有享乐的权利,只是耽于享乐是空虚的,到了今天,女人非但不能享乐,反而连有尊严的和男人同桌吃饭都要被否定了。

如今的时代,越来越多的男人要求女人做贤妻良母。聂绀弩在《贤妻良母论》中说,"贤妻良母是妇女的事,也是妇女的好的事,但是不能认为是妇女的唯一的极则"。我非常赞同他的观点,家庭的天地是狭窄的。现在的男作家叫嚣着"有资格坐在饭桌吃饭斟酒的人,承担着养家糊口的重担",这简直就印证了聂绀弩的话,"家庭里的妇女,往往只作为男性的性的对象而存在"。我真希望天下女性都能认真读读这段话:"真正名实相符的贤妻良母，为我们时代所需要的贤妻良母，她们自然不妨有家庭，甚至不妨碍她们的家庭，但首先她们应该是社会的人，是社会活动的参加者，假如她们的丈夫或儿子是或要是社会的人、社会活动的参加者的话。”

如果你以为聂绀弩主张女权至上，那你就错了。对于胡适的“一个国家，怕老婆的故事多，则容易民主”的观点，他专门写了一篇《论怕老婆》，最后的结论是：“男女平等，夫妇平等，才是真民主。尊重女权，尊重妻子儿女的人格和人权，才是真有民主思想的人。”我不知道那个认为“女人孩子吃饭不上桌才能兴旺”的作者肯不肯承认自己不民主、不平等，在聂绀弩看来，你就是一个满脑袋封建残余思想的男人。

很遗憾通篇没有多少我自己对女权主义的观点，把本来想写的时评写成了一篇聂绀弩杂文集《蛇与塔》的书评，而且是篇不完美的书评。鉴于如今声势浩大的男权思想及舆论，我只能拿出20世纪40年代进步男作家聂绀弩的观点进行反驳，并且，不想直接得罪与我观点不同的女性。因为聂绀弩说过，对女性实施种种不尊重行为的，甚至是妇女自己。如果妇女都甘愿在桌下吃饭，谁能把她们拉上桌呢？

情困与欲困皆无路可走

娱乐圈向来热闹非凡,这厢有男星女星爆婚内出轨,那厢又有已婚导演嫖娼被捉。要说出轨和嫖娼有什么不同,其实都反映了都市男女的各种困境。为情所困,为欲所困,殊途同归。

前不久参加了贾樟柯的新书《天注定》的发布会,请他签名的时候问了他一个问题:你为什么给小玉安排一个第三者的角色?是为了符合演员的年龄吗?贾导说,他要让片中的人物都处于自身的一种困境之中,小玉是情困。在这部电影里,情困的小玉杀死了欲困的一个男人,那个男人是到按摩房找刺激去了,结果调戏小玉不成反被刺死。

在这部片子里,小玉是一个第三者,和有妇之夫恋爱却没有结果,反而被男人的老婆闻讯而来痛打一顿,她选择了逃跑。在她工作的按摩房里,有很多前来寻欢作乐的男人,但她是前台不是按摩女,结果在被某男人要求提供按摩服务时她不从,当男人拿钱痛打她时,她选择了反抗,用一把水果刀刺死了这个男人。

和她恋爱的男人是出轨男,被她杀死的男人是嫖娼男,小玉的态度反映了大部分中国女人对这两种男人的态度:出轨为情,可以理解、原谅;嫖娼为欲,就是十恶不赦。她能忍受因为前者遭遇的痛打,却对后者的打骂以死抗争。

写到这里,很多人就能理解为什么在舆论里,马伊琍可以不离婚,张雨绮必须要离婚了

有人困惑,嫖娼算不算出轨?也有人反问,出轨是不是另一种嫖娼?

在我看来,有些嫖娼算出轨,有些不能算。同样的,有些出轨是情困,有些就不是。

20 世纪 80 年代的时候,洗头房等隐性色情地带在大部分地区还没有出现,男人除了恋爱和结婚极少有解决欲望的途径。我的一个高中女同学在晚自习放学回家的路上被一个男人强奸了。那个男人妻子怀孕了,大约是憋了太久,他终于忍不住对一个高中女学生下了手。

从这个意义上说,如果花一点点钱就能解决问题,很少有男人会去为欲望铤而走险。没有恋爱结婚的成年男人通过嫖娼来解决生理欲望,虽然不好看,但也说得过去。对结了婚的男人来说,也会有长期分居、老婆怀孕等某些阶段不能进行性生活的欲

困,实在忍不住去嫖娼了,从人性的角度来说,也可以理解,对他们的婚姻,这样的行为当然算不上出轨。

有意思的是,妻子怀孕是男人嫖娼的高发期,同时也是男人出轨的高发期。在老婆怀孕时期发生的出轨形为,在我看来和嫖娼没什么不同。是的,他就是因为老婆暂时不能用了,又不想花钱找小姐,或者嫌弃小姐不够干净、安全,所以,他出轨了。这种出轨根本没有多少感情而言,所谓的甜言蜜语基本上就是欺骗,他就是想不花钱嫖干净、安全的娼。

对一些有钱有名的男人来说,性资源从来都是源源不断的,他们本身不存在欲望不能解决的困惑,他们有时候也恋爱,也结婚,但其实是以恋爱和结婚的方式进行着另外一种形式的嫖娼。因为,他们对这些女人并没有爱。没有爱而进行的性行为,恋爱也好,结婚也罢,在他们的感觉里,和在外面嫖娼没有什么区别。所以,爆出前脚妻子出门后脚卖淫女上门的新闻也就不难理解。

因此,有些时候,从事色情服务的卖淫女并不卑贱。在《天注定》里,莲蓉这个卖淫女就比小玉可爱,她对工作尽职尽责,因为她深知只有这样才能赚到钱,才能养活女儿。她也会对小辉产生感情,但理智告诉她和小辉在一起并不现实,她把感情和欲望都处理得很好。相比小玉,插足别人的婚姻本不理性,身为桑拿房工作人员对待客户态度傲慢，就算她不是一个按摩女，她也没有理由去激怒别人进而夺取别人的生命。

说到底，一个到桑拿房寻找刺激的男人，比起一个背叛太太的出轨男，又能差到哪里去呢？就算一刀杀死了那个嫖娼的恶男，小玉自身的情困也丝毫得不到解决。

众生皆苦。大千世界，情男欲女，情困与欲困其实都无路可走。

敢不敢做不良中年妇女

看到微博上某名女人又和某大V掐起来,脑海里立刻冒出了几个字:不良中年妇女!

一说“不良少女”,大家都能想到是怎样的一群女孩子。说起“良家妇女”,大家对她们也有比较明确的定位。不良中年妇女该怎么定义呢?

先说说微博上的这个名女人吧,她的年纪40多岁,符合中年妇女的标准,被广为人知是因为大闹了一回中央电视台,揭发其老公有婚外情的行为,而据考证,她自己当年也是以小三上位的。做小三,到老公单位闹场,都不是法律意义上的非法行为,在这个越来越宽容的社会里,连进行道德上的批判都稍嫌隆重,只能定义为道德上的不良行为吧!

这样说来,不良中年妇女应该是这样的一群女人,年纪40岁以上,大多已婚已育,没有违法犯罪行为,但在职场、情场上常有不太符合道德规范的行为。

其实最早想到“不良中年妇女”这个说法，是在看了些美剧和美国电影之后，这些外国中年妇女的行为让我大开眼界，各种感慨之余给她们定义了一个不良中年妇女的称呼。比如说《傲骨贤妻》里的艾丽西娅，《在云端》中的亚历克斯，等等。她们不同于一般因为寂寞偶尔会出轨的家庭妇女，她们都是职场精英。

艾丽西娅育有一子一女，在丈夫入狱之后不得不重返职场，在老同学兼上司威尔的帮助下逐渐打拼出了一片事业的天空，她和威尔也一度成为情人。有意思的是，威尔是个单身王老五，是艾丽西娅不愿意放弃家庭和他有更进一步的发展，因而两人分手，在事业上也成了竞争对手。《在云端》情节也类似，大帅哥乔治·克鲁尼饰演的瑞恩是个擅长逢场作戏的单身男人，和亚历克斯一直是露水情人，后来他想结婚的时候，却发现亚历克斯早有家庭，他只是她的婚外情人。在中国的影视剧里，通常只有单身女子情陷已婚男人，无辜少女被已婚男人欺骗的戏码。

很多人一边一季接一季地看美剧一边大喊：艾丽西娅太婊了！作为2013年度的流行汉字“婊”，我一直很不喜欢用它来形容各种女性，和传统意义上的良家妇女比起来，艾丽西娅只是有那么一点点“不良”而已。为什么一定要做良家妇女呢？在这样一个男人越来越混蛋的时代。看看艾丽西娅的老公，和一个又一个妓女乱搞，再看看她的情人威尔，身边的女人换来换去，职场上也动不动就翻脸无情。所以，艾丽西娅所有的行为都从个人利益至上出发，即使看上去不那么贤良。

看上去，做个不良中年妇女是件挺爽的事情，一切都随心所欲，爱谁谁。可是，不是每个已婚中年妇女都有敢“不良”的资格，至少，你得有份自己的事业，有自己生活的能力，有对男人说“不”的勇气。看看，邓文迪仅仅因为和布莱尔传出了点花边新闻，就被老默无情休妻，分得的那点身家和老默的财产相比甚是寒酸。

对大部分中国中年妇女来说，连做贤妻良母都不一定能守住家庭，更别说斗胆玩一把“不良”了。说到底，做不良少女的本钱是青春，做不良中年妇女的底气是金钱，你有了和男人可以抗衡的财富，自然可以考虑像个男人一样“不良”了。

18岁应享受青春而不是结婚生娃

前几天,在一个妈妈的微博上看到这么一段:某次坐公交车,见一个女的抱着孩子,我就给她让了座,聊了几句,她说她是孩子外婆,40岁!比我还小两岁呢!

现行婚姻法规定女方20岁就可以结婚,40岁做外婆完全符合法律。我比这个外婆要大两岁,虽然我的女儿才9岁,可一点不妨碍我对这个中年妇女产生了深深的同情。40岁正是人生熟年,事业上得心应手,生活上衣食无忧,应该带着正在读书的孩子到处旅行,见世面,而不是孩子生小孩,自己带孙子。

现在,有人提议降低法定结婚年龄,从男22岁、女20岁降到男20岁、女18岁,我举双手反对!可以想象,一旦女人18岁就可以结婚,36岁的外婆也将出现,且不说对十几亿人口的国家会造成多大压力,就对女人自身来说,十几岁、二三十岁花一样的青春年华,就用来结婚生子,然后帮孩子结婚生子,自己带孙子,是多大的浪费和不值得!

有人不以为然地说,女人 18 岁就结婚并不意味着 18 岁就要生孩子,以前中国还有童养媳呢！外国人的结婚年龄比咱们都低。我承认,他说得都对！在以前封建保守的年代,结婚就意味着性生活的开始,没有结婚证,男女就不能发生性行为,而他们生理上都已经发育成熟了,所以结婚太晚不人道。可现在,大家对婚前性行为已经越来越宽容了,基本上男女恋爱就等同于上床,结婚年龄的法律规定仅仅对生育年龄有约束,在这样的情况下,把法定结婚年龄提前,就等于变相提前了生育年龄。少年父母会越来越多,必然会造成严重的社会问题,现在的孩子娇生惯养的居多,如何让一对小孩去做更小的婴儿的父母?

作为一个女孩子的妈妈,我受过高等教育,经过职场磨炼,直到 33 岁才生了一个女儿。我很庆幸没有在 20 岁读大学的时候就按法定年龄结了婚,那个时候我们学校里连男女生谈恋爱都要限制呢,万一怀孕很可能面临退学的风险。这些做法现在看起来是不太人道,但对我们这些年轻女孩子未尝不是一种保护,因为我们还不成熟,还不知道将来要选择什么样的生活,还没有接触更多的男人谈更多的恋爱,还意识不到婚姻与生育对女人意味着什么。

在包办婚姻的旧时代,女作家萧红就早早和一个男人订了婚,虽然她追求进步和对方解除了婚约,但后来还是和这个男人同居,后被抛弃,她挺着大肚子嫁给了萧军,生下孩子就送了人,然后又怀着萧军的孩子嫁给端木,孩子生下不久就夭折了。萧红文学天分很高,但在恋爱、结婚、生子方面太草率了,因为她太年轻了,她也为她过早的结婚和生育行为付出了生命的代价,一代才女才活了 31 岁。

如果说萧红的人生悲剧有时代的因素,那么在文明发达、福利高的西方国家,女孩子早早结婚、生育就能真正获得幸福吗?我建议大家多看看加拿大女作家门罗的小说,这位诺贝尔文学奖获得者,40 岁才开始写作,笔下人物多是家庭妇女,她们的人生在琐碎中有着深不可测的暗流涌动。在《唯余收割者》这篇小说中,她写了伊芙和索菲这对母女和索菲两个年幼的孩子在一起的一段生活。索菲的出生源于伊芙读大学时在火车上的一段邂逅,她和一个印度男人在火车上发生关系然后怀孕生下了索菲,孩子的父亲完全不知情。而索菲呢?书中写道,她唯一提到孩子爸爸的时候,是怀上菲利普那阵,开玩笑说自己保持了孩子他爸来去无踪的家族传统。

看到这里,我只能说,一个母亲对儿女的影响是潜移默化的。作为一个母亲,我希望我的女儿尽情地享受她的美好人生,读书的年龄认真读书，工作的年龄努力工作，恋爱的年纪去谈恋爱，之后才是水到渠成地结婚、生小孩，美好的人生要慢慢来，慢慢体验，慢慢享受，一切不可以操之过急。

对于法定结婚年龄该不该提前，我的建议是法律更应该保护男孩女孩读书的权利，而不是早早地给他们一个可以结婚生子的法律认可。

女人可以对多生孩子说不

放开二胎的政策一出台，就引发了民间的种种议论，很多人趁热打铁地高呼：计划生育政策该取消了！公民应该有生育的自由。

作为一个环保主义者，我一贯的观点是，要环保，少生孩子多种树。实行了这么多年计划生育，很多中国人还是没能明白这个道理，以为放开生育想生多少就生多少才能实现社会的可持续发展。有没有人计算过，生养一个孩子要排放多少二氧化碳？既然现在环境污染已经到了危及生存的地步，为什么那么多人还在坚持要多生孩子？如果没有节制地制造人口，总有一天，就算人类想多生孩子，地球也没有条件养活这么多人口了。

我觉得节制生育不是因噎废食，也不是不该生孩子，国家在民众没有环保及资源意识的时候强制计划生育，三十多年过去，环保理念已深入人心，民众对生育应该有克制的自觉了，结果很多人还是自私地希望可以无限制地生孩子。生了儿子的千方百计再添个女儿,生了女儿那必须得有个儿子才能人生圆满。

作为一个女性,我认为如果对生育没有政策上的一定限制,女性的工作机会和社会地位都会受到严重影响。毛泽东时代的口号是"妇女能顶半边天",这让大部分女性走出家门,没有条件创造条件也要就业。邓小平时代实行计划生育让女性解脱连续生育的困境,可以有更多精力融入社会,努力工作,完善自我。

如果现在取消计划生育,很可能出现的情况是,来自政府的强制不生育或许消失了,来自男性世界的强迫生育会大量存在。女性的社会地位会继续下降。强制计划生育都不能阻止一个贫穷的农民生四个女儿之后终于生出一个儿子,为了这个儿子他甚至愿意付出生命的代价。取消计划生育之后,生十个八个直到生出儿子的现象一定会越来越多。这种现象不只在农村落后地区出现,在城市,在富有阶层一样存在。我们小区就有一户人家,生了三个女儿了,太太肚子里怀着第四个,我真希望这个是个儿子,她可以不用再生下去了。

其实,女人确实是比男人更高级的动物,因为有排卵数量的限制,女人在 50 岁之前就会失去生育功能,再晚也不超过 50 岁做母亲,让女人基本上能把小孩养到成人。而男人似乎到死都能做父亲,这让一些男人不珍惜生育机会,最终反而会丧失生育及养育机会。绝经现象是人类独有的,这个大概就是为了给女人留出时间养育孩子,这是女性比别的雌性哺乳动物高级的地方。

由于有生育年龄的限制,女人的人生比男人更容易进行规划。想生小孩的会尽量在更年期到来前完成这一人生大事。更年期之后,女性就会把精力用到其他方面,可以对人生进行其他方面的规划,就算再有婚姻也不涉及生育。而不像男人,随时还有重新做父亲的可能,婚姻及生育预期一直不稳定。

从进化上讲,女性比男性高级,只在 20 ~ 40 岁左右可以生育。但男性在政治、经济等方面的强势,让他们可以实施多偶,在第一个女人到达 40 岁之后再讨 20 岁左右的老婆继续生育,等第二个 40 岁左右,有心有力的还会再找一个 20 岁的……我不是在说某大导演。对一个压根儿就没把对方当伴侣而只是生育工具的男人,大谈他有伟大的生育人权,简直就是对地主说他天生赋有剥削佃农的权利,因为土地是他的。男人首先把女人当平等的人对待了才有生育权,计划生育至少保证了部分弱势女人不被沦为生育机器或出卖子宫。

我觉得男人在生育这件事情上本身就没有发言权,等男人自己有了子宫,自己能生能不生的时候再发话吧。生孩子的事情上男人说得越多,越彰显自私,所谓站着说话不腰疼。就算男人撒出漫天钞票包养女人和孩子,那子宫也是长在女人身上的。女人有权说“不”。用金钱、武力、离婚等手段胁迫女人多生孩子是违法的。

很多人说不生孩子的人是自私的。在我看来,因为自私而减少生育,远远比因为自私而多生孩子,但又对孩子不管不问好太多太多。说到底,孩子的事情就应该是夫妻两个人管的事情。夫妻两个人连自己都管不了的时候,就不应该生孩子。不就是个人的生物本能吗?凭什么没条件没能力生养抚育就得社会和政府来管你家孩子呢?

因此,我认为合理的生育政策应该是每个家庭都允许生育两个小孩,不论民族,不论城市还是农村,不论独生还是非独。但是,要严格限制三胎及以上的生育。资源就这么有限,为了地球更美好,为了男性女性能较为平等地享受人生,节制生育是必须的!

从高徐氏到夕又米

音乐才子高晓松的情事一向夺人眼球，很多年前他就有过一段和大学生欢子的浪漫邂逅，后来结婚，那故事美好得都曾登上过《知音》杂志。当然，就像很多登上《知音》的名人情事都以分手收场一样，他和欢子后来还是离婚了。在他的《如丧》这本书里透露，欢子后来结了几次婚，过得真挺欢。高晓松也不含糊，无数次只开花不结果的浪漫之后娶了一位小自己 19 岁的太太高徐氏，徐小姐 19 岁结婚，20 岁生女，25 岁离婚，摇身变成了时尚设计师夕又米。

早年恩爱的时候，高先生在微博里总是称呼徐小姐为高徐氏，很有传统中国大男人范儿，到离婚声明的时候，高徐氏就变成了夕又米。夕又米组合起来就是粲，徐小姐从高徐氏到夕又米的转变简直就是从封建社会来到了信息时代，看起来只是粲然一笑，内心里怕已是万水千山。

前段日子妇女杂志的朋友约我写一篇稿子，内容是有关法定婚龄是不是应该降低的，据说有人大代表建议男女法定婚龄从22岁和20岁分别降低到20岁和18岁。说真的，我对法定婚龄没怎么关注过，不管20岁还是18岁，这个年龄的孩子都应该读书才对，着急结什么婚呢？但是编辑约稿，又给了我一个反对降低婚龄的立场，我就按照编辑的命题写了一篇《18岁应该享受青春而不是结婚生娃》。

我在个人博客上贴出这篇文章之后，新浪女性博客和新浪博客首页都推荐了，因为他们的推荐，好多人跑到我的博客里留言，赞同我观点的人不少，反对的也很多，那些反对的言论简直让我瞠目结舌。

有人说，等你女儿28岁，同居过四五个男人，那时她抢得过18岁的处女吗？一个男人是选择一个18岁的处女，还是28岁同居过四五个男人的你女儿？你会害死你女儿的；还有人说，降低法定年龄是允许18岁结婚，不是说大多数人都会在18岁结婚，你念过大学，你考虑过初中都没毕业的人吗？装模作样同情早婚的人，早婚的还在同情30多了还嫁不出去的呢。

等等，说这些话的人，你们真有生女儿吗？如果自己有个女儿，你真不想她接受良好的教育，正常读完大学，而是要么初中就毕业，要么18岁就嫁人？这都什么年代了，怎么还会有这种思想的父母呢?

晚上,小道消息开始流传,高晓松和他的年轻太太已经离婚。第二天,果然,他在微博上发了公开声明。不知道这些人看到徐小姐19岁结婚,20岁生娃,25岁离婚会怎么想?18岁处女嫁个男人就能一劳永逸吗?

我只能说,许多妈妈的思路和高先生的思路惊人的一致,认为女人最有价值的时候就是18岁的处女时期,就应该用一张18岁的处女膜去换取和一个成功男人的婚书。高先生的观念里是要娶个未开化的女人,培养她、塑造她,却没想到女人总是要成长的,在这样一个信息开放的社会,没有旧社会的深闺可以让一个年轻女子与世隔绝了。高徐氏并没有如高先生想象的在家相夫教女,不问世事,而是离婚后积极开创了自己的设计师事业,当然,按照她的履历,她没有经过科班训练,应该是自学成才。

高先生虽然当年很得意娶了个年轻未开化的漂亮太太,但他一定不愿意自己女儿步妈妈的后尘,不读大学,18岁就结婚吧?高家毕竟是书香门第。男人啊,骨子里就有自私的基因,凡是不希望发生在自己女儿身上的事情,就不要在别的女人身上去做。

从高徐氏华丽转身设计师夕又米,徐小姐现在过得很好,有自己的事业,我很看好她。但是,一个女人如果是通过恋爱、结婚、生孩子这种方式成长,在 25 岁成熟独立起来,在我看来,还是通过读大学、谈恋爱、认真工作自我成长更好一些,25 岁水到渠成结婚生子更正常一些。19 岁的徐小姐如果不是嫁给高先生而是进大学学设计,她的专业水准一定优于现在。当然她还年轻,她还有美好的前程,女人如果有自己喜欢的事业,在 28 岁的时候就算离异单身带小孩也没什么可凄凉的,更何况是 28 岁同居过四五个男人的单身女人呢?

我是一个女人,也是一个妈妈,我宁愿我女儿 30 岁未婚,也不希望她初中毕业就结婚了。我不在乎女儿 28 岁谈过好几次恋爱还没结婚,我心疼她 18 岁就当妈妈,错过读大学的机会。

是的,就像你们说的那样,你是为了不想带外孙,耽误你享受生活,才让女儿晚结婚的吗? 40 岁的女人,人生可以很丰富多彩,我为什么要当外婆在家带外孙呢? 我连在家做全职太太都不情愿呢。

离开了大男子主义高先生的徐小姐,人生面临很大的挑战,最大的挑战就是如何做一个单身妈妈,如何处理好同孩子爸爸的关系。人生没有不劳而获,希望设计师夕又米能培养出一个优秀的女儿,千万千万,不要 40 岁就当了外婆。

文艺男女应扬长避短

木子美真是一个让人捉摸不透的女人。

导演杨树鹏刚刚以《一封情书》为题发表了离婚宣言,木子美就迫不及待地在微博上晒出了当年杨树鹏写给她的系列邮件,那些邮件都不长,有的仅仅寥寥几句,却透着浓浓的文艺气息。只是,那些邮件过于久远,都是十几年前的事情了。看客们顿时热闹起来,原来杨树鹏一直都这么文艺,给木子美的信似乎比《一封情书》写得更好。

杨树鹏的前妻张歆艺还未来得及仔细品味前夫写给她的"最后的情书",就被木子美所谓"更美的情书"抢了风头。一场原本有些文艺过度的离婚事件,因木子美的强行插入,突然就变得不伦不类。

看着木子美晒出的那些私人信件,我突然就想到了遥远的论坛时代。作为一枚1999年就混迹论坛的老资格网虫,那时候能够在网络上混得风生水起的都是文艺男女。因为匿名,因为发表无限制，许多现实生活中戴着面具、循规蹈矩的文艺男女尽情地在网络空间挥洒自己的才情，美文与板砖齐飞，调情与约架共舞。我曾缠着某个男网友让他给我写诗，后来，他写了，当然，不是情诗。后来，和他闹掰又和好。闹掰是因为某个女网友，跟我闹掰后那个女网友也缠着他给自己写诗……看看，女人们就这么无聊，男人的钱要抢，男人的那一点点才华也要抢，你给她写过诗，也要给我写……

我想，也许就是出于这样争抢的心理，杨树鹏的《一封情书》刚新鲜出炉，木子美就迫不及待地晒出了属于自己的那些旧情书。在这样一个日新月异的时代，写在纸上的情书都已快成出土文物了，用Email联络的情信也日渐稀少。如今的恋爱模式是不调情只上床，木子美晒出的那些文字，还是颇让人怀旧的。

十几年前混迹论坛，我结识了很多有趣的网友，有的至今仍是朋友。虽然网上免不了打情骂俏、互相吹捧，但现实世界里我们彬彬有礼，连手指头都不触碰一下。当看到一些粉丝跑到木子美的微博底下叫骂时，我还颇有点为她不平：现在舆论太不宽容了，男女之间仅仅有文字关系算不上多大的事儿吧？就当文青们随手练下笔吧。

可木子美当然不是普通的文艺女青年。当普通文艺女青年止于爱时,她毫不在乎地走向性。当普通文艺女青年止于做时,她大张旗鼓地走向说。当看客们遗憾只能看到杨树鹏写给木子美的文字,看不到木子美写的信时,木子美又用长微博晒出了和杨树鹏的开房记录。

长微博一发,我整个人的感觉都不好了。曾经有过的怀旧的美感一下子被破坏了。

木子美的长微博当然文字优美,只是,文艺男女为什么要去开房呢?文艺男女的长处在文艺,而短处则在男女。因为文艺女普遍的不够美,文艺男普遍的不够帅。无论是恋爱还是结婚,般配二字最重要。木子美的才华显然和杨树鹏更般配。至于开房,还是张歆艺和前男友王志飞更让人有美好的想象空间。

物以类聚,人以群分。经此闹剧般的文艺离婚,不知道张歆艺以后会不会和文艺男绝缘。对于美丽的女明星,嫁给富豪或者嫁给帅气的男同行都是不错的选择。

而在木子美身上,文艺女的悲剧还在持续发生。因为不能守口如瓶,有些名望的文艺男再仰慕她的才华,也不敢轻举妄动了。就算她一再声称经过她的加持,文艺男会事业更上层楼,也没人愿意相信。因为这些年她爆出的那些个文艺男,有的已经灰溜溜地销声匿迹很久了。我曾经在我家附近的一场演出中见过被木子美曝过光的某男，就觉得他好可笑也好可怜。

所谓文艺女的老祖宗们秦淮八艳，她们当然才华横溢，但与才华共同传世的还有她们非同一般的美貌，没有美貌加持，男人能爱一个女人的才华多久呢？而那些能与秦淮八艳一起对酒当歌的骚客们，他们至少也得有能一掷千金的身家。

大部分文艺男女共有所长，却各有所短。这大概就是他们不那么幸福快乐的根源了。木子美这样的文艺女才华了得，却姿色一般，若循规蹈矩也能嫁个寻常男人，却偏偏活得惊世骇俗。以至于上过床的男人们纷纷结婚，她也只能在人家结婚之际写下开房记录，然后在人家离婚之时迫不及待地抛出来解解气。

杨树鹏这样的文艺男，文艺方面十八般武艺样样精通，却缺了点赚大钱的运气。所以会和大六岁的女投资方结婚，亏完了人家的钱再离婚，显得既无情又无义。连给张歆艺写封离婚情书，也要强调是自己主动提出分手。还不如土大款们豪掷分手费来得爽快。

因此，文艺女应该老老实实地躲在自己美丽的文字后面，袒胸露背以至赤膊上阵的事情交给“苍井空们”去做。文艺男要么苦苦熬出头,要么就在资本的庇护下低眉顺眼,泡一线女明星的事情别跟土豪去抢。

扬己所长,避己所短,文艺男女的路应该这样走下去才有光明可言。

编注:2016 年 4 月张歆艺与演员袁弘结婚。

假如爱和财富都不能重来

读琼瑶小说、听小虎队长大的女人们已渐渐步入中年，在我们憧憬爱情的年代，财富是爱情中微不足道的东西，我们爱的是小虎队们青春英俊的脸。时光荏苒，当年的霹雳虎吴奇隆已经是新一代小女生心目中的四爷，他和《步步惊心》戏中女主角刘诗诗的爱情甫一公开，就收获了无数的祝福，这对一个曾经离过婚的男明星而言，并不是容易的事情。同样离过婚的汪峰对章子怡公开表白，得到的就是一片冷嘲热讽。

可是，前妻就是这个世界上最不消停的一类女人。吴奇隆离婚四年刚刚宣布恋爱，早已再婚、即将生孩子的马雅舒就在新浪开了微博，用长微博的方式说了一大篇《不得不说的话》，大意就是和吴奇隆离婚后我并没有占对方的便宜，在最困难的时候我们曾经美丽地爱过，现在他终于好起来了，我也祝福你们吧。

吴奇隆作为小虎队成员，年少成名，后来的恋爱对象也是像蔡少芬这样的大牌女星，如果不是和吴奇隆结婚，根本没有多少人知道马雅舒是谁。到现在我也没看过马小姐演的任何戏。娶了马小姐之后吴奇隆是挺衰的,事业平平,大概就是对方所说的最困难的时候吧?可就算这个时候相遇,吴奇隆第一个月就给了马小姐14万,结婚钻戒价值几百万,离婚后车子房子都给了她。在这段关系中,马小姐经济方面是得益的那一方。分手后马小姐迅速嫁了老外,频频上电视接受采访秀恩爱,吴奇隆也没说什么,反而检讨自己在婚姻中有做得不好的地方。

2009年吴奇隆跟马小姐离婚,2010年上央视春晚小虎队重组,2011年凭借和刘诗诗合作的《步步惊心》大火。现在吴奇隆事业、感情都好起来了,马小姐又来酸溜溜忆当年同患难了。男女之间,尤其是明星男女之间,肯定有强有弱,无名女傍着有名男上位的不在少数,分手的也多。像马小姐这样靠跟吴奇隆结婚出名,在男方事业低潮时离婚,又迅速找了新欢,带着新欢到处秀恩爱,过几年看人家过好了有了新欢,又跳出来阴阳怪气的,还真不多见。

双方离婚的财产安排不是不可以讲,但都离婚多年了,媒体上关于他们财产的报道也都报了好几年了,马小姐这几年都隐忍不说,非要等着吴奇隆公布恋情的时候跑出来添乱!吴奇隆当年是有多爱马小姐,才会把自己开的公司法人冠了她的名,法人就是公司董事长,照马小姐现在的说法,好像用她的名字当法人就是为了让她承担义务一样,好像以她的名义干了多少坏事一样。那篇长微博简直就是在给现任刘诗诗示威,他有买房给你吗? 他有给你开公司吗?

在一些女人的算计中,所有的爱情必须落实到财富才是真的。千万大宅比不上亿万别墅体面,三克拉的钻石就是不如五克拉的闪亮。当一个男人的财富不尽如人意的时候,这个男人的魅力就会打折。因此甩掉走下坡路的男人再寻新欢就是这些女人的明智选择,然而人算不如天算,娱乐圈的路忽而上坡忽而下坡,一个被甩的衰男也有东山再起的时候,也会有爱情和财富双丰收的后来。

后来,当他们不再相爱,当他们把钱财都已分开。假如爱和财富都不能重来,女人再说什么都是画蛇添足。每个人心中都有一本账,谁都会默默计算得失。那个不甘寂寞的女人只需要明白一点:刘诗诗和吴奇隆一旦相爱了就一定会好好在一起。

编注:2016 年 3 月吴奇隆和刘诗诗在巴厘岛举行婚礼。

王菲是文艺女中年的一剂强心剂

王菲和谢霆锋被记者偷拍到在女方公寓共度四天，虽然两个都还没有开口承认复合，但亲密关系显然已经重新发生。这一娱乐头条令无数文艺女性欢呼雀跃，第一时间写下若干美文歌颂天后的美好爱情。

对锋菲这次复合，我却觉得既不好看也不看好。说不好看是两个当事人没有公开，而是被狗仔堵在房里偷拍了，显得不够高冷。说不看好的原因就太多了，从 2000 年到 2014 年，他们分别多了一个前妻、一个前夫以及三个小孩，这将是影响他们复合质量的关键因素。

其实，王菲和小谢离婚后找谁都很正常，就是再重新走到一起感觉有些怪怪，早干吗去了？非得兜兜转转一大圈分别生了三个孩子以后才认识到彼此是最爱。那至少说明当年爱得不够，分得草率。旧情复燃这事儿，说明两个人恋旧，但双方都有太多旧人，旁人一时也难以分清他们最恋的是哪个旧，也有可能今天恋这个旧，明天恋那个旧，后天恋两难选择的那个旧呢。

从孩子的角度出发，这次锋菲复合对这些小孩肯定会产生情绪上的影响，李嫣和小谢的两个儿子肯定都会有触动，需要他们的监护人来开导。至于王菲大女儿童童，则已经被素质极差的网民有过各种羞辱。

单纯从一个母亲的角度出发，因为自己的个人行为给孩子造成这样的困扰，我会觉得于心不忍。但妞性大于母性，几乎是女文青的通病，萧红亦如此。部分还神性大于佛性，神是巴神的那种。

我就有点搞不懂，她们一方面说房祖名吸毒堕落是受他父母感情的影响，一方面又热烈歌颂锋菲复合对双方的四个小孩没有影响。我祝福天下所有的爱情，但想当然地认为父母那些惊天动地的爱情对孩子没有影响，显然没有道理。果然，小谢前妻张柏芝闻知锋菲复合失声痛哭，指责小谢对两个儿子关心不够。

一些文艺女中年开始不爽了，在女神王菲甜蜜恋爱的时候，张柏芝怎么能携两个儿子给他们添堵呢？于是对张各种指责、辱骂，连当年艳照门旧事都翻出来了。

中年妇女们拼命赞王菲、骂柏芝让我觉得特别心寒。只就离异后的表现来说，柏芝离异三年，自己带着两个儿子，没有什么绯闻。王菲离异一年，女儿给了前夫，在大女儿回北京的当口她和男友被记者拍到在屋里待了四天四夜，场景也算得上香艳。

对文艺女中年来说，王菲就是她们的一剂强心剂，她的恋爱总能令她们热血沸腾。在婚恋方面，王菲算得上人生赢家，可有的时候，我怎么偏偏会同情那些失败的输家呢？

当年的窦唯、当年的李亚鹏，与王菲结婚的时候都处于人生最巅峰的好时候，现在他们都变得相当沉默。窦唯曾说过和王菲结婚是一个阴谋，而如果不是因为女儿有生理缺陷，李亚鹏也不会搞个慈善基金弄到焦头烂额。现在，小谢也是处在他人生最好的时候，如果真成为天后的第三任丈夫，很有可能现在也就是他人生最高峰了。

我觉得，中年妇女们对天后的赞美恰恰展示了中年女性身上最世俗的那些部分：有钱就是成功，有男人做爱就是赢家，为了自己的幸福可以不那么在乎孩子的感受。可我觉得，人不是独活在世上，让自己成为传奇就可以了，一场婚姻有没有让对方变得更好，母子一场，孩子是不是过得开心，这些都很重要。

中年妇女们还有一点比较可笑，那就是天后都 45 岁了，对这件事情不赞好的人都是见不得女人 45 岁还能恋爱，还能和年轻有钱的帅哥恋爱。可王菲又不是45岁失婚的下岗女工，她那么有钱有名，保养得当，不恋爱才是传奇，找不到男人才是笑话。她对45岁普通中年妇女丝毫构不成任何人生参照。

是的，就因为她是天后，她能一场接一场地恋爱、结婚，文艺女中年就能无视她一场又一场的婚姻失败，不去分析这些婚姻为什么失败，为什么她那么美、那么好、那么有钱还能一次次婚姻失败，从而在普通中年妇女身上建立一些对婚姻成功的信心，而是一厢情愿地构建一个美好爱情超越一切的海市蜃楼。文艺女中年把王菲当一剂强心剂服下，好让自己身临其境去做一场春梦，让人忍不住去多想，她们的人生现状有那么不堪到非要向王菲学习吗？

有网友说："泰勒的第四任老公对她有个评价，一颗价值5万美元的钻石，大约可以让她保持4天的好心情。所以天后们欲望强于常人太多，需要更多刺激。无论情感，物质，婚姻还是神秘修行。"对此，我不置可否。对王菲来说，这场重来的爱情，确实是人生的一场考验，一场修行。愿他们得偿所愿，以美好收场。

编注：2016年，王菲和谢霆锋仍在恋爱之中，窦靖童在采访中被不良媒体追问哪个爸爸更好。谢霆锋和张柏芝共同发声明表示谢与两子关系良好。

那些山东美女的爱与哀愁

因为导演丈夫嫖娼被抓，山东美女张雨绮一时处在了舆论的风口浪尖之上。“坦白面对、共同承担”的声明让她赢得了公众的颇多好感，山东美女惯有的有情有义的形象跃然纸上。但是，经历过这样一场风波，她和他的婚姻前景确实变得有些暗淡了。

在娱乐圈，山东美女是一道亮丽的风景线。从早年的倪萍、巩俐，到新一代的范冰冰、张雨绮等。她们的演技各有千秋，但在处理感情方面，却有颇多值得一说的共同之处。大约山东是孔孟之乡，受传统文化的影响比较大，山东美女一方面有着北方女性的敢爱敢恨，一方面又受传统礼教的影响，对“名分”二字格外向往。

因为敢爱，从倪萍、巩俐到张雨绮，她们都曾有过一段著名的恋爱故事。在倪萍那里，是她写在书里“肠子都悔青了”的与著名导演陈凯歌的恋爱往事，他们爱了很久，她甚至以儿媳的身份照顾他重病的父亲，在恋爱中尽显山东女人的大气、懂事，然而这段感情有花无果，最终令她极为受伤。在巩俐那里，她以第三者的身份和著名导演张艺谋轰轰烈烈地爱着，不惜被前男友暴打，被张艺谋前妻及女儿痛恨，他们合作了一部又一部经典电影，共同攀登上了事业的高峰，然而无名无分地过了多年，他始终不肯结婚，也不愿再生小孩，最终两人黯然分手。到了年轻一代的张雨绮，依然是勇往直前的山东女星风格，和一手提携自己的周星驰解约，和风流潇洒的富二代汪小菲高调恋爱，媒体上时不时报出准婆婆张兰对她很满意云云，恋爱路径和倪萍大姐颇有异曲同工之妙。大约山东美女就是这么美丽端庄，似乎都是好儿媳的最佳人选，可最终成为张兰儿媳的是令人大跌眼镜的台湾美女大 S。

这些山东美女都轰轰烈烈地爱过了一场，然而却都没有得到山东人观念里特别看重的名分。在她们眼里，婚姻才是一场恋爱关系最好的结果。没有得到这个结果，她们似乎都扭头从“敢爱”转向了“敢恨”。“敢恨”的方式非常单一，那就是另嫁他人。倪萍迅速嫁给了一个摄影师，并写了一本畅销书来表达对过往感情的悔恨。巩俐在算命先生“最好 30 岁之前结婚”的建议下，迅速嫁给了一个年长自己许多的新加坡商人。张雨绮年纪轻轻,失恋后也迅速投入了年长自己 21 岁的著名导演王全安的怀抱,戴上了一枚镶 8. 8 克拉钻石的闪亮婚戒。结婚的时候,张雨绮才 25 岁,年轻美艳的她站在年近半百的夫君身边,不像太太更像是女儿。

对这些山东美女而言,她们为“敢爱”付出了代价,在感情道路上都曾极为受伤。但“敢恨”又何尝不让她们伤痕累累? 倪萍和巩俐当初的婚姻都以离婚收场,张雨绮经历过这样一场风波,夫妻间也肯定是貌合神离。童安格在《爱与哀愁》中这样唱:“爱并不会是一种罪过,恨也不会是一种结果。”确实如此,这些山东美女的爱与哀愁就像烈酒,美丽却难以承受。

走过“敢爱敢恨”的爱与哀愁,倪萍坚强地带大了生病的儿子,成为能写会画的多栖明星。巩俐兜兜转转多年,又和张艺谋重新合作,一笑泯恩仇,她始终没有生育,他却多了好几个“葫芦娃”。对年轻的张雨绮而言,和王全安分分合合都是考验,也许她会像她的山东大姐们一样,选择结束这段看上去并不和谐的婚姻。没准,这桩丑闻会成就一个中国的妮可·基德曼,张雨绮相貌身材条件太好了,可能正需要这样的一场蜕变。

其实,和她们故事相似的山东美女还有林青霞,可她太女神了,我不想轻易冒犯。虽然很多次我会想,她和秦汉干吗不坚持走下去呢？何必一定要有婚姻这张纸呢？可说服一个传统的山东女性不要婚姻，似乎很难很难。和她们故事不同的山东美女当然也很多，比如范冰冰的广告，她是一个传奇，自身强大到男人难以望其项背，她有那么多的绯闻对象，从演员到老板，但她似乎从来没有想到要争取一个婚姻。努力赚钱成为范爷已然足够，什么王学兵，什么许老板，有那么重要吗？

所以，范冰冰会微笑地当众拥抱已经结婚三次的王学兵。所以，她手拿恒大冰泉，一脸灿烂地出现在各种广告上。我今天早上刚刚在一辆公交车的车身上看到范冰冰，觉得她好美好美，她才应该是山东美女的典范。那些爱与哀愁，就让它们随风飘走。

编注：2015 年张雨绮与王全安正式离婚，范冰冰与李晨高调恋爱，尚未结婚。

真美人无需对先生

最近林青霞出书、庆生,很是风光,照片上的林美人,幸福真的是从骨子里溢了出来。

香港著名 DJ 查小欣撰文赞林美人:万千宠爱,但感情路上受过挫折,因为那位不是 Mr. Right,承受不起娶她的福分。

查小欣文中“承受不起娶她的福分”的那位,应该是指林青霞的前男友秦汉。

我于是上网百度了一下。1972 年,秦汉与经营化妆品公司的邵乔茵结婚,先后育有女儿孙诗雯、儿子孙国豪。1976 年,秦汉与林青霞因多次合作拍戏而传出绯闻。1982 年,秦汉与邵乔茵离婚。1985 年秦汉与林青霞公开恋情,1994 年,两人宣布正式分手。

虽然不愿意用第三者来形容林美人,但她当年身份就是这么尴尬。但秦汉还是为她离了婚,也不算不负责任的男人。两人恋爱多年不婚,原因谁都没有提及,但舆论都把压力给了秦汉。对一个已结过婚、有儿有女的男人来说,不想再结婚也说得过去,说到底是两个人对这段关系的要求不一。也有说法是秦汉前妻邵乔茵以死相逼。虽然是前妻,但毕竟是两个孩子的妈妈,如果真出什么状况,秦汉也是担当不起的。

这么看来,秦汉这个男人,真是辜负了两个好女人。和邵乔茵婚后没几年就出轨,结婚十年离异,一儿一女都尚小,对孩子也是伤害。和林美人风风雨雨十几年,却没有开花结果,到底是爱得不够吧!林美人坚持了那么久,终究没能等到和秦汉结婚。据说分手是林美人提出来的,当时秦汉哭求不要分手,但林美人去意已决。

这不是林青霞第一次主动和男人提分手。

1980 年 9 月 5 日,秦祥林与林青霞在美国旧金山宣布订婚。这桩很多人抱观望态度的婚事,1984 年由林青霞提出解除婚约。秦祥林这位琼瑶眼里长得最漂亮的男人,并不是林美人眼里的对先生。当年的“双秦争林”,最终是秦汉胜出,但他也没能笑到最后。

现在,林青霞已经结婚二十年,秦汉始终未婚。据台湾媒体报道,秦汉对林美人绝口不谈。64 岁接受采访时,秦汉说以前老在银幕上谈情说爱,自认感情生活是零蛋,他不找嫩妻,觉得和年轻人有代沟,也不担心没老伴,很享受一个人自由自在的生活。秦汉还把女儿孙诗雯带在身边当助理,但他也透露说女儿常被别人误以为是他的小女友。

而另一位秦先生——秦祥林,最终与曹昌莉结为百年之好。秦祥林留下了这样的感怀:"年轻时候的感情事,年代久远,都已经不复记忆了,所幸我们现在都各自找到彼此的幸福。"

当年的文艺片时代,美女帅哥们确实在银幕上下都谈了太多的恋爱。

导演胡雪桦说,秦汉演技上乘,他的人品、气质、文化底蕴是无人可比的。网友则说他总是用迷人的微笑让女主角爱上他,又以自己的软弱将对方伤得痛哭流涕。看来一个软弱的男人,的确不太适合婚姻。

我曾经在《山东美女的爱与哀愁》一文中说,山东女人太过传统,太看重名分。林青霞就是这样一个传统的山东美人,她要婚姻。1994 年 6 月 29 日,林美人和邢先生在美国结婚。

可是林美人嫁给富商邢先生后,二十年的婚姻里,婚变的传言始终未曾停过。商人的婚姻逻辑是太太要低调,较少抛头露面,要生儿子继承家业。林美人在 42 岁和 47 岁的年纪,生了两个女儿,以至邢先生在上海包二奶生儿子的传闻多年不绝于耳。

一直到最近,林美人 60 岁生日会上,和邢先生及三个女儿(另一个是邢先生前妻所生)的合影登报,有些报纸配的新闻标题仍然是“破婚变传闻”。

这样梳理林美人四十年来的感情和婚姻路线,我是想说圆满真不易得。倒是没有名气和美貌的普通人很多都活得相当幸福。

只是,美人的人生一定要碰到一个对先生才能获得圆满吗?

在我看来,无论是曾经的两位秦先生还是现在这位邢先生,都不能算是林美人的 Mr. Right。那两位演员同行,都曾结过婚,又因为追求者众多,难免有些不够专心。而林美人如果一心想嫁富商,也能在更适合的年纪找到更适合的对象。

可林美人照样风风光光地迎来了 60 岁。其实,像林青霞这样的大美人,怎么活都是美好,只跟她自己有关,她碰到任何男人都是那些个男人的福分。

在林青霞的演员生涯里,她足足拍了 100 部电影,这真是让人惊叹的工作量。为人妻母的日子里,她认认真真学习写作,出了两本书,从一个没有什么高学历的女明星,成长为一个女作家。最让人羡慕的是,一直到 60 岁,她都是一等一的大美人。

林青霞的人生真的不需要靠对先生来添彩了,不添堵就很好。秦先生对过往情事绝口不提,总好过某些女演员的变态前夫。邢先生虽然有些传闻,但并没有让什么“小龙女”上了头条。而且,十几亿豪宅慷慨赠妻,也配合林美人风风光光地过了一个60大寿。

我想,林美人活到60岁一定明白,她今天能活得这么风光、这么幸福,是因为她从内心深处拥有了让自己幸福的力量。这个力量不来自什么对先生,而是来自她自己的人生历练。

人生是一场修行,有没有对先生,真美人都能精彩地走下去。

编注:林青霞2015年参加了湖南卫视的真人秀节目《偶像来了》。

黄蓉一生都是灵动的女子

网上看到一篇文章《中年黄蓉的婚内寂寞》，解读黄蓉婚后为什么变成了“死鱼眼珠子”。对这篇文章的观点我不能苟同。文章中说，相对于黄蓉的另外一个追求者欧阳克，郭靖的条件不算好。从俗里说，欧阳克出身名门，他名义上的叔叔实际上的生父欧阳锋和黄老邪既是对手也是世交，他本人生得也还好；从雅里说，欧阳克品位不算差，亦颇懂风雅，虽然邪恶了点，但黄蓉也不是慈悲为怀的人，初相见时郭靖都感叹她手段毒辣，倒不见得就计较欧阳克的道德缺陷。可以想象，若不是黄蓉从一开始就屏蔽了欧阳克，黄蓉和他的共同语言应该多过和郭靖的。

为什么不选欧阳克？因为黄蓉不是穆念慈。黄蓉有多讨厌杨康啊！欧阳克作为一个中年大叔更是杀人无数，黄蓉怎么可能看上他呢。黄蓉就算嫁夫从夫，也是有是非观的。我太讨厌欧阳克了，黄蓉也完全没有对这个男人动过心。就像大观园里的林黛玉不可能爱上焦大，聪慧过人的少女黄蓉不可能爱上老男人欧阳克。就算没得选,她也不会选他,郭襄都可以寂寞一生呢。黄蓉是我非常喜欢的金庸小说里的女人,不喜欢别人误读她。

黄蓉一生只谈得上亏欠两个女人:华筝和穆念慈。她破坏了郭靖和华筝的青梅竹马;她间接害死了穆念慈的男人,然后对穆的儿子又不太好,她女儿更是砍掉了杨过的胳膊。至于她和郭靖,感情真是好得不能再好了,华筝和穆念慈对郭靖有多重要啊,郭靖却始终坚守着对蓉儿的感情。武侠的世界,分分秒秒就是生死,就像世界杯残酷的淘汰赛。黄蓉和郭靖的婚姻当中,分分秒秒都在抵抗家国的沦陷,最终一起慷慨赴死已是人生最大的浪漫。

中年黄蓉在金庸笔下变成了精明世故的女人,这才是她不讨喜的一面。她没有保持少女的天真烂漫,恰恰是因为她太聪明,当她有了丈夫、孩子、江湖地位,她太忙了,必须把整个家挑起来,方方面面都不能出问题,明明是职场女强人,怎么可能寂寞?真正寂寞的是南兰这样的文艺妇女,婚后太追求浪漫,抛夫弃女令人不齿。幸好黄蓉没成为南兰。可是,黄蓉怎么可能是南兰呢?她有自己的事业、自己的江湖地位,她还是丐帮帮主呢,在武侠江湖,武功才是通行一切的文艺语言。她还有那么多孩子要管,中年黄蓉哪有时间和精力去享受婚内寂寞呢?某网友说,黄蓉就算嫁给苗人凤,还是黄蓉,这是要看人的。是的,黄蓉就是独一无二的聪明绝顶的女人,金庸没把她的中年写得完美,不等于她就会婚内寂寞变得无趣,郭靖是非常适合做丈夫的好男人。我人到中年还整天在网上跟人各种争论,从足球到金庸笔下的女人,忙得要死。相信我,那么聪明的黄蓉不可能寂寞地变成“死鱼眼珠子”。

中年黄蓉在金庸笔下为什么不那么美好?因为金庸只爱少女。由于黄蓉和郭芙对杨过的亏欠,美少女郭襄只能无望地寂寞地爱了杨过一辈子。金庸这种大男子主义、少女癖应该批判。金庸非常不爱中年妇女,《神雕侠侣》里把黄蓉写成那样已经算是笔下留情,《天龙八部》里马夫人那样的中年妇女才是金庸最擅长写的。作为老男人,金庸写女人有他的局限。中年妇女应该批判地看金庸,因为他把中年妇女写得不美好而妄自菲薄就没必要了。当然他笔下也有非常美好的中年妇女,那就是美得不像话的陈圆圆。陈圆圆这样的美女不是金庸塑造出来的,是历史上真有其人,所以金庸会把她写成传奇,美得胜过少女。金庸原创的中年妇女形象大都很糟糕。其实中国男文人歧视中年妇女一直有传统,到今天也没有改观。我就曾批评阿乙的小说把中年妇女写得太不堪了。

我觉得金庸小说里那些不正确的爱情更让人感慨，黄蓉这种功德圆满的爱情已经美好得没有瑕疵了。类似穆念慈爱上杨康，岳灵珊爱上林平之，张无忌父母的爱情等等，那些从正邪两派势不两立、血海深仇不共戴天里开出的爱情之花才称得上残酷与浪漫。我常想金庸到底是不是反“文革”？为什么他会写那么多类似“文革”政治不正确的爱情？陷入这些爱情当中的女子，遭遇的是远甚于寂寞的绝望。

黄蓉是个聪慧的有侠肝义胆的女子，她的爱情从一开始就不是盲目的，所以，她的人生会避开一切不正确的选择。终其一生，她都是个超凡脱俗的灵动的女人，我爱黄蓉，虽然我不会武功。

盖茨比为何得不到女人的心

昨天的奥斯卡颁奖典礼，全世界都记住了迪卡普里奥那张伤心绝望的脸。在我看来，“华尔街之狼”并不是真正的小李子，“盖茨比”才是小李子真实的写照。现实中的小李子拿不到那尊小金人，故事里的盖茨比也无法得到女人的心。

小李子主演的《了不起的盖茨比》，改编自菲茨杰拉德的同名小说。在这个故事里，我始终觉得戴西拜不拜金并不重要，盖茨比最关心的是她爱不爱她老公，这一点上，戴西真没说谎，盖茨比是死在了这层绝望上面。盖茨比一直觉得戴西只是爱她老公的钱，当他比她老公有钱的时候，他就能赢得她全部的感情。但事实不是，在戴西的婚姻里，她和老公是有感情的，婚姻是一个利益共同体。她对老公的不满更多是因为他出轨，所以我觉得她是故意撞死老公那个情妇的，当她看到她的仇人喊着自己丈夫的名字站到她的车前，她的第一选择一定是猛踩油门。最后，她和她老公都除掉了对方的情人。

影片的结束,盖茨比似乎是在怀揣着戴西打来电话的希望中死去。其实,当戴西承认对她老公曾有爱情的时候,盖茨比就已经彻底绝望了,所以那场戏,盖茨比和她老公打起来,拍得特别好,那个时刻,盖茨比彻底暴露了自己。最终,一对可怜的夫妻,死在了一对肮脏的夫妻手里,盖茨比只是这场悲剧的陪葬。天真的爱情在世故的婚姻面前不堪一击。

从一开始,盖茨比就知道戴西是物质女郎,他认为她爱的是钱,嫁的也是钱,当他拥有特别多钱的时候,他就拥有了在她老公面前的优越感,因为,戴西爱的是自己。但是,当戴西承认和老公也曾有真感情的时候,盖茨比才真正绝望了。他的那个理想主义的泡沫破灭了。他的出身,他的老爸很重要吗?不那么重要,那只是他过去生活的证明,所以在电影里被剪掉了。戴西的女儿为什么没被剪掉?因为她很重要,戴西对老公的不满,还来自她生孩子的时候他不在身边,在外面乱搞。并且,因为这个孩子,她和老公不可分割地连接在了一起。

说戴西拜金未免太浅薄,她一直养尊处优,从小就是富家女,然后嫁有钱老公,她不是靠婚姻改变自己贫穷出身的拜金女。戴西对婚姻的失望,不是金钱方面没得到满足,而是关爱方面没有得到满足。说到底,年轻的盖茨比和年轻的戴西之间的爱情,还是基于原始生理好感的那种,没有经过岁月的累积和更深刻的考验。就像志明和春娇,他们之间没有任何不能在一起的障碍,还是好了几个月就分手,因为原始的好感消失殆尽,一直到几年之后他们重遇,有了更深刻的更高层次的感情共鸣,他们才会重新在一起,不顾一切的,抛弃各自爱人重新在一起。

重遇之后,戴西做了盖茨比的情人,一半是因为他是一个爱她的有钱人,一半也是出于对丈夫的报复。如果丈夫不是那样的背叛她,一个出身良好的女子,是不会轻易为了钱而去出轨,况且,她从来没有缺过钱,她缺的是爱。盖茨比的爱深深打动了她,但是,盖茨比试图用这段爱情去覆盖她和丈夫五年的婚姻,覆盖她和丈夫全部的感情,她无法做到这一点,再千疮百孔的婚姻,也曾有过爱的色彩,只不过这色彩褪掉了。她的声音里全是金钱,但她的内心深处,有过深爱。

在这个故事里,不顾一切追求金钱和爱情的女人,是威尔逊太太。在她面前,戴西黯然失色。说到底,一个没有事业,在家无所事事的贵妇,感情世界是苍白的。

有人说《了不起的盖茨比》就是美国的《小时代》,颇有道理。与盖茨比那个时代相比,当今的中国女性有了独立的事业,她们在婚姻和爱情当中有了更多自我的选择。但是,假如,你就是想像戴西一样做个养在深闺的贵妇,那你就得忍受丈夫的背叛,并且,承担不起盖茨比那样的深情。

编注:多年陪跑之后,2016 年小李子终于拿到了奥斯卡影帝的小金人。

风华终是绝代

昨天老公出差，我一个人去看王家卫的电影《一代宗师》。看之前，王老师的这部新作网上已是议论得沸沸扬扬，我本以为是喜欢《东邪西毒》和《东成西就》的两帮人在吵架，等看下来才恍然明白，是喜欢王氏文艺片和喜欢传统功夫片的两帮人意见不合。我老公就曾疑惑地说，演叶问，梁朝伟能有甄子丹的功夫好吗？

我年少的时候也曾煞有介事地拜了师傅去学武，算是有点武学底子的人。金楼里众门派和叶问交手，三姐甫一下楼，三寸金莲那么一摇，我就认出了是八卦掌。当年师傅也教过我八卦掌，可是我全忘了全忘了全忘了……真是愧对师傅。

《一代宗师》文戏一般，武戏精彩，一招一式全是真功夫，至臻至美。宫二和马三的决斗最精彩，同门对决，知根知底，拳中有掌，掌中有拳，叶里藏花，绝招制胜。这电影看得让我特别想念师傅，当年他跟我说，学武之人下盘功夫特别重要，下盘不稳步法不正，仅靠掌上功夫是不灵的。我有十二年没见师傅了，其实他就在南京。见与不见，一念之间。

《一代宗师》往俗里讲就是一个大师兄爱小师妹不成杀师投敌的故事，宫师傅也知道，自家绝学一脉在女儿一脉在徒弟，干吗不两脉合一脉呢？结果，好功夫就失传了。其实，叶问就是打酱油的。咏春拳的风光甄子丹已经演尽了，王老师就拍一个宫家的传说给大家看。张震怎么出场的我没看到，因为去上厕所了。等我回到座位，就看到流血的张震倒在章姑娘的怀里，那一恍间，真以为是玉娇龙重逢了罗小虎。

2000 年前后我集中看了王家卫多部电影，都很喜欢，《一代宗师》是大屏幕看的第一部。其实，自从《2046》用了章姑娘，王老师风格就有点走样了，以前他电影里的女人形象都比较模糊暧昧，可章姑娘的表演太清晰太分明了，连和叶问这么暧昧的情感都被她演得有板有眼的，弄到最后，还非得咄咄逼人地讨个说法。一个是不能婚嫁，一个是有妇之夫，男女之间不伦的情感最要紧的是不可说，不能说，不必说，尤其是女人。《花样年华》里还是梁同学憋不住问张同学：如果有多一张船票，你会不会跟我走？宫二怎么能斩钉截铁地说出来，我心里有过你呢？太不含蓄了。叶问明显不那么爱宫二，在武功上他是输给了宫家，可感情上他赢了宫二。

我很喜欢王老师用了宋姑娘来演叶问妻，娇小可人，真是好看，五官精致到让章姑娘都黯然失色，细心的观众会发现，叶问妻的戏份和宫二重叠的时候，章姑娘的妆是不那么好看的，章姑娘让我感到惊艳是爹死了以后，若要俏三分孝，后来就越来越美。王老师用宋姑娘演叶问妻是为了和熊黛林打擂台吧？一米八和一米六，到底谁好看？

章姑娘演的宫二，最后孤独终老，舍弃了那颗红宝石，换来了一粒纽扣，风华终是绝代。做了叶问妻又如何？郎心自有一双脚，隔江隔海会归来，都是骗人的话。

最后来个王老师风格的结尾吧，说人生无悔未免太矫情，人生哪有无悔？人生全是庆幸。时光太匆匆，都来不及完成一场世间的相遇。

老男人的道理和规矩

2015 年的最后一天,我在网上看了伍迪·艾伦导演的最新电影《无理之人》。如果不是这部电影勾起了我对老男人的兴趣,我大概也不会于两天之后去看管虎导演的《老炮儿》。从情节上讲,这两部电影并没有什么共同之处,除了主角都是老男人。但是在对老男人种种困境的解构上,两部影片颇有异曲同工之妙。

《无理之人》的主角是一个 50 多岁的大学哲学教授,虽然知晓很多道理,却过不好中年以后的生活。他活得极其颓废,但是在一次意外偷听到一个当事人对法官的控诉后,他决定为这个素不相识的当事人杀掉法官,从此,他从教授沦为了杀人犯。这情节看起来岂止是没道理,简直都称得上"无厘头"了。《老炮儿》的主角是一个 50 多岁的北京城里的"老炮儿",因为儿子意外卷进一场和官二代之间的是非,他决定按多年的江湖规矩替儿子摆平此事。他口口声声讲的都是规矩,但这些规矩显然与法律有颇多相悖的地方。

在《现代汉语词典》里，道理和规矩都有多种含义，和两部影片相近的含义应该是这样的："道理，事情或论点的是非得失的根据；规矩，一定的标准、法则或习惯。"人们常说，道理是活的，规矩是死的。所以《无理之人》的老教授愿意按照自己的道理去行凶杀人，《老炮儿》中的六爷却坚持按他年轻时候的规矩去解决儿子惹下的大麻烦。

影片中两个老男人一出场，都已经饱经沧桑。对他们来说，好日子早就过去了，无论是大学里的教授还是胡同里的六爷，他们似乎都在荷尔蒙渐退之后有点找不到人生的意义了。就在这个时候，女人们纷纷登场了。才华横溢的哲学教授和意气风发的顽主六爷，年轻时候绝对都是特招女人喜欢的主，就算是变成老男人，他们魅力犹存。教授那里，有喜欢猎艳的已婚中年女同事，还有涉世不深的已有男友的女学生。六爷那里，有埋在心底框在照片里的亡妻，也有徐娘半老、风韵犹存的情人知己"话匣子"。对这些个女人，久经情场的老男人们心里都明镜似的，人妻女同事是可以搞搞的，年轻女学生是要欲擒故纵的，为自己生下儿子的亡妻是要永远纪念的，红颜知己可以销魂可以借钱但只能是露水情缘。只可惜男人们老了，脑子里盘算得再清楚，也挡不住老二开始不争气了。在床戏中，哲学教授贡献了大得惊人的肚子，老炮六爷露了白花花的屁股，可是，他们全都不举了。

老男人不举，是这两部电影的第一个高潮。无论讲道理还是摆规矩，不举都被男人看作在女人面前最大的失败。老男人们一生攻城拔寨，所向披靡，不举是他们面临的最大恐慌，是的，他们看上去都若无其事，但其实，这事儿才大着呢。就因为有"不举"这么大的事情发生了，两个老男人才不约而同开始找事儿。哲学教授一边在课堂上讲着萨特和克尔凯郭尔，一边溜进化学实验室偷了氰化钠。老炮儿六爷在对儿子不闻不问多年后开始放下面子提着点心主动上门，在发现儿子被扣之后拿自行车锁勒住了新一代小混混的脖子。他们都决定办大事了，并且，在这个过程中开始了重生。哲学教授一改颓废之风觉得生命重新变得有意义了，他在女同事的床上骁勇无比，也顺水推舟把女学生泡到了手。老炮儿六爷也找回了旧日荣光，那些当年一起茬过架的顽主们，纷纷从人潮人海中又聚到了一起。当冯小刚最后拿着刀在冰面上行走之时，他背后岸边上的那些老戏骨们简直是在集体观摩一个导演的绝佳演技。

就像《无理之人》不是一个凶杀破案电影，《老炮儿》也不是老北京茬架指南，导演们学问都大着呢。这两部电影里都出现了书。书是人类智慧的结晶,在电影这种比书更立体的艺术中出现的书,本本都是有讲究的。《无理之人》中出现的是陀思妥耶夫斯基的《罪与罚》,哲学教授把法官的名字写在了这本书的空白之处,于是,他与法官不再是毫不相关的两个人。

《老炮儿》中出现的是古龙的《小李飞刀之边城浪子》。官二代小飞一直在看这本小说,在遇到六爷后,他崇拜地说:没想到小说中的人物生活中还真能遇到。伍迪·艾伦的大部分电影都可以说是陀思妥耶夫斯基小说的变体,《无理之人》的创作灵感也来自陀思妥耶夫斯基1864年的作品《地下室手记》中的"地下人"——一个具有情感障碍、自我厌恶的人物。而管虎肯定是看着金庸古龙小说长大的一代,《小李飞刀》当年是人见人爱,例无虚发的李寻欢是一个重情重义的悲情英雄,素喜单打独斗,总是把悲伤深埋心底,所以最后六爷要擦拭完亡妻的相框,一人去赴茬架之约。

其实无论道理还是规矩,讲来讲去人生就是妥协,电影也是。《无理之人》中的哲学教授最终输给了女学生的体力,他在和女学生的殊死搏斗中落了下风,结果害人未成反而害己,如果年轻二十岁,他肯定不会是输的那一个。老炮儿六爷最后输给了自己的心脏,血管堵了三根最终未能让他穿越湖面,若是在

1983 年那会儿，他一定不会出师未捷身先死。所以，老男人还是要服老啊，要和岁月妥协，首先得和自己的荷尔蒙和解，打架杀人，刺激归刺激，弄不好都是要拿命还的。对电影来说，要和主流价值观妥协，法网恢恢疏而不漏是一种妥协，多行不义必自毙是一种妥协，把贪污腐化分子绳之以法更是一种妥协。

夕阳无限好，只是近黄昏。好汉莫提当年勇，身边多攒个十万八万，有事没事锻炼锻炼身体，才是老男人们的立身之道。

辑三　投资有道

我们女人再也不能依赖别人在经济上照顾我们了，时代变了，规矩也改了，我们现在要在经济上掌握自己的未来。女性必须学习投资，以确保自身和孩子的安全。

——金·清崎《女人一定要有钱》

打理财富变身“财妇”

我是在某机场书店看到这本《家有财妇:时代丽人理财非常道》的,吸引我买下它的原因是“财妇”两个字。虽说人人都知道你不理财、财不理你的道理,可很多女性在理财方面往往有依赖心理,总觉得男人更擅长投资,自己管好孩子做好家务就可以了。女性通常意识不到,自己除了做主妇,还应该主动学习打理财富成为一个“财妇”。

女人为什么要管钱?著名影星凯瑟琳·赫本曾说:“女人啊,如果你可以在金钱和性感之间做出选择,那就选择金钱吧。当你年老时,金钱将令你性感。”生活中有很多真实的故事告诉我们,当一个女人年老时,就算金钱不能让她性感,至少能让她拥有安全感。

以前做女性热线主持人时,我就曾碰到一个60岁的老太太打来电话求助,说她的教授丈夫出轨了,和30多岁的女助手好上了,她很痛苦,但不敢主动提离婚,因为她的退休金很少,要依赖丈夫的收入生活。

看看，一个女人如果不能成为一个“财妇”，连离开一个男人的勇气都没有，只能在家庭当中忍气吞声。这个女人的婚姻很悲惨，但是因为要在经济上依赖丈夫而不得不任悲剧继续发展。

“富爸爸”丛书作者罗伯特·清崎的太太金·清崎写了一本书叫《女人一定要有钱》。她说，每个女人都要自己做出决定——是要财务独立还是财务依赖？如果你选择财务依赖，就意味着你同意别人来决定你的财务状况，并接受随之而来的好结果或者坏结果。

金相信，女性的自由，首先取决于财务的自由。一旦一个女人感觉到能够把握自己的财务生活，她的自信心就会扶摇直上。因此，一个女人能不能成为“财妇”，也是关乎尊严与自尊的事情。

金·清崎是从一套两室一厅的出租屋开始自己的房地产投资生涯的，到 37 岁时就实现了财务自由。她的投资方式是购买和创建能够产生现金流的资产，当她的资产每月所产生的现金流等于或大于她每月的生活开销时，她就实现了财务独立。资产可以是能够带来现金流的出租屋，可以是每年能为你带来现金流的生意，也可以是让你能够得到分红的股票。

最近我认识了一个很有投资头脑的姑娘，才 26 岁就靠各种投资攒了一百多万，在北京买了房子。因为年轻，她的投资方式十分激进，高利贷、投资煤矿等等都有参与。对于投资，她有着惊人的热情和敏锐的嗅觉，即使买房之后手头只剩 5000 块现金，她也想着要找到好的投资方式让这 5000 块尽快升值。看来金说得没错，女人是天生的投资人，加州大学特伦斯教授通过对投资行为的研究发现，女性的投资收益实际上要比男性高出 1.4 个百分点。

在家庭中，女人管钱也是天经地义。女人心思缜密，适合管理财政。女人管钱也有利于家庭的长治久安。时至今日，女性理财已经是时代潮流，新时代的女性不仅要会赚钱，更要会理财，做家中的财妇。《家有财妇》这本书深入浅出地阐明投资理财中的各种实用技巧，并结合生动真实的案例对各种理财方法一一作了详细说明，为女性量身定做了适合自己理财需求的方法。

比如说，买房子、买股票是大多数女性最熟悉也是最喜欢的两种投资和理财的方式。《家有财妇》告诉你，在股市，最稳妥、明智的选择毫无疑问是蓝筹股，长线操作，稳中求升，坚持多年后会享受到复利的魔力。在楼市，要想同样选到合适的“蓝筹”

项目,首先就是要选择抗跌地段。地段优势是房屋的主要保值条件,市中心标志性地段以及配套成熟具有以稀为贵特点的好地段,是市场低迷时最需关注的选房目标。对考虑孩子读书的主妇来说,学区房也是好的选择。

由于股市的风险较大,基金是财妇的投资首选。投资基金一定要坚持长期投资,基金定投是好办法。在基金品种的选择上,要配置股票型基金、债券型基金、货币型基金,配置比例可以设定为4:4:2。

金·清崎说,我们女人再也不能依赖别人在经济上照顾我们了。时代变了,规矩也变了,我们现在要在经济上掌握自己的未来。女性必须学习投资,以确保自身和孩子的安全。

假如你是一位女性,那你还犹豫什么?既然牛市来了,就先从看懂股票K线图学起吧。

人人向往富爸爸

最近很流行一个“冰书”游戏，接受挑战者要说出10本对你个人影响最大的书。对我来说，在这个书单上，文学名著最多，和文学无关的书也有几本，其中就有一本《富爸爸穷爸爸》。

1999年4月，《富爸爸穷爸爸》在美国上市，单月销量突破100万册。2000年9月，该书中文版在国内上市。一年之后，我在上海买到这本书时，已经是第1版的第21次印刷，可见这本书当年有多火。

2001年7月，我从山东来到上海工作，正式进入财经专业媒体领域。之前，我在山东的几家都市报工作了几年，主要从事专刊、副刊的编辑工作，当年的同事们以文学青年居多，大家在一起热烈讨论的都是文学创作。来到上海之后，我发现同事们在一起谈论的都是买房子、买股票，我突然脑洞大开：这才是我想要的工作！

在中国，一个年轻人一般22岁本科毕业参加工作，到30岁左右的年纪,大家面临的最现实的问题通常不是文学理想能否实现,而是是否已经有了在工作的城市买房的能力,只有买了房,才有成家立业的资本。可是,假如没有父母的资助,仅靠个人工作几年的工资积累,很难在房价飞涨的当下拥有买一套住房的财力,很多人都会感叹:要是有个富爸爸就好了!

"富爸爸"丛书就是告诉你如何拥有一个"富爸爸"从而实现财务自由。这里的"富爸爸",不是富二代王思聪的爸爸王健林,而是关于理财的教育,教你如何进行投资和创业,从而实现财务自由。丛书作者为美国人罗伯特·清崎和莎伦·莱希特。

2001 年,我就是看了《富爸爸穷爸爸》这本书,第一次了解了"财务自由"这个概念,从而茅塞顿开,开始了自己的投资之路。十几年过去,虽然离真正的"财务自由"还有距离,但这些年来确实在股市、房市等方面收获颇丰,获得了远远超过个人工资收入的投资收益。

到今天,"富爸爸"系列已发行 109 个国家和地区,总销量超过 3500 万册。这套丛书将注意力转向现行教育体制所忽略的财商教育上,帮助人们提高财商、改善财务状况。所谓财商,就是 90% 的情商加上 10% 的财务技术信息。

《富爸爸穷爸爸》一书中说,资产是能把钱放进你口袋里的东西,负债是把钱从你的口袋里取走的东西。在钱的问题上,大多数人一般只知道一个基本的挣钱公式,就是为了金钱而工作。而要实现财务自由,就要改变挣钱的公式,寻找赚钱更迅速的公式,这就是投资。

2001 年 7 月我来到上海工作,为了在这里有一个属于自己的家开始看房、买房。当时上海市中心的房价也只有几千元一平米,并且,当时为了刺激楼市,政府还有一个买房抵扣个人所得税的优惠政策。有不少人就是为了抵扣个税而买了房,结果,不但拿回了不菲的个税,还赶上了房价的低谷,未来十几年房价上涨了数倍。

在买房这件事情上,有些人保守,有多少钱就买值多少钱的房子。而有些人大胆,敢于借钱买自己一时买不起的房子。十几年前,很多人还不太敢从银行贷款买房,而凡是敢于运用杠杆从银行贷款买房炒房的人,都赚翻了。这就是挣钱方式的不同导致财富积累的不同。

"富爸爸"系列的第二本书名为《富爸爸财务自由之路》,它提出了一个"工作安全、财务安全、财务自由"的概念。很多人认真读书,为的就是大学毕业之后找到一份安稳的工作,通过多年的工作积累,达到财务安全,可以拥有住房、汽车等生活必需品,但通常也会有房贷、车贷等负债。而财务自由的境界则是，你不必为了金钱去工作，而是让你的资产为你赚钱，从而满足生活所需。

《富爸爸财务自由之路》一书归纳出了4个现金流象限：雇员、自由职业者、企业主和投资人。只有具备投资人和企业主的技能，才更容易致富，实现财务自由。作者详细介绍了这些观念和技巧，把投资人细分为7个等级，帮你看清自己的财务状况，更列出了7个完整的步骤，指引你走上财务自由之路。

鲍伯·迪伦说，时代正在改变。即使不是王思聪，你也可以拥有一个“富爸爸”，从现在开始，迈出投资的一小步，投一点儿钱进去，从小规模开始，不论是股市还是楼市，不论是黄金还是外汇。

信用是一把双刃剑

我的同事们在工作之余，热衷于股票、期货、债券等各种投资。和我喜欢看文学类书籍不同，他们的办公桌上都是些金融、经济、投资方面的书籍。有时候我会过去向他们取经："有什么好的经济学方面的书推荐给我看看？"

有个同事热情地向我推荐了这本《疯狂的信用》，还是作者签名题赠的。我一看，作者叫予龙，在美国获得经济学博士学位，是"9・11"的亲历者，美国次贷行业的从业者，金融危机的参与者、见证人和受害者。"9・11"和次贷危机大约是这十几年来美国本土经历的最大的两次危机，予龙作为一个在美国的中国人都赶上了，我倒很想看看这位华尔街精英的所见所闻了。

"9・11"这一天被认为是美国前一波经济周期的开始。2001年正值美国"次贷"市场快速膨胀的时期。作者既目睹并经历了美国历史上最恐怖的一幕，又从事与次贷相关的决策和风险管理咨询工作。在作者看来，是疯狂而失控的信用造成了美国房地产与经济的泡沫，引发次贷危机，最终导致 2008 年以雷曼兄弟倒闭为标志的华尔街金融风暴及随后发生的金融海啸。

在中国人的观念里，信用属于道德范畴，指能够履行跟人约定的事情而取得的信任。

到了商品经济时代，信用就是一个人的商业价值，是商品经济的灵魂。作者从信用的角度，剖析了各种社会和市场弊端，他认为中美两国正经历着不同类型的信用危机，但危机的性质和动因却是相同的，那就是人的贪欲。因为贪婪，美国人滥用信用；因为贪婪，中国人不讲信用。

美国是一个商品经济高度发达的国家，各种信用工具及信用评级机构非常完善，但是受利益驱使，金融机构贪婪地包装和销售信用产品，特别是次级信用产品，随之而来便是被滥用的信用和过剩的信用产品。而在中国，信用危机则是信用和信用机制的缺失。

看来，信用就是一把双刃剑，没有它不行，过度使用也不行。

《疯狂的信用》这本书好看在于，这不是一部金融专业书，而是普通的大众读物。作者讲的都是自己的故事和工作生活经历，从目睹纽约双子塔的倒塌，到一次次求职应聘，买房卖房，加上穿梭在中美两国之间的探亲、旅行及回国工作，通过作者的这些亲身经历，我们了解了美国的银行业、就业和职场生态、房地产市场、司法制度、新移民、华人生活、邻里关系、美国人典型的信用价值观，以及投资和理财方式。

清华教授陈章武为这本书写了序，他说《疯狂的信用》既在讲故事，又在洞察和分析各种社会现象和百态人生的心理活动。十年的时间跨度，详细的职业记录，以及对职场和社会现象的生动描述和深刻剖析，使这本书像一部口述历史。

而对于我这样一个热衷于读小说的读者来说，这本书很像一本金融小说，有人物，有情节，故事曲折生动，和小说唯一的区别就是，这是一部非虚构作品。从写作的角度讲，作者对人物的刻画十分精彩，书中有名有姓的人物有 30 个之多。无论是在金融危机时失业，随后为逃避债务而申请破产保护的朋友吉姆，还是用空头支票租了作者房子后又转租给非法移民收取租金后逃之夭夭的骗子梅丽莎，都在作者的笔下栩栩如生。作者自己那些买房卖房、买股卖股的经历也如小说般跌宕起伏，比如作者回国后为买国内的房子卖掉在美国的股票时，居然鬼使神差地把卖出雷曼兄弟的股票操作成了买入！结果，在这只股票上的损失总额超过了 1.4 万美元。原来经济学博士也有犯小儿科错误的时候。

作为一个经济学博士,予龙当然不是一个只关心个人股市房市收益的投资者,在这本书的最后,他和朋友们一起展望了华尔街的未来。他的朋友认为,虽然华尔街在金融危机中遭受了重创,但华尔街的创新能力是很强的,未来的交易可能会扩大到权利和义务,包括以信用抵押的国家主权。

通过商业交易重新分配全球资源和主权,这还真是疯狂的想法。但是,想法还是可以有的,万一哪天变成现实了呢?

拿什么养活未来的自己

几乎每一个上班族都有一个提前退休的梦想。可是,是不是每一个人都在为将来的退休生活做准备呢? 这个问题可能四五十岁的人考虑得比较多,其实对于二三十岁的年轻人来说,同样有必要未雨绸缪,为将来的退休生活做好理财规划。

作为一个中年人,我父母这一代人退休的时候几乎没有什么个人资产。他们半生工作,把子女拉扯成人,帮助子女成家立业,等到自己退休的时候,几乎都没什么积蓄,手头一套房改房,在十几年前也不值太多钱。他们退休以后,只能依靠退休工资,没有退休金或者退休金比较低的就要靠子女的赡养。现在想来,这种退休方式真是风险很高。可那一代人基本上都是这么走过来的。等到我们这批中年人一二十年后退休,退休金恐怕只能维持基本温饱,指望子女也很不现实。目前二三十岁的年轻人,同样面临几十年后如何养老的问题。

因此,《30 年后,你拿什么养活自己?》这本书,值得大家一读。这本书是顶级理财师给上班族的财富人生规划课,认真学好这堂课,可以从容面对人生,笑傲退休。

这本书的作者是三位韩国人,都在银行的财务管理部门工作,三大财富管理师将自己多年的心血、理财经验、人生规划的智慧融进了书中。书中主角钱小俊是一位时尚的"月光族",他有一份令人羡慕的高薪工作和一个幸福的家庭,虽然是按揭贷款,但也是有房有车一族,生活也算丰衣足食。可是一场梦境,他来到了因缺乏规划而无比凄凉的晚年,血淋淋的现实让他不得不在理财专家的指引下,重新规划自己的财富人生。

在理财师的指导下,钱小俊了解了规划退休生活的5个阶段:掌握自己目前的净资产,搞清自己每月收支状况,推算自己的劳动时间,设定自己期望的退休生活标准,持续为退休生活进行投资。

书中说,对不能奢望用利息、分红或租金等投资收入来负担起全部生活开支的绝大部分人来说,在自己的工作上获得成功是应对退休生活最重要的手段。无论理财还是规划退休生活,前提是必须有一份能够保证生活开支的固定收入,如果可能的话,要尽量延长获得收入的时间和提高收入的金额。

确实,工作是最好的理财。有朋友曾问过我,不会投资又想抵抗通胀,有没有好的办法?我对她的建议就是坚持工作,至少工资待遇是跟着通胀进行调整的。

大部分人在为晚年制订计划时,都会碰到一个相同的问题,那就是光靠节俭来存退休金是远远不够的。理财师告诉钱小俊,我们的一生中必须有一段时期要通过承担风险来提高收入,要趁自己还年轻,还有稳定收入的时候来承担风险。基金、股票等是比较好的投资手段,但不能炒买炒卖,按照投资原则和风险管理的原则进行长期投资才是成功的方式。

理财师说,大致有三个办法可以补足晚年资金缺失的部分:第一个办法是提高储蓄能力。第二个办法是将不能产生利润且会产生费用的资产处理掉,以此来获取资金。最后一个办法是提高收益率,购买一些高回报的投资产品。

在为退休生活做准备时最需要防备的敌人是物价上涨,物价上涨就意味着钱贬值。为了应对物价上涨,理财师的建议是做好以下两方面的工作:首先,要努力让税后收益率超过物价上涨率。其次,定期对退休生活所需资金和实际筹集资金进行比较和检查,及时对预算资金进行周期性的调整。

理财师建议,如果是还没开始规划退休生活而想从现在开始准备的人,第一步该做的就是整理财务状况表,每年检查一次自己的资产项目和负债项目,对自己的经济实力进行准确定位,如果财务结构出现问题,十有八九是因为“过度消费”。因此,热衷于购物的淘宝一族,真是该“剁手”时就得“剁手”啊。

我父母退休多年,生活过得不错,得益于他们一生节俭,同时有着比较高的退休工资。因此,虽然大家对缴纳社保有各种各样的看法,退休金依然是大部分人晚年最基本的生活保障。在中国是这样,在美国、韩国也是这样。因此,如果对将来领取养老金的数额不乐观,可以通过企业年金、个人商业保险等手段补充养老金。不管采取哪种方式,都是越早缴纳越合算。

为了拥有一个相对幸福的晚年,大家还是及早做准备吧。

心理因素如何影响你的投资行为

作为一个多年的老股民,一想起这些年来在股票投资上做出的那些错误的决定,我就会想到诗人张枣的那首诗:只要想起一生中后悔的事,梅花便落满了南山。我相信每一个投资者的股票账户上都曾或多或少落了些梅花。

做过股票的人都知道,贪婪和恐惧是投资者的大敌:因为贪婪,在该卖出的时候不舍得卖掉;因为恐惧,在该买进的时候不敢买入。可是,为什么众多的投资者都会犯这样的错误?股票投资的这些心理现象是如何产生的?看完这本《金融心理学》,我似乎有些恍然大悟。

这本书的作者是挪威人拉斯·特维德,他曾担任衍生性金融商品交易员、基金经理人和投资银行家长达十一年。《金融心理学》是一本研究投资者心理和股票市场价格变化之间关系的书,详细介绍了投资者的心理因素如何影响股票市场的价格变化,从心理学角度分析了股票交易的规律所在。作者认为,股票市场巧妙地把客观的交易方法和主观的心理因素结合在一起，许多技术性分析的结论都印证了这一点。

众所周知，金融属于经济学的范畴，很多人觉得掌握足够的经济学知识就能玩转金融市场，在这个市场上失败的人都是因为无知。其实不然，书中介绍，《就业、利息和货币通论》的作者凯恩斯认为，股票市场是缺乏远见和非理性的，在他自己的股票操作中，他将经济学放在次要地位，而将主要精力集中于心理学，这是他投资取得巨大成功的主要原因。最早是日本稻米市场的投机客得到的教训：价格并不仅仅反映供求关系，它还反映心理因素。现在，全世界的投资者都知道投资有个四项基本原则：市场走在前面，市场是非理性的，混沌支配，技术图形自我实现。

由于这本书是讲金融市场心理学的，作者特意拿出一个章节介绍了心理学的起源和主要流派，从威廉·冯特的构造主义到弗洛伊德的心理分析，一直到奈瑟于1967年创立的认知心理学。作者指出，心理学不仅覆盖个人的思想、行为、知觉和情感等问题，还研究群体的行为，而金融市场是群体行为的一个典型范例。用杰拉尔德·洛布的话来表达就是，影响证券市场的最重要因素就是人的心理。

《金融心理学》这本书重点研究了心理因素如何影响市场变化,考察了市场信息心理及其对各种不同市场的影响方式:趋势市、平衡市、转折市和崩盘市。而这几个市场几乎涵盖了股票投资的方方面面。这本书的股票技术分析以大家熟悉的道氏理论为基础,我觉得对股票投资的技术理论掌握不多的读者来说,这本书可以让你一边学习股票投资的基本技术,一边研究投资的心理行为,帮助你在进一步熟悉技术操作的同时,掌握正确的投资心态,从而做出正确的投资决定。

2014 年下半年以来,中国股市走出了一波不错的行情,很多人又开始跃跃欲试,坊间谈论股票的人也多了起来。我就举个生活中的小例子,用这本书的观点做一下心理分析吧。

微博上有个朋友说:最近整理很长时间没有打理的股票基金账户,发现有的涨得好,有的几年都是亏损状态。然后想到一个问题,需要资金的时候,是卖掉涨得好的那个,还是亏损的那个。理智的做法,应该是卖掉亏损的那个。但我还是发现自己潜意识里有卖掉涨得好的那个,因为这个动作给你赚了钱的感觉。

这个朋友的做法其实是很多人的普遍做法,为什么会这样呢?我在《金融心理学》中找到了答案。在金融心理学上,这是

“后悔恐惧”,人们往往不愿卖出亏损的股票,其原因是为了避免亏损变成现实后的痛苦和后悔。

股票市场上经常看到的一个现象是:散户们通常赚一点就跑,而亏了就长期持有不动。金融心理学分析说,自我防御态度要对这个现象负责。很多人对当前交易的潜在损失视而不见,不承认自己的失败,只要亏损没有变成现实,他就感觉不到它的存在,因此他就一直不卖,除非万不得已。而这时往往是熊市的最后阶段,他因为恐惧而卖出。

作为一个经验和教训都比较丰富的投资者,我觉得这本书中有几句话特别经典,摘出来给大家做一个投资参考吧:

牛市的最后阶段将吞没所有的散户。

雪崩时没有任何一片雪花认为自己有责任。

互联网金融：乱花渐欲迷人眼

说起互联网金融，可能有些人会一脸茫然，可要是说起支付宝、余额宝、微信红包、众筹……很多人就会恍然大悟，原来这些都算互联网金融啊。

在2012年4月7日"金融四十人年会"上，谢平首次公开提出了互联网金融的概念。在短短几年中，"互联网金融"已经成为中国互联网界和金融界的热门词语。于是，谢平等三人合著了《互联网金融手册》这本书，将互联网金融的概念上升到了理论高度，建立了一整套理论体系。

畅读《互联网金融手册》这本书，看得出作者力图规范互联网金融的定义，完善互联网金融的理论体系。书中重点分析了互联网金融目前的六种主要类型：金融互联网化、移动支付与第三方支付、互联网货币、基于大数据的征信和网络贷款、P2P网络贷款、众筹融资，探讨了大数据在证券投资和保险精算中的应用，对互联网金融监管提出了政策建议。

总体来说，作者谢平等人是积极看好互联网金融的未来发展的，认为互联网金融的理想情形是瓦尔斯一般均衡对应的无金融中介或市场情形，降低信息不对称，市场参与者更为大众化，互联网金融交易所引致的巨大效益更加惠及普通百姓，因而是一种更为民主化，而不是受少数专业精英控制的金融模式。

这么说来，互联网金融还真是普通老百姓的福音，至少余额宝的出现让众多把钱放在银行里存活期的淘宝一族明白了，原来这些闲钱还可以通过余额宝购买货币基金获得更高的收益。

可互联网金融真有学者们想象的这么好吗？网名“江南愤青”的陈宇却不这么看，他也写了一本书，名为《风吹江南之互联网金融》，针对谢平等人的理论，阐述了自己的很多意见。我觉得，一个新生事物的出现就应该这样，有弹有赞，众说纷纭，普罗大众才能从中得到更加全面的认识。

与谢平的经济学博士、教授、博士生导师、中国投资公司副总经理的头衔相比，陈宇就是一江湖人士，网名“江南愤青”。他从 2012 年起以玩票性质在互联网上写金融评论，在新浪微博上也颇为活跃。从 2013 年起，他的研究兴趣转向了互联网金融，陆续发表了大量文章，很多人是从“江南愤青”这里，开始了解互联网金融。

陈宇认为,电商颠覆传统商业的逻辑并不适用于金融,事实上电商并没有拿下传统商业,而是帮助线上的传统企业打败了线下的传统企业。按照这种理解,互联网对金融的冲击也应该是渠道层面,而不在金融产品的生产领域。他也不认同谢平的"去中介论",认为金融是资金融通的行为,是资金在不同市场主体之间的转移行为,无论直接还是间接都会通过一些中介机构来实现,需要纳入国家体系的监管。

陈宇说,从悲观角度看,金融世界是"暴利追逐型",互联网世界是"赢者通吃型",金融的逐利性和互联网的垄断性结合起来,只会更加垄断和追求暴利。互联网"普惠金融"和"民主金融"只是看上去很美,金融没有道德属性,也没有阶级属性。

看到这里,有些人会说,可是支付宝、余额宝确确实实给我们带来了便利和好处。陈宇说,将支付宝用户嵌入货币基金,只能认为是销售货币基金的行为,余额宝的优势是销售方式更先进。也就是说,货币基金一直是存在的,只不过很多人不知道,直到推出了余额宝,才知道还可以有这样一种理财方式。

当然,陈宇也认为互联网支付技术改变了支付格局,比如支付宝等第三方支付的出现。互联网渠道改变了金融销售模式,比如余额宝等。互联网金融改变了传统的投资方式,比如众筹等。

互联网的核心价值观是分享,不妨听听第三方人士的一些看法。人人贷创始合伙人之一杨一夫表示,互联网金融本质上是金融,现在这些创新都不是真正的创新,因为它并没有涉及金融的本质是风险管理。从这个角度来讲,它并不是有变革性的创新。波士顿咨询认为,在互联网金融领域要抢占基础设施、平台、渠道、场景这四个制高点,才有可能取得主动出击的优势。

乱花渐欲迷人眼,浅草才能没马蹄。把《互联网金融手册》与《风吹江南之互联网金融》两本书放在一起读是一件有趣、有益的事情。互联网金融带来了机遇也带来了风险,我们在尽享各种便利的同时,也要注意防范风险。

简单投资也能战胜市场

很多业余投资者初进股市之时，都希望能读到两本对投资有帮助的书。我觉得彼得·林奇的《战胜华尔街》和邱国鹭的《投资中最简单的事》都是不错的选择，这两位大名鼎鼎，是首屈一指的投资专家，他们的投资理念有很多相似的地方，在美国及中国这两个不同的市场上，都取得了优异的成绩。因此，我觉得投资这件事情确实可以变得很简单，只要能把大师们的忠告落到实处。

彼得·林奇强调日常生活经验有助于股票投资。这句话怎么理解呢？股票市场是若干家上市公司组成的，我们怎么从中发掘值得投资的好公司？其实，通过对家门口百货店或餐饮店生意兴隆与否的观察，就可以得出这家公司是不是值得投资，假如它已经上市的话。还有，我们自己的消费体验对投资消费品类公司也有帮助，当你对自家使用的电器、汽车、家具等都非常满意的时候，你为什么不考虑买这些公司的股票呢？只要遵循投资业务简单易懂的公司股票这一原则,肯定会让投资者避开很多风险很大的垃圾股。

彼得·林奇认为,长期而言,股票的投资收益率要比买债券或者银行存款高得多,业余投资者只要花少量的时间,研究自己比较熟悉的行业中的几家上市公司,股票投资业绩就能超过95%的管理基金的专业投资者,而且会从中得到许多乐趣。投资当然会遇到股市下跌,在彼得·林奇眼里,股市回调不过是像冬天的暴风雪一样平常罢了,根本不是什么世界末日,因此不必恐慌性地抛售股票逃离股市。

投资能给我们带来多大的回报?运用数学上的72定律,就能很快算出投资翻一番需要多少年。用72除以每年投资回报率的百分比数字,得出来的结果就是投入资金翻一番所需要的年数。即使每年只有10%的收益,也用七年多的时间就可以翻一番了。因此,彼得·林奇说,耐心终有回报。如果投资者对股市涨跌的规律难以把握,为了避免追涨杀跌造成损失,可以执行一个定期定额投资计划,而且不管股市涨跌如何都始终坚持,每个投资者都会得到丰厚的回报。

在这本书中,彼得·林奇总结了25条股票投资黄金法则。每只股票后面都是一家公司,投资者应该弄清楚这家公司到底是如何经营的,如果能发挥自己的优势来投资自己充分了解的公司和行业,那么肯定能打败那些投资专家。在任何一个行业,任何一个地方,平时留心观察的业余投资者就会发现那些卓越的高成长公司,而且发现时间远远早于那些专业投资者。

看到这里,读者可能会疑惑,彼得·林奇的投资法则适合中国市场吗?没关系,我们还可以来读一读邱国鹭的《投资中最简单的事》,这本书对中国读者来说显然更接地气一些,读完之后大家就会领悟:其实投资的道理都差不多,投资真的可以很简单。

邱国鹭把选股的要素简化为估值、品质和时机,于是选股的复杂问题就变成了寻找"便宜的好公司"这个相对简单的问题。他认为,对于大多数人而言,只有价值投资才是真正可学、可用、可掌握的,因此这也是他职业生涯中一直坚持使用的投资方式。

《投资中最简单的事》这本书从投资理念、投资方法、投资风险、投资策略、投资心理学等方面讲述了普通投资者该如何进行股票投资。所谓大道至简,这本书凝聚了作者在长期的投资生涯中进行化繁为简的投资的不断努力,构建了自成体系的投资方法,将价值投资的理念贯穿始终。

其实,无论彼得·林奇还是众所周知的巴菲特,华尔街的投资大师们无一不是价值投资的坚定执行者。中国股市也曾经历过疯狂的炒作,垃圾股动不动被炒翻天。邱国鹭说,A 股市场过去十年的趋势是越来越重视基本面,越来越重视估值,这个趋势是不会变的,随着 QFII 的进入,这个趋势只会得到进一步加强。总而言之,低估值的、有定价权的蓝筹股,就是新常态下的投资方向。

当然,投资有风险,入市需谨慎。邱国鹭认为要一分为二地看待投资风险:一种风险是本金永久丧失的风险,还有一种是价格波动的风险,可能短期会跌但也会涨回来,波动的风险是投资者必须承担的。在市场上求生存,有的人靠跑得快,有的人靠熬得住,两种人都能赚钱。最怕的是那些初跌时跑不快、深跌后又熬不住的人。

影子银行如影相随

就个人读书习惯而言,相比一些稍显枯燥的经济学理论书籍,我更喜欢读有故事的财经书。张化桥的这本《影子银行内幕:下一个次贷危机的源头?》,就是一本有故事的财经书,读来生动、有趣,又能从中学到很多金融经济学知识。

张化桥曾经在外资银行从事研究及投资银行工作多年,被誉为“最佳中国分析师”“最具影响力的投资银行家”的他,因为机缘巧合,从人人羡慕的国际投资银行跳进小额贷款的行业,并被评为当年的“小额信贷年度人物”。小额信贷就是影子银行的一种,在这个行业摸爬滚打三年后,张化桥体会到了影子银行业的辛酸和坎坷,看到了金融业的很多内幕,他写了这本书,分析了当下中国金融体系中的风险和机遇。

先来认识一下“影子银行”。海通国际证券集团的董事长林涌说,影子银行代表着传统的银行存贷业务以外的复杂多样的金融行为。标准普尔的定义是:普通银行存贷业务以外的所有金融业务都是“影子银行”，包括银行的理财产品、信托产品、小额贷款、民间借贷和典当等。看来影子银行真是和我们如影相随，有几个人没有买过银行的理财产品呢？又有多少人认真考虑过，银行理财产品也是有风险的呢？

《影子银行内幕：下一个次贷危机的源头？》这本书的前半部分像是职场小说。2011～2012年间，张化桥曾担任广州万穗小额贷款公司的董事长，他在这本书中完整地描述了这段职场经历，从炒掉瑞士银行跳进影子银行的豪情满怀，到与监管部门打交道的焦头烂额，中间还有与公司原来管理层的钩心斗角，最后是不得不离开的壮志未酬。张化桥说：“我之所以投身小额信贷业，原因之一恰恰是我知道监管部门管得太严、太多。”他以为这么严苛的管理不可能持续，一旦有所放松，就会迎来行业蓬勃发展的机会。结果，他不得不经历一次又一次的打击，他说，事实明摆着，只有放开对金融行业的垄断，苦苦挣扎的中小企业和弱势消费者才能摆脱现有体制，顺利地获得融资。

作为影子银行的一种，小额信贷给中国经济做出了巨大的贡献。国内银行深知农业和中小企业的重要性，但银行基本上不给他们贷款。张化桥认为，对小企业来说，问题的关键不在利率，而是能不能顺利借到钱，就算向客户收取25%的年利率，他们每年可以把这些钱周转 3 ~ 4 次，就认为这利率还是很划算的。在他看来，小贷公司要想成功，就应该紧密贴近它的客户，比如小饭店、茶室、花店、杂货店和家具零售店等。

经历三年惊心动魄、在希望与绝望中游走的日子，张化桥最终离开万穗。本书的后半部分就是张化桥在小贷行业经验和教训的总结，他对影子银行以及影子银行可能带来的次贷危机有了更加深刻的认识。凡是和影子银行相关的信贷都是次贷，至少可以认为是次贷。其中，金融担保公司从事的是高风险的次贷业务，他们出售的是信用违约掉期(CDS)。过去五年来，尽管经济不断增长，但大量疏于管理的担保公司纷纷倒闭。事实上，从事小额信贷的 P2P 跑路事件也多次发生。

虽然中国的影子银行业务快速增长，风险也比较大，但张化桥仍然赞同标普的观点：中国的银行体系仍然非常稳固。影子银行只是中国银行体系的一个症状，病根在于金融管制和随之而来的巨大的隐性成本。中国的存款利率长期以来都太低了，这造成了过去三十年间通胀和信贷的推波助澜，导致了不公平的转移支付。中国的货币政策很多时候是相互抵消的，银行理财产品不断增长，意味着 75% 的存贷比也没有了意义。

从 2012 年起，影子银行成为人们热烈讨论的话题。影子银行对资产价格会有怎样的影响,尤其是房地产和股市?在张化桥看来,银行显然是最好的长期投资。在银行业投资有些像买一只指数基金,银行能够比较好地代表经济的运行情况,购买银行股票就像是投资整个经济体。张化桥说,他付出了相当大的个人代价才理解到,信誉好的客户首先选择银行。小贷公司、典当行、租赁公司等,它们的盈利模式都比不上银行,次贷业务风险调整后的收益率都达不到银行的水平。他认为,目前银行的估值是非常吸引人的,但房地产业的走势则很难判断。

最后,张化桥总结说,中国人应该感谢影子银行,因为它帮助中国人打破银行存款对储蓄者的长期低利率剥削,影子银行迫使传统银行提高效率。现在存款保险制度已经推出了,张化桥认为,这一制度应该覆盖理财产品。如果真能这样,就是普通老百姓的福音。

用经济学的眼光看生活

《西方经济学》是经济学的基础课,学过这门课的人都知道,西方经济学分宏观经济学和微观经济学两部分,但对一般读者而言,《西方经济学》过于专业和深奥,普通读者想进入经济学殿堂,学会用经济学的方式去思考生活中发生的事情,可以读一些经济学的通俗读物,比如《牛奶可乐经济学》《王二的经济学故事》等等。

为什么牛奶装在方盒子里,可乐却装在圆瓶子里?为什么女模特要比男模特挣得多?美国学者罗伯特·弗兰克从20世纪80年代起,就在课堂上通过与学生问答的方式,收集生活中的经济学问题,经过多年的收集和整理,写出了《牛奶可乐经济学》系列书。这本书用经济学的原理和方法来解释生活中的各种现象,并通过这些事例和解释来加深对经济学的理解,它的理论工具就是微观经济学。

成本效益原则是所有经济学概念的源头,它提出,唯有当行动所带来的额外收益大于额外成本时,你才该这么做。这一原则可以解释可乐和牛奶为什么包装不同。因为方盒子更能经济地利用货架空间,人们大多不会直接就着盒子喝牛奶,所以牛奶装在方盒子里。而可乐大多是直接就着容器喝的,由于圆瓶子更称手,抵消了它所带来的额外储存成本,所以可乐装在圆瓶子里。

竞争性劳动力市场的基本原则显示,雇员的工资与他们为雇主在盈亏平衡点之上所创造的价值大致成正比关系。根据这一原则,就可以解释为什么女模特比男模特收入高了,因为女士时装产业比男士时装大得多,美国妇女每年买衣服的钱,比男人多两倍。所以,成衣商愿意给女模特更多钱以求卖出更多服装,聘用男模特也能多卖衣服,但跟聘女模特所卖出的衣服相比,相差颇远,自然男模特收入要低于女模特。

类似这些千奇百怪的例子在《牛奶可乐经济学》一书中还有很多,罗伯特·弗兰克都进行了妙趣横生的分析。诺贝尔经济学奖得主罗伯特·索洛说,弗兰克的书告诉我们,多多观察生活,就会发现有趣的东西,而且经济学基础概念会给这些行为和事件以合理的解释。这是学习经济学的好方法,适用于我们所有人。

虽然《牛奶可乐经济学》书中所有的例子都来自美国，但这些现象在中国也同样存在。当然，中国有一些具有自己特色的现象，例如王二就是一个具有中国特色的经济学人物，在哈佛经济学博士郭凯的笔下，王二一会儿是佃农，一会儿是进城的打工仔，一会儿又变成了小老板或者小白领。《王二的经济学故事》这本书透过王二时而平淡、时而光怪陆离的故事，把中国重大的经济问题信手拈来，把本来深奥的经济学原理活灵活现地呈现给读者。

如果说《牛奶可乐经济学》一书的理论工具是微观经济学，那么《王二的经济学故事》则侧重宏观经济学，比如汇率政策、货币政策、收入分配、发展模式等等。在《卖粮的困惑和外汇储备缩水》这个故事里，郭凯用王二卖粮的故事把人民币升值对我国外汇储备价值的影响说清楚了。在《王二兑酒和操作汇率》的故事里，郭凯告诉我们，中国的固定汇率制度就是王二的兑酒法，往水里兑酒，而美国的所谓浮动汇率就是李四的兑酒法，往酒里兑水。

在后记《王二的前世今生》一文中，郭凯解释了为什么要用讲王二故事的方式写经济学。众所周知，王二是已故作家王小波笔下的一个名字，很多人都喜欢王小波的作品。郭凯借用了这个名字，但他笔下的王二却是一个没有脸谱的人物，在经济学里，王二这样的一个人用术语说就是“代表性主体”，整个经济就是由无穷多像王二这样的“代表性主体”组成的。郭凯说：“我说的王二的故事，在绝大多数的时候都是有很清晰的经济学理论在背后支撑，这受益于我多年受到的经济学教育和从事经济学工作的积累。”

并不是每个人都清楚，人民币升值让普通人的财富增加还是缩水，中国的外汇储备越来越大，对普通老百姓来说是好事还是坏事。这样的问题，经济学家也未必全搞得清楚，郭凯却用王二的故事轻松地说清楚了，他具备那种洞穿池底的本事。

总而言之，无论是《牛奶可乐经济学》还是《王二的经济学故事》，作者们都擅长把深刻严谨的经济学逻辑和幽默轻松的讲述方式完美地进行结合，这些书平实、有趣、清晰、简洁、深刻，对于大众读者和经济学界来说，都是不可多得的高品质的经济学通俗读物。

假如泡沫来临

微博上看到有人在议论台北的房价为什么涨幅巨大：十五年前经济起飞的时候台北房价相当于个人购房者十六年的平均收入，而现在工资十几年不涨了，人口红利也结束了，台北房价却相当于个人购房者六十六年的平均收入。

资料显示，1999 年台北市新成屋、预售屋平均房价仅每坪25.4 万元（新台币，下同），2014 年 10 月已飙升 3.7 倍到 93.8 万元，每坪大涨 68.4 万元。过去十五年台湾 CPI 每年增幅 1%，台北房价年均涨幅 25%。台湾作为一个老龄化社会，人口红利早已结束，台北人口流入也不算多，五年才 5 万，为什么台北房价依然涨幅如此巨大？

看到这里，我自然而然想到了手头在读的这本书《大泡沫："央行"没有告诉你的真相》，书里所提的"央行"，是指台湾的"中央银行"。本书的作者是台湾人王伯达，他在台湾各指标都呈现上升趋势的经济环境下，犀利地对真实的金融环境是否一如表面所表现出来的状况提出了质疑。他认为,在股市及房地产市场繁荣的背后,酝酿着巨大的经济泡沫。这就解释了本文开头的问题:台北的房价为什么涨幅如此巨大?因为泡沫。

与一般经济学者对泡沫成因的分析不同,王伯达认为外汇储备过高是“富裕的烦恼”,是泡沫的根源,而这一切,就是“央行”没有告诉你的真相。

王伯达在这本书中,先回顾了国际金融市场近一百年来的重大变化,从货币制度的形成到几个重大金融事件的演变。他用外汇储备与货币供给额、股票价格与房地产价格等数据,分析了过去三十年来的经济变动。他对外汇储备攀高提出质疑,也对“央行”采取新台币贬值的策略有不同看法,认为台湾正处于一个前所未有的巨大泡沫之中。

在这本书中,王伯达提出一个观点叫“外汇储备的诅咒”。他认为,外汇储备的增加意味着要释放出大量的本国货币,从美国、日本和泰国的案例来看,无论是什么样的原因造成外汇储备激增,或者外汇储备的组成内容是什么,只要外汇储备出现不正常的快速增长,那么随之而来的就是巨额货币供给与信用扩张所产生的惊人资产泡沫,这就是“外汇储备的诅咒”。

台湾历史上唯一一次能称得上重大资产泡沫的大概只有

1990年台股冲上12682历史新高那一次，台湾股市在泡沫破灭后不到一年的时间内跌幅近80%，紧接着，房地产崩溃。巧合的是，在当时的万点泡沫破灭之时，也同样出现了外汇储备的诅咒。

从1998年以来，台湾的外汇储备每年都创下新高，并且又出现了另一波激增，远远超过了万点泡沫时的规模。在政府与媒体将此作为政绩与经济奇迹的时候，王伯达却开始担心，外汇储备诅咒的再现意味着现在的台湾经济正处于泡沫之中，他从各种不同指标分析台湾目前的资产价格后发现，目前“台湾”许多的资产价格不仅远远高于亚洲国家和地区的平均水平，甚至还超越了台湾在1990年万点泡沫时的水平。之所以会走上资产泡沫一途，正是台湾“央行”没有告诉大家的真相：为了刺激出口、为了“国库”的预算、为了政府的财政，“央行”释出了大量的新台币到市场上，造成了新台币的贬值与资产的泡沫，得利的是政府、财团等。

假如泡沫来临，对百姓来说最大的危机就是泡沫的破灭。王伯达认为，以台北市为例，房价的下跌可能超过40%，各种金融资产大幅缩水。他认为经历过万点泡沫之后，投资人对于股票市场的风险意识已有大幅提升。当投资人对一项投资有了风险防范意识时，崩盘就不会造成太大的伤害，反而近几年来深植于台湾人心中的“房价只会涨，不会跌”的观念，才会是这波泡沫最惊人的引爆点。要控制台湾的房地产泡沫，一个方向是让住房的价格往下降，另外则是让台湾民众的所得往上升。从台北的房价收入比的情况来看，显然这两个方向是反着来的，所以，台北楼市泡沫巨大。

王伯达认为，泡沫是危机也是转机。泡沫的泛起与破灭往往都是财富重新分配的最佳机会，不管对个人、企业还是一个国家来说都是如此。目前政府应该要建立一整套金融监管体系，例如存款保险机制经济等标准的制定，同时对于民众的社会保障与资产保障制度也应该建立更完善的配套设施。

虽然这本书写的是台湾的经济泡沫疑云，但我作为一个生活在祖国大陆的普通百姓，看得却也有点心惊肉跳，道理你懂的。

有钱人是个巨大的问号

微信朋友圈开始有广告投放了。据说腾讯此次投放时选择用户非常精准,完全根据微信支付的大数据来确定用户应该收到哪个广告。有钱人看到的是宝马汽车的广告,没钱人看到的是可口可乐的广告。可是,很多人反映,实际上投放得并不精准,我都快穷死了,还给我看宝马。我不由得想起日本著名税务师龟田润一郎写的《有钱人为何用长钱包》,看来研究有钱人是个世界性的共同话题。

《有钱人为何用长钱包》其实是一本教你怎么成为有钱人的励志书,龟田通过与多位企业家的交流,发现会赚钱的企业家在钱包使用方面有一个共同点,即他们都用长钱包。发现有钱人的"钱包哲学"之后,龟田也给自己换了一个长钱包,结果自己的年收入有了质的飞跃。

一个人的消费方法,其实代表着这个人的生活方式。龟田知道一个与钱包有关的"年收入 200 倍法则",用购买钱包的价格乘以200,就能得出这个钱包主人一年的收入,所以要想提高自身的年收入,就从“换个钱包”来开始改变自己。为什么赚钱的人要使用长钱包呢?因为使用长钱包,能让金钱、货币维持一个漂亮的形状。就像大家都不愿意接近面相凶恶的人一样,金钱也不愿意靠近“钱包相”凶恶的钱包。我觉得这样说其实有些唯心了,但钱包能够加深我们的金钱观还是有些道理的。所以龟田说,不应该只把钱包当成装钱的工具,而是需要把钱包看成是一个能改变自己对金钱态度的道具。

当然,并不是买个昂贵的长钱包就能变成一个有钱人。龟田的“钱包哲学”理论认为能攒钱和不能攒钱的人有一个最大的区别,就是他们是否有“掌控消费方式的力量”。一般来说,从钱包里溜出去的钱可以分为“消费”“投资”和“浪费”三种,只有投资才是能够创建美好未来的支出,要想方设法把消费也变成一种投资。越是年轻,越应该出手投资。为了降低风险,在买东西的时候选择那些能够用7折价格卖出去的东西,养成只买优质产品的习惯。额外的支出是我们攒不住钱的最大原因,越没钱就越要管住钱,等等。龟田最后把钱包哲学上升到了人生哲学,他认为受到金钱青睐的人都有着超乎寻常的知识储备,正是智慧拓宽了他们人生的道路。

到底是长钱包还是微信朋友圈收到宝马的广告才是有钱人的标志呢？这还真是一个巨大的问号。陕西作家景仲生写了一本《为什么穷,为什么富》,可以结合起来读读。同日本人龟田润一郎最终把钱包哲学上升到知识改变命运的人生哲学一样,景仲生认为对于绝大多数穷人来说,要改变自身的命运,更要依赖有利于他们的社会制度,需要一种公平正义的社会环境。

景仲生说,一个人的穷或富,有其深刻的社会根源,绝非付出努力就能改变一个人的命运。穷人和富人都是由三个因素造就的:一是出身,二是运气,三是努力。决定性的因素是出身。在发展中国家,穷人大都集中在农村,最穷的人大都是农民,造成农民贫困的原因是国家对农业的歧视性态度。在一个缺乏公正保障的竞争环境和社会机制下,弱势群体和强势群体的交易就不能公平、等价地进行,在这个意义上,一个人付出的努力越多,被剥夺的也就越多,也就会越穷。

《为什么穷,为什么富》是一本通俗的经济学读物,以独特的经济学视角,来剖析我们日常生活中常见现象后面的行为动机。作者认为经济学的内核并不是研究经济,而是研究人性的。比如在《红尘浮世,你的身价几何》这篇文章中,作者就指出,在现实生活中,在一定时间和一定的场合中,其实每个人都被贴上了价格的标签，而这个价格标签也深深影响着一个人的选择和行为。一个人，如果能把握自己在他人眼里的身价，也能把握别人在自己眼里的身价，就能在人际关系中进退自如，游刃有余。

所以，我们在微信朋友圈看到的广告，也是给受众贴上了价格的标签。虽然这标签贴得乱七八糟名不副实，但在广告商眼里，每一个顾客的身价就是不一样的，他们的广告投放就应该有所选择。只是，有钱人确实是一个巨大的问号，长钱包和大数据都不能准确把握。

中国历史中的经济现象

提到经济学理论，大家通常想到的是马克思的《资本论》和亚当·斯密的《国富论》，都是西学东渐的产物。最近读到一本《中国经济史》，却让我大开眼界，原来西方经济学的很多理论在中国古已有之。这本由叶龙记录整理、钱穆讲授的《中国经济史》，是著名历史学家钱穆先生20世纪50年代在香港新亚书院讲授"中国经济史"与"中国社会经济史"的笔记，专门从经济角度梳理了中国历史上的王朝兴衰。

这本《中国经济史》循中国朝代先后论述，从中国古代农业经济初探，到上古时代的井田制度，再到封建时期的工商业，接下来就是从秦代经济一直讲到明清时期经济，从汉到唐一段，讲述最为详尽，侧重历史上的财经制度的得失。钱师说，"经济为政治之本"是西方的马克思和亚当·斯密提出的，可南宋时林勋写了《本政书》，书中特别强调政治的根本是经济，这要早于西方的理论。

众所周知，钱穆是史学泰斗，一生耕耘讲坛，北大的未名湖就是他所命名。他说历史可分通史、断代史、专门史，经济史属专门史。中国经济史长达两千年，历史演进记载详细，而西洋史仅数百年而已。

既然中国的经济史如此悠久，不妨就跟着钱师从历史中去挖掘一些有趣的经济现象吧！看看古与今，中与洋，在经济方面有什么异同。

在《西汉时期经济》这一章中，钱师讲了王室财政与政府财政之划分。原来，汉代的财政制度就已经分为王室财政与政府财政了，这可比西方先进多了。西方国家在民主政府未出现时，王室可随便动用国库的钱，比如英国王室就是在民主之后，财政上才与国库分开。中国则不必有民主，早有这一良好的制度了，汉代是大司农总管政府财政，少府专管王室财政。像汉武帝这样的明君，都能慷帝王个人之慨，将其私己之奉养捐出作为政府开支，现如今的官员们怎么好意思贪污腐化呢？

在钱师笔下，中国的经济思想早已有两大派之分，汉武帝时期的全部经济制度与政策可以代表中国自古至今的两派不同的经济思想。一派是以晁错、贾谊及董仲舒为代表的正统儒家思想，是计划经济。另一派是司马迁极端放任的自由个人主义的经济思想。钱师说司马迁在《史记·货殖列传》中提到的经济理论见解,是西方历史上从来没有一个学者能说出的。

谈论中国历史,通常大家都喜欢汉唐两代,因为那个时候国家统一,国运昌盛。而从汉到唐,中国经历了将近四百年的魏晋南北朝时期,国家是分裂的。钱师说,魏晋南北朝时期的人,生活上可算十分自由写意,但弊在国家不统一,社会不安定,贫富不平均,所以不算是一个好的时代。所以,如有人要崇拜欧洲,则不如看看自己国家的南朝时代,欣赏自己的魏晋时期。

魏晋南北朝时,由于宗教对久经战乱的社会特别需要,所以佛教特别兴盛。钱师讲到"寺院经济",他说北朝佛寺有大量土地及劳动力,以粮食收获为主要经济来源,另外一个重要的经济来源即来自僧尼所发放的高利贷。看来自古至今,中国的寺庙都擅长经营,今天的少林寺还在运作上市呢。

谈论当下的中国经济,不能不提对外开放。那么中国的对外开放到底是从什么时候开始的呢?是不是真像英国人宣称的那样,中国闭关锁国,是鸦片战争打开了中国的门户?钱师说,非也。他说,中国对外交通在汉代已经开始,并且从三国时代到南北朝,中西交通一直没有停过,正式像样的开始则是隋唐时期,唐代已有很多外国人来华经商,国人也有去海外各国经商者。

在《明清时期经济》一章中,钱师最后讲了“清代自乾嘉人口激增的事实”,原来中国的人口以前老是停留在2000万左右,清初人口不足2000万,而乾嘉之后竟增加到了三四亿之多。在西方的“马尔萨斯人口论”之前,清代学者洪亮吉亦已讲到中国的人口问题,他说:“今日人口比三十年前增加了5倍,比六十年前增加了10倍,比一百年前增加了20倍。”

钱师说,中国的人口是个特别的问题,人口之激增,实是一件可虑之事。因此,我个人觉得,中国的计划生育政策应该调整,但不能取消,这也算是学习《中国经济史》的一个收获吧!

资本主义：敢问路在何方

我们小时候上过政治课，都知道资本主义是社会发展的一个阶段，将来要被社会主义和共产主义所取代。长大以后除了马克思主义政治经济学，学经济的大学生都要学习《西方经济学》。20世纪90年代中国人民大学高鸿业教授主编的《西方经济学》课本中，还特别指出对西方经济学要"在整个的理论体系上对它持否定的态度，而在具体的内容上应该看到它的有用之处"。

西学东渐，马克思主义政治经济学和西方经济学都是舶来品，中国从计划经济阶段到社会主义市场经济阶段，都是靠这些舶来的经济学理论指导国计民生。这些年来西方经济学大有压倒政治经济学的势头，在当下，社会主义与资本主义将长期共存已成社会共识。最近读了中国人民大学出版社出版的《资本的终结:21世纪大众政治经济学》，这本书由国内外一批长期从事政治经济学教学与科研工作的学者编写，既吸收了传统政治经济学的基本逻辑和思路,又紧密结合了近几十年来的世界重大政治经济变化,读来让人耳目一新。

这本书讲了些什么呢?“如果用一句话总结这本书的论述,那就是,如果要解决我们面临的诸多问题,如果要挽救我们自己的明天,中国必须要走社会主义道路,而且只能走社会主义道路”。中国的前途是不是只有社会主义呢?书中进行了详尽阐述。作者首先把世界上的主要国家分成了中心、外围、半外围三种,有点类似于三个世界的划分。以美国为主的“西方衍生国”是世界资本主义体系的中心地区,亚洲的绝大多数国家与非洲一起沦落为世界资本主义体系的外围,东欧、拉丁美洲以及亚洲的日本、俄罗斯构成了世界资本主义体系的半外围。书中指出“世界资本主义体系在地理上的扩张已经达到极限,因而资本转移主要是从世界资本主义体系的中心地区向半外围地区转移、从半外围地区向外围地区转移”。这个很好理解,由于中国的劳动力成本低,在改革开放之后迅速成了世界工厂,而最近这些年随着劳动力成本的上升,很多跨国公司把工厂从中国迁到了其他成本更低的国家。

因此,本书的作者认为:“从长远来说,世界范围的资本转移不可避免地要导致半外围和外围地区生产资料成本和工资成本的上涨,并且迫使半外围和外围地区的国家对资本主义经济进行干预。所以,从长远来讲,资本主义发展过程中所产生的各种经济、社会和生态矛盾必然导致各种成本趋于上升以及全球剩余价值趋于萎缩。这些经济、社会和生态矛盾,最终只有通过超越资本主义并代之以一个全新的社会制度才能得到解决。”书中指出,第二次世界大战以后的世界经济快速增长,如果没有来自外围和半外围地区的大量廉价资源,是不可能发生的。

目前,中国实行的是社会主义市场经济,算是一条折中之路。经过三十多年的高速发展,中国这种粗放式的发展模式面临越来越大的挑战。“一方面,中国将不得不面对急剧上升的劳动力成本和资源成本。另一方面,中国的以高污染和高能耗为特点的工业部门在世界市场中的扩张即将达到极限”。那么中国未来路在何方?作者认为一条出路是中国上升为世界体系中的一个中心国家,然后再寄希望于从全世界剥削来的超额利润中分得一部分。另外一条出路就是像波兰一样抛弃社会主义道路,将波兰改造为一个为西欧中心国家输送廉价劳动力的地区,中国工人“永远做世界资本主义的忠实的廉价劳动力”。但是最好的出路则是“中国无产阶级可以以中国工人自己的先辈为榜样,主动承担起领导国家的责任,按照自己的意志重新塑造国家和社会”。

经历了一次又一次资本主义经济危机之后,资本主义就是人类最好的结局的观点面临着种种挑战。《资本的终结:21 世纪大众政治经济学》这本书从政治经济学视角,从历史和理论各个方面系统地解答了这些疑问。这本书不仅展现了资本主义和社会主义的发展史,还帮助读者用政治经济学提供的方法来思考。书中对中国的经济发展提供了一个思路:在当代的全球化经济里,资本如果不能得到满意的回报,要么会不投资,要么直接把资本转移到其他国家去。因此要加上两条重要的政策,一个是防止资本外逃的政策,不让国内的资本能够轻松地逃脱监督转移到国外去;第二个是对经济要实行基本的计划,不管资本愿意不愿意,对于国计民生有益的行业,对于保持增加就业量有效益的生产,都要经过有计划的方法来进行决策和投资。

开卷有益。《资本的终结:21 世纪大众政治经济学》这本书只是对马克思主义政治经济学的一个简单入门,实际上,政治经济学分析的问题是极为广泛的。作者认为,资本主义发展到今天,已经丧失了解决人类所面临的各种重大问题的能力,资本主义无限积累的趋势已经与生态环境可持续性的要求以及人类文明的长远存续根本不相容了。其实西方学术界对现行资本主义制度的批判一直在进行。2015 年一本《21 世纪资本论》在学界风靡，该书对自 18 世纪工业革命至今的财富分配数据进行分析，认为不加制约的资本主义导致了财富不平等的加剧，自由市场经济并不能完全解决财富分配不平等的问题。作者皮凯蒂建议通过民主制度制约资本主义，这样才能有效降低财富不平等的现象。

资本主义会走向终结吗？到底是民主制度还是社会主义能改良资本主义呢？让我们拭目以待。

被高铁改变的经济格局

我的老家在山东黄岛，最近几年回老家都是自驾走沿海高速，700 公里的路程，开车及路上吃饭、休息，通常要 8 个小时才能到家。有时候会感慨，上海和青岛之间有沿海高铁就好了。上海和青岛之间当然有高铁，但是要走京沪高铁和胶济高铁两段，走了一个“几”字形，运行时间要 6 个小时以上。这么多年，上海、南通、盐城、连云港、日照、青岛这几个重要的东部沿海城市之间，一直都没有修高铁，别说高铁了，连普通铁路都没有。

小的时候黄岛准备修铁路了，据说就是沿海铁路，就像现在的沿海高速公路沈海高速，从东北一直到海南，整个东部沿海地区将有一条铁路贯穿始终。那时候我刚上小学，然而好景不长，已经开工修建的黄岛车站突然就下马停工了。三十多年过去了，今年开车回家，高速公路两边是看腻了的风景，过了南通，我在昏昏欲睡中突然看到了和公路线几乎平行的一个又一个高架桩，绵延了一段之后，我意识到这就是正在修建中的沿海高铁！

根据规划,2018 年从青岛到上海将有高铁直达,运行时间为两个多小时。

这几年,中国的高铁已经修建得四通八达,高铁真实地改变了我们的出行及生活。青岛到上海之间的高铁,在全国高铁运行图上将只是小小的一段,但对于我来说却是生活中一个重大的改变。1990 年我考上大学到上海读书,那个时候坐火车从青岛到上海,要 24 个小时,卧铺又贵又难买,穷学生是享受不起的,上学和归家的 24 小时火车真是巨大的考验,后来就选择了坐船,那时候青岛和上海之间还有客轮运输,虽然时间也要 20 多个小时,但船舱里有铺位可以睡觉,感觉比火车硬座舒服多了。2001 年我又从山东到上海工作,已经有条件坐飞机,青岛和上海之间飞行时间只有一个多小时,还算方便,但黄岛和青岛之间隔着一个胶州湾,那时还没有跨海大桥和海底隧道,从家到流亭机场这一路还是比较折腾。

再后来,买了私家车,彼时沿海高速公路已经全线贯穿,东北和海南之间有了沿海高速公路,我回家就变成了自驾,基本上每年两个来回。也不知道从什么时候开始,读书时经常坐的上海与青岛之间的轮船已经没有了,大约是客源渐失。经济发展改变着我们的出行方式,出行越来越快捷,越来越舒适。从海运、空运到路运，青岛和上海之间都陆续实现了直线抵达，只有铁路，姗姗来迟。然而迟来的爱也是爱，配合着西海岸新区的开发建设，沿海高铁将建一个青岛西站，就在我们新黄岛，下了高铁坐上巴士就能回家。因此，一路上看着青岛到上海之间正在建设的高铁线下工程，我的内心满是欢喜。

“高铁线下工程”这个专业名词，正是我这次回家之后新学到的，因为，我带了一本书回家，这本书的名字是《高铁风云录》，由湖南文艺出版社于 2015 年 10 月出版，作者是高铁科普作家高铁见闻。一个人和一本书的缘分就像和一条铁路的缘分一样妙不可言，不早不晚，我遇到了这本书，带着它回家的路上，看到了正在修建的沿海高铁。

《高铁风云录》这本书号称是“首部世界高铁发展史”，作者重点写了高铁肇始于日本、发展于欧洲、格局大变于中国的前世今生，全面呈现了世界高铁产业的传说传奇。在读这本书之前，我对铁路文化基本上一无所知，只知道瓦特发明了蒸汽机，然后慢慢有了蒸汽火车。大概就是为了照顾像我这样的对铁路历史及机车技术都比较无知的大多数人，这本书写得通俗易懂。作者非常耐心地用巨大的篇幅介绍了铁路诞生与大国崛起、两次世界大战与高铁技术探索、战后格局与新干线的诞生、欧洲的反击、中国高铁三国杀、世界高铁新版图等内容。

陈彤在给这本书写的序言《高铁为什么拥有改变未来的力量》中说:“历史总是充满了无论多么伟大的小说家都构思不出来的超级传奇。火车就是一个。”而中国的高铁更是传奇中的传奇,如果没有 2011 年那场举世震惊的动车事故,大概就不会有这本书的诞生,那场事故让高铁的反对者与支持者吵成一团,在质疑声中,作者开始发动民间的力量来为中国的高铁发展做点事情,他正式注册了微博账号,开始以“高铁见闻”的名字在微博上与大家交流高铁方方面面的问题。作者写了一些科普文章对网络上流行的一些与高铁有关的谣言进行辟谣。动车事故发生后,2011 年 7 月 26 日,王石又发微博称:“为何我们的高铁事故频繁?显然中国铁老大的一味提速吃掉了安全系数。如果没有安全保障,高铁只能是高速运行的活棺材!该刹刹车了。”2014 年 8 月 22 日,王石发微博说:“南京——上海动车、上海——杭州动车,杭州——宁波动车……快捷、方便、效率……我喜欢乘咱们的中国高铁。”王石的这两段微博代表了无数中国人对高铁的认识过程——从质疑到信服。

在所有重要交通工具中,高铁(电气化铁路)是唯一以电力为能源动力的交通工具,因为安全、环保,高铁拥有改变世界经济格局的力量。无论是日本还是欧洲，高铁的票价都高于航空，唯有中国的高铁票价低于航空。所以，一旦青岛与上海之间的高铁贯通，我以后回家的首选必定是高铁。中国高铁的总里程及覆盖的人口都已遥遥领先于世界上其他国家。中国不仅仅拥有了世界上最庞大的高速铁路网络，而且还掌握了世界上最实用的高速铁路技术，逐渐成为这个帝国的工匠师。读完《高铁风云录》这本书，连我这个铁路门外汉也明白了自己回家一路所见的高铁线路为什么不都是和高速公路平行，为什么会建那么多桥梁，为什么进入山东丘陵地带不像高速公路一样绕着山走而是要开凿隧道，这里面都是技术和学问呢。因为桥梁建立在桩基之上，线路产生的沉降就会非常小，对土地的占用也非常少。京沪高铁桥梁占比达到 80%，与传统路基相比少用土地 3 万亩。“以桥代路”的形式后来几乎成为中国高铁的标准之一，因为高铁的线路要求曲线半径不能太小，为了线路的平直自然需要穿山建桥隧。所以，高速公路可以绕山而过，高铁就要穿山而行。

在《风雨飘摇二零一一》这一小节中，作者说在中国高铁发展史上有三个年份非常重要，分别是 2004 年、2008 年和 2011 年。2004 年是中国高速铁路技术引进消化吸收的关键一年，网络上流传的非常热门的高铁技术谈判就发生在这一年，那是一个被写入美国斯坦福大学教科书的经典案例，很多人都已经通过网络有所了解。2011 年则是铁道部主要负责人贪腐案件正式爆发及温州动车事故发生的一年，中国高铁发展遭遇重创，这一年也是国人对高铁各种质疑最激烈的一年。2008 年，又发生了什么？相信很多人都还记得"4 万亿"，2008 年美国金融危机爆发后，中国经济也陷入困境，我至今记得很多公司的经营断崖式下跌。中国政府推出了 4 万亿投资计划，这一举措至今众说纷纭，但中国的高铁建设从中受益良多。也就是从 2008 年开始，中国高铁发展大干快上，不但《中长期铁路网规划（2008 年调整）》顺利通过，而且此年铁道部还和科技部签署了《中国高速列车自主创新联合行动计划合作协议》，让中国高速列车技术研发进入了全面创新的阶段。从这个角度讲，不管对"4 万亿"争议如何，其中花在高铁上的投资见效卓著。

2011 年，"7·23 事故"给中国高铁带来的后果是致命的。读了《高铁风云录》这本书我才了解，原来日本新干线诞生前的几年，也曾发生了多起严重的高铁事故，死亡惨重。当然任何技术的推进都不能踏着鲜血前行，中国高铁日后无论多么辉煌也要避免再次发生温州那样的动车事故。但温州事故之后，高铁进一步降速，银行进一步限贷，中国高铁线路资金接近枯竭，大量线路停工。后来中国中铁、中国铁建、中国南车、中国北车等中字头上市公司联合向高层领导反映情况，关键时刻有关领导挺身而出，支持了高铁一把，协调银行放一部分资金给铁道部，最终才保住了中国高铁微弱的气息。真是好险！如果没有这次事故，也许青岛到上海之间的高铁也会早几年就开工了吧？

2015 年，中国南车和中国北车已经合并成“中国中车”，被高铁改变的经济格局正在一步步展现。中国因高铁进入了发展新时代，家国命运都在改写，高铁见闻的这本《高铁风云录》记录和描述的就是这一过程，认真读一读这本书，让我们跟着高铁的步伐一起出发吧。

地产也能玩出情怀

“情怀”这个词在当下似乎已经有点泛滥成灾，特别是企业界，如果不和情怀扯上边，都不好意思说自己在创业。虽然有过买房经历，也接触过大量的上市公司，但我对房地产业的运营模式并不特别了解。读了《换个思路玩地产》这本书，对中国地产“轻资产，重管理”的运营模式有了初步的了解，也被这个模式的成功践行者王谦的情怀深深打动，虽然整本书并没有提及“情怀”这两个字，但字里行间，情怀无处不在。

作为一本务实的商业地产类图书，《换个思路玩地产》从独特的视角向读者展现了王谦的奋斗历程以及中国房地产业的真相，以王谦自己的亲身经历和体会，给读者讲述了怎样看待房地产行业的大趋势，怎样看待泡沫，怎样看待保障房，怎么样在困难重重的局面下沉着应对。这本书既有故事又有方法，比如如何在职场积累人脉，书中就用一个又一个具体的案例揭示了“六度空间”理论的神奇。

王谦是中国房地产界的传奇人物。他少年辍学清华，赴美国学习磨砺，为梦想不懈奋斗，他拥有麻省理工双硕士的学位；他是“轻资产，重管理”地产模式在中国践行的第一人；他是第一个在中国搞拆迁的美籍华人。《换个思路玩地产》一书，既有主人公王谦青春年少求学时不屈的努力，也有成年后抓住机遇顺势而为回归中国地产界并为之而奋斗，更有为了理想而不屈不挠地拼搏。读完本书，一个独立思考、敢拼敢闯的王谦呈现在我们面前。

第一章《求学之路》讲述了王谦从清华大学退学留学美国，先后两次取得了麻省理工的两个硕士学位，每读一个学位，他都是经过深思熟虑之后有备而来的。“王谦从来不觉得自己聪明，如果要问他如何从低到高一路走来，他往往会说，他的强项在于把握当下。利用手里已有的机会，拼出120%来，再来看回报和结果”。王谦的第二个硕士学位读的是房地产开发与金融专业，就是为了去切入美国的房地产基金，为今后进入房地产行业做准备。

国内房地产开发有两种模式：以卖楼花（预售）的客户融资和银行按揭融资为主的香港模式，和以市场化运作为主的美国模式。我们通常对第一种模式比较熟悉，万科、恒大等中国地产巨头也都是按照第一种模式来运作的。王谦回国后进入中国房地产业之后所推行的是美国模式,这种模式强调房地产开发的所有环节都应由不同的专业公司来共同完成,第一点认识重在“轻资产”,第二点认识重在“重管理”。

2002 年,在拿到第二个学位回国之前,王谦已经很明确地把自己定位成中美沟通的桥梁,他要把“美国模式”引入中国。

从第二章《要接地气》到第三章《我的中国房地产十年》,几乎就是书生王谦转型商人王谦的奋斗史,讲述了他如何积累第一桶金,如何一步一步把“美国模式”在中国变成现实。

从中国梦到美国梦,王谦袒露了自己的情怀:教育是把双刃剑,读了清华、麻省,有好有坏,好处自不必说,坏处是让我有负担,不容易斩断自己的后路。创业最需要的,首先是你有一个创业的决心,需要断后路。我第一次比较切实地体会到自己的价值所在,我就是一个桥梁,要把所谓西方的市场文化落地到中国现实的市场环境。在这个过程中,桥梁的作用是利人的,同时因为体现了自己的价值,也是利己。

利人又利己,就是一个地产商人最朴素的情怀。

地产精英几乎是中国商界知名度最高的群体,一来是因为他们巨大的财富,二来是房地产和百姓的生活息息相关。与大佬们相比，王谦无论是财富和知名度都远远不及，但他仍然是中国地产界有影响力的人物，是中国地产界成规模实行“轻资产，重管理”模式的创始人。整本书读下来，我深深感受到在任何一个行业取得成功都是殊为不易的。王谦让我对地产精英们产生了新的认识，地产业是暴富的行业，也是风险巨大的行业，稍有不慎就会满盘皆输。王谦曾经面临一个又一个危难关头，从资金短缺到拆迁遇阻，虽然最后都涉险过关，但难免让身为读者的我惊出一身冷汗。

地产界喜欢谈论情怀的大佬不少，无论是攀登珠峰的豪迈还是一碗红烧肉的柔情，一不小心就容易扯成八卦。《换个思路玩地产》一书却与八卦绝缘，王谦的私生活一笔都没有触及，难免让喜读八卦的我稍感遗憾，但王谦自己的人生已经足够丰富，从遭遇车祸到遭遇劫机，这些改变他职业生涯方向的经历是如此引人入胜，读来欲罢不能。

“士不可以不弘毅，任重而道远”，最终，中国地产“轻资产运营模式”成功得以实践运行，是因为王谦具有朴素而又美好的情怀，他是一个理想主义者，但又能将理想与现实结合，从而一次次实现华丽的转身。换个思路玩地产，王谦为中国房地产行业的发展提供了有益借鉴。

再不了解资本你就落伍啦

因为在财经媒体工作多年，我经常会看一些经济方面的书，写点小文章，我的女友们总是老老实实地说：你写的那些文章我看不懂。这话听多了我就有点着急：我写的都是些能看懂的财经书，你们还总是这也不懂那也不懂，财经小说总看得懂吧？我认为在这样一个“资本为王”的时代，不论男女都应该有些经济学常识，学会理财，学习从资本的角度来看待事物。对缺乏经济学基础的读者来说，再不了解资本你就落伍啦！通俗财经小说应该是个不错的切入口。

甘越帆的《资本汇》就是这样一部好看的通俗财经小说，据说已经拍成了同名电影。这部小说的经济学底子是专业的，所谓通俗除了一些男欢女爱的故事情节，主要是把普通读者难以理解的金融术语都通过讲故事的方式给通俗地讲解了。不同于一般财经作家，甘越帆本人就是资本市场的成功人士，他从事营销策划及金融投资行业近二十年，对金融投资、资本运作、金融市场发展有着深入认识与研究。甘越帆说:“《资本汇》不完全是一本关于资本市场的书,我更觉得这是一本让我发掘自己内心深处宝藏的书,至少我觉得每个人都是一座丰富的矿藏。”他在书中用了四个层次来挖掘每个人的潜能:资智——有智者事竟成;资源——人脉是进步的阶梯;资金——好钢用在刀刃上;资讯——掌握信息赢得世界。

在开篇的《楔子》中,作者说:“这是资本的时代,也是知本的时代”。资本就是你必须清楚自己有多少资源可以进入这个时代,知本就是你必须明白自己有什么资源可以作为资本。“专业的人做专业的事,从实体经济到资本运作,不管哪一个领域,随着分工的渐渐深入,每一个行业都会细分,这个时候不同的行业必定会有更加专业的人士出现,经济也就进入了更高的层次”,而资本汇崇尚的就是各种资源的整合,以整合的力量操纵最有盈利可能的专业市场。本书的男主人公田冶是一个充满着理想主义、带着浓厚传统知识分子烙印的现代商人,他是贵人茶油的创始人,这是一家以原生态的茶籽油为品牌产品的商贸公司,以“农户+合作社+公司+消费者”的全产业链方式运营。为了展现贵人茶油的特色,田冶亲自制作了两个片子,一个是3分钟的准纪录片,一个是15秒的形象片,由于在网络上广受好评,这两部片子获得了中国网络年度原创广告和纪录片大奖，田冶到北京参加颁奖，由此结识了中国网络行业的大佬们，拓宽了自己的人脉。

在商场上，人脉就是钱脉。“圈子其实就是交流出来的，一个捧着一个，结果每个人都成了大师，每个人都能发大财，其乐融融，这是圈子的本意”。通过拍广告片及书法展示等文化方面的软实力，田冶聚集起越来越多的人脉，事业越拓越宽，在茶籽油行业，他同当地国企进行了兼并整合，同时，他进军旅游地产及金丝楠木收藏交易市场，并建立了资本汇会馆。在田冶眼里，资本汇是一个平台，一个资本汇聚、整合、交流和沟通的平台，其实就是一个资源的整合机器。田冶延伸了他关于资本的含义：资本就是一种市场上能流通和交换的资源。至于金融，无非就是资金的流通，大而化之，就是资本的流通。只有我们的资金和资本流通的时候，它的价值才能最大化，这就是金融的魅力。不同于商战小说，《资本汇》虽然写的是田冶事业拓展的故事，但并没有太多商场上尔虞我诈的竞争，大约资本市场上的高手更看重资源互补与合作。这本书讲的是民间资本的故事，由好几个小故事构成，不同小故事的逻辑整合，形成了一个资本的故事。在这本书中，田冶和他的生意伙伴总共做了三件事情：一是整合贵人茶油和国企银昊茶油,重新组建一个专业茶油公司,覆盖茶油的全产业链。二是组建资本汇俱乐部,作为对接资本汇会馆的项目和资金平台,设立相关的投资机构及资产管理公司。三是组建木业投资公司,作为红木、金丝楠家具和工艺品等可以进行资本市场运营的资源平台,将资本汇现有的资源跟周边的资源进行对接。可能田冶是资本与知本兼具的奇才,这三件事情他全都顺风顺水地做成了,在这个过程中,他还收获了美丽的红颜知己,并报答了当年帮助过自己的落难兄弟。

同追求情节的猎奇相比,本书作者更乐意普及资本常识,比如"夹层基金其实就是杠杆收购,特别是管理层收购的一种融资来源,是介于股权与债权之间的资金",田冶后来把他的贵人茶油的部分股份卖给了建昊茶油的老板,用卖股的钱帮助了当年的兄弟,可能建昊茶油老板的收购资金就借道了夹层基金了吧?再比如"一样东西是否能够作为交易的中介,关键在于交易双方在价值上的认可。要是大家都认同有价值,就可以成为通货,只要大家都认同这个价,那么就是硬通货",因此他认为金丝楠也可以作为交易的货币,像买卖股票一样每个人都可以买,也都可以卖。关于房地产市场、中等收入陷阱等当下热门话题,作者也通过书中各种人物进行了自己的解读,比如围绕房价和通货膨胀之间的博弈中，作者认为中国政府可能选择中庸路线，中庸是老祖宗留给后人解决棘手问题的撒手锏。针对中等收入陷阱，他引用了陈寅恪先生读历史的态度“要以了解之同情的情怀来对待历史”，现代经济学的整个框架结构都是西方建立的，西方和东方在文化上有质的区别，我们没有必要在这个概念上成为那只青蛙，只要我们努力发展经济，世界经济总是在进步的，担心什么中等收入陷阱呢？

再不了解资本你就落伍啦！哈耶克说货币是人类通往自由的最好工具，甘越帆在这本《资本汇》里说，流通就是金融。《资本汇》作为一本情节丰满的财经小说，里面充满了通俗易懂的经济学术语讲解，在满足大家故事欲的同时，也给我们上了一堂生动的资本课。

环境问题的资本博弈

作为一个本科学了环境科学却在专业领域仅工作过一年就转行新闻界的媒体人,看到自己的媒体同行李静出版了一本《绿色选择:环境问题的调研实录》,我多少有些羡慕嫉妒的感觉。这是一部关于中国环境问题的调查式报道文集,囊括了许多与我们的日常生活息息相关的环境议题。作者李静是新华通讯社资深记者,多年来深耕于环境领域报道。

《绿色选择:环境问题的调研实录》全书分为驱霾、消耗的资源、修复、水危机、食为先、变废为宝、选择题 7 个章节。在书中,作者用冷静而客观的笔触,生动地描述了中国在生态环境保护上面临的挑战和最新的进展,真实地反映了中国在环境治理问题上遭遇的冲突和矛盾。中国传媒大学教授陈卫星在《绿色的呼吁》(代序)中指出,生态环境是维系我们生活的资本来源,在物象层面上,自然资本的非自然化已经成为一种恐怖的现象。的确,在中国,一切环境问题的发生都是因为天然资源被过度开采和利用而使环境承受流失和破坏,按照环境经济学的算法,解决环境问题首先是要将外部的环境成本内化成一种能够完全反映社会边际成本的价格。

在《北京治霾:7600 亿元花在哪》一文中,北京市提出将投入 7600 亿元治理雾霾问题,这大笔资金将投向何方?压制燃煤使用量、提高清洁能源使用比例、加强机动车污染防治是北京市治理雾霾的基本战略,但是,大气污染的发生是区域性的污染,北京有 24.5% 的大气污染不是本地贡献的,必须实行区域“联防联控”。事实上,北京在上一轮经济结构调整中,已将钢铁、水泥等重工业迁出,而河北省由于历史原因,建材、石化、电力等行业比重比较大,其中粗钢产量甚至超过全国总量的四分之一。作为“污染输出地区”的北京,似乎应该为“污染输入区域”的河北分担部分治污成本才能真正实现“联防联控”,资本决定了治污的成效。

中国环境问题的历史欠账多形成于 20 世纪 80、90 年代,外国资本纷纷进入中国,民间资本迅速崛起,中国渐渐成了“世界工厂”,累积了大量的环境问题。进入 21 世纪,随着“科学发展观”的提出,国家资本开始介入到环境问题的整治中来。《“锰三角”尾矿隐患调查》《尾矿治理变迁记》这两篇文章,讲的是中国尾矿库存在的环境隐患,“由于企业破产解散、改制或企业经济效益不佳等原因,全国现已形成了 752 座废弃的尾矿库。这些废弃库,目前正以闭库的治理方式,防止对环境造成污染”。在我读大学的 20 世纪 90 年代初,我国已经实行“三同时”的环境管理制度,即建设项目中的环保设施应当与主体工程同时设计、同时施工、同时投产使用,可是由于资本逐利、监管松散,很多尾矿的兴建根本没有“三同时”。最终是政府大量买单、中央持续投入,“在国家安监总局的支持下,2011 年包括四川在内的多个省份,在尾矿的四周全部配备了摄像录像、GPS 定位等工具系统。县一级有尾矿的地区基本完全覆盖,以往缺乏技术手段的政府监控,正在得到新一轮的增强”。

一个比较有趣的现象是,中国的上市公司普遍在环境保护方面不敢怠慢,因为如果因环境污染问题被中国证监会否决上市,他们就失去了在资本市场上融资的机会。《环境事件频发背后的玄机》一文中提出,地方环保部门身份尴尬,“地方政府和大企业之间盘根错节的关系,令不少地方环保部门在追究违法企业社会责任时,作为的空间相当有限”。因此,当务之急是补充社会监督力量,“实际上,目前的证券法、证监会部门规定及环保部有关加强上市公司环保核查的意见里,都有环境信息披露的要求。环保部还出了一个意见，列举了在上市公司披露的信息中应该披露的环保信息。这些都是强制性的披露”。但是，目前对环境信息的披露，环保部门还没有监管的手段，监管是在证监会。环保部有关人士说：“2008 年在做上市公司环境披露信息的时候，本来准备两家联合发一个文，结果没做成。现在指望更多社会力量参与监督，环保部也正在努力，希望未来能参与监管。”

“先污染后治理”是包括西方工业国家在内的大多数国家走过的发展之路。资本的本质决定了他们要追求利润，压缩成本，生态与环境就成了牺牲品。中国曾经走过的粗放的发展模式消耗了大量的环境资本，经过几十年的高速发展，随着国家经济实力的增强，生态补偿成为一种选择。《生态补偿博弈困局》一文中指出，国家层面的生态补偿政策多年来一直处于胶着状态，只是地方上的生态补偿实践从未停歇，自 20 世纪 90 年代开始，各省市在矿产、流域等领域就有各种类型的探索，比如鄂尔多斯市对 12 家国有大中型煤矿收取生态补偿资金、香港为内地东送的水源交清水补偿费等，作者认为中央的生态补偿，可能变形为简单的“补财力缺口”，以解决东西部地区为跨省补偿的争议。

二十多年前在大学里学习环境科学时，我是一个对人类未来充满忧虑的女生，有那么多的生态环境问题需要解决。二十多年来随着科学技术的发展进步,我欣慰地发现,绝大部分的生态环境问题技术上都是可以解决的,即使是在环保欠账累累的中国。在技术关解决之后,中国的环境问题主要面临的就是资金关了。《敦煌水危机求解》提供了一个以经济效益驱动节水目标的案例,“农民最初对节水工程的抵制,主要出于成本的考虑。以温室滴灌技术为例,每亩地在节水后成本平均增加了150元到200元”,后来在“莫掏一分钱”的情况下,一些农户开始尝试使用节水设备,“一亩地节水设施投资1000多元。老百姓只要负责出人工,像管道的开通、全部设备都是国家来投资的”,节水后温室单方水的产值大大提升,农户们尝到了真正的甜头,节水设施的推广才有了起色。

解决环境问题的资金难题,除了依靠政府加大投入,还要尽量使用各种资本手段。随着资本市场的发展,已有越来越多的环保企业上市融资。《唤醒沉睡的“城市矿山”》一文说,经过工业革命三百年的掠夺式开发,全球80%以上可工业化利用的矿产资源已从地下转移到地上,并以每年100亿吨的数量增加。这些垃圾正形成永不枯竭的“城市矿山”。如何变废为宝,把“城市矿山”变成“城市矿产”?再生资源产业潜力巨大,以“城市矿产”为核心的再生资源产业总产值在2008年就已经超过了8000

亿元,2009年超过10000亿。因此,国家支持符合条件的“城市矿产”示范基地发行债券、申请境外上市、再融资和利用国外资金,鼓励和引导社会资金通过参股等方式投资“城市矿产”示范基地。

李静在后记中说:“中国进入经济社会发展的全面转型期,环境保护与治理不仅是‘肉食者谋之’,而且是‘匹夫有责’。”她希望《绿色选择:环境问题调研实录》这本书的出版能为社会转型带来更多思考。我认为当今环境问题日益成为一个资本博弈的问题,除了国家加大投入,也能有更多的社会融资渠道,希望原始积累之后的民间资本能为生态恢复建设贡献力量。

盖茨比和比尔·盖茨的美国梦

3D 电影《了不起的盖茨比》在国内热映，这部改编自美国作家菲茨杰拉德同名小说的电影收获了不错的票房和口碑，以至于很多人在看完之后才恍然大悟：原来这电影不是写比尔·盖茨的！

盖茨比和比尔·盖茨，是相差了大半个世纪的美国人，从财富的意义上讲，他们都成功地实现了美国梦。然而，盖茨比和比尔·盖茨的美国梦是迥然不同的。

盖茨比经历的是美国 20 世纪 20 年代的繁荣，分期付款和银行信贷刺激了市场的虚假繁荣。当时美国的股票投机活动非常猖獗，不但职业投机者，一些普通的美国人也参与股票的投机，把它作为致富的捷径。人们不但把自己的积蓄全部投入，甚至向银行贷款购买股票，结果造成这一时期股票价格被大幅度哄抬，大大增加了金融市场的不稳定性，为货币和信贷系统的崩溃埋下了隐患。1929 年 10 月下旬，纽约华尔街股票市场崩溃。

广大投资者的财富几乎是在一夜之间化为乌有，迫于生计和对股票信心动摇，人们纷纷赶往银行挤兑存款，这又直接导致银行相继倒闭。银行倒闭后，大量工商企业的正常运转由于失去了资金支持也相继宣告破产。工人因此大量失业，人民生活水平大幅下降，更无力去市场购买商品。美国的经济由此开始进入了恶性循环。

让我们再来看看比尔·盖茨的美国梦，比尔·盖茨 1955 年出生，在大学三年级的时候，盖茨离开了哈佛，与保罗·艾伦在个人电脑之父爱德华·罗伯茨的率领下，联合发明了世界上第一台个人电脑。在“计算机将成为每个家庭、每个办公室中最重要的工具”这样信念的引导下，他们开始为个人计算机开发软件。盖茨的远见卓识以及他对个人计算机的先见之明成为微软在软件产业成功的关键。在盖茨的领导下，微软持续地发展并改进软件技术，使软件更加易用、更省钱和更富于乐趣。

电影《了不起的盖茨比》里，一开场就是金融市场的繁荣，人们的心电图像 K 线图一样狂涨，寻欢作乐的气氛弥漫着整个社会，这样纸醉金迷的狂欢，就像海市蜃楼一样，是短暂的虚幻的，盖茨比那座海边的豪宅，就是这场繁华的象征。

比起《包法利夫人》，《了不起的盖茨比》在描写女人的虚荣方面单薄了一点。就算黛西是个爱情至上的勇敢的女人，就算最后盖茨比和黛西生活在了一起，他也是死路一条，因为很快大萧条来了，他会破产的。死亡挽救了盖茨比，他靠投机赢得了金钱和爱情，他终将因萧条而失去一切。还好，他早早地，相对体面地死了。盖茨比的美国梦终究不是比尔·盖茨的美国梦啊！没有伟大的比尔·盖茨，《了不起的盖茨比》能变成 3D 电影吗？虽然这部电影毫无 3D 的必要。

《了不起的盖茨比》在美国曾多次被改编成电影。经历了 2008 年的金融危机之后，好莱坞重新发现了盖茨比。作为美国的两个著名的象征，好莱坞一直是讽刺和看轻华尔街的，这方面的电影不胜枚举。《了不起的盖茨比》这部电影坚持了对华尔街的讽刺和批判，原著里并没有强化这一点，因为作者死得太早了，他没有看到 21 世纪的另外一场金融危机。他也绝不会预见到，在他死后十五年，伟大的比尔·盖茨出生了，他用技术改变了这个世界。

21 世纪的中国股市也有过从一千点到六千点的狂欢，那两年里，我们身边不乏盖茨比这样的一夜暴富、挥金如土的人物，然后，繁华过后，他们不知道消失在了哪里。最后，还是像比尔·盖茨一样的创新者们活了下来，笑到最后，比如说马云，比如说马化腾。

菲茨杰拉德终究还是热爱盖茨比的,他让他早早地死于爱情,而不是死于破产,死于金钱与爱情的同时丧失。但也正是因为如此,他给世人留下的是一个不完整的盖茨比,一个差点成为英雄的盖茨比,而盖茨比的宿命是,他终将死于泡沫。

辑四　书香闲趣

张爱玲曾经用白玫瑰和红玫瑰作比,形容男人在选择女人过程中的首鼠两端。而作为吃货,我则把更多的犹豫奉献给了食物的选择——比如,白菜薹还是红菜薹?

——陈晓卿《至味在人间》

缅怀那个能用文字照亮的时代

请忽略这个青春励志的中文译名《我相信，青春永不磨灭》。一个优秀记者能记录的不仅仅是青春，更多的是时代的烙印。美国著名记者、专栏作家拉赛尔·贝克的这本传记英文名为《THE GOOD TIMES》，直译过来就是“最好的时代”，作为《纽约时报》的记者和专栏作家，拉赛尔·贝克确实经历了一个报纸记者最好的时代，一个电视还没普及、互联网还没到来的时代，一个能用文字照亮的时代。

拉赛尔·贝克 1925 年出生于美国，经历了大萧条时期。1947 年在巴的摩尔《太阳报》开始了记者生涯，从治安记者做起，后来成为《太阳报》驻伦敦特派员，回美国后加入《纽约时报》，负责报道白宫、国会和国家政治新闻。在他打算离开《纽约时报》结束新闻生涯时，获得在《纽约时报》开设《观察栏》专栏的机会，成为专门评论国政的专栏作家。1979 年，贝克以其犀利机智的政论文章获得普利策评论奖，1983 年又因其童年自传《飞呀，少年》再次赢得普利策传记奖。

普利策奖包括新闻奖和文学艺术奖两大类，拉赛尔·贝克获得了两个类别的普利策奖，职业生涯堪称辉煌。作为职场年轻人来说，当然可以从《我相信，青春永不磨灭》这本书获得诸多宝贵的职场经验，比如“从小拥有想要出人头地的厚脸皮”，“要向上爬并不需要有多优秀而是你能待得住”，“学会修正错误”等等。拉赛尔·贝克在这本书中说：“这里要讲的故事，就是我如何让这个幻想几乎成真，以及我在这一路上遇到的人，讲述在那最美好的时代里，一个年轻人，尽管并不比别人聪明，却厚着脸皮想要出人头地，靠着文字的天赋，他仍然走得很远。”

但是，拉赛尔·贝克这本传记提供给我们的阅读乐趣远远超越了职场宝典的层面。作为一个有过二十年新闻从业经历的中年人，我从这本书里读到一个新闻从业人员从技术层面到道德层面诸多可圈可点的宝贵经验，比如“一个采访记者必须养成注意细节的习惯，就像一个好的侦探一样”，再比如“每个记者需要知道的最重要的一个教训，那便是，只有傻子才期待官方告诉他什么是新闻”，等等。更可贵的是，拉赛尔·贝克是一段段重要历史的亲历者，对一个新闻人来说，人生最骄傲的事情不过是，当大事发生的时候，我在现场，我记录了。从英国女王的加冕礼到美国的摇滚歌手到伦敦演出,从艾森豪威尔总统度假时心脏病发作到尼克松和肯尼迪之间的电视广播网辩论,拉赛尔·贝克作为《太阳报》驻伦敦的特派记者和《纽约时报》的白宫记者都亲历现场,并且在电视尚不普及的年代,用文字记录了这些历史时刻。

我喜欢拉赛尔·贝克记录的那些在英国和白宫的生活片段,满足了我对未曾经历的20世纪50年代和60年代的种种好奇。在伦敦的时候,他说"英国人的节衣缩食跟美国经历大萧条时的情形很像","报上说几千人死于伦敦雾霾"。对于伦敦的雾霾,他详细描写道:"它是又黑又脏、难闻还致命的霾,有毒物质的混合物,向英国上空注入巨量的软煤尘。在被当作晴天的时候,中午的太阳也是蒙上了灰尘的橙黄色。一件白衬衫,到了晚上就成了黑色的。我每天要洗十次脸和手,每次洗完水都是脏的。"如今我去过的伦敦已经是生活富裕、空气清新的现代化都市,希望被雾霾笼罩的中国也能像伦敦一样走出雾霾的阴影。

拉赛尔·贝克去伦敦当然不是为了记录伦敦的雾霾,他要报道的是年轻的英国女王伊丽莎白二世的加冕礼。前些天,女王已经90岁了,互联网上都是有关她生日的报道。而"在1953年,电视仍然在蹒跚学步的时候,加冕礼在报纸上仍然是极为重要的报道,报纸要花上昂贵的代价彼此竞争。记者的任务,就是要在印刷的专业上还原现场,让读者能'看'到仪式并产生强烈共鸣,就跟后来电视使用摄像机、卫星转播及上千种还未到来的技术奇迹所产生的效果一样"。拉赛尔·贝克的报道当然很成功,他也因此获得了加薪。这一切必须感谢那个电视和互联网尚未到来的时代。

拉赛尔·贝克记者生涯的最后一站是在白宫。在热门美剧《纸牌屋》的第一季中,男主角弗朗西斯利用新总统拟推的综合教育改革法,操纵《华盛顿先驱报》女记者佐伊·巴恩斯大做文章。佐伊就是一个报道白宫的记者,因为年轻幼稚被利用、被杀害。拉赛尔·贝克这本自传中最精彩的篇章就是记录他的白宫报道生涯。与《纸牌屋》需要对白宫政治进行种种剧情设计不同,拉赛尔·贝克所处的时代正好是白宫故事最多的时代,比如美苏冷战、越南战争、肯尼迪遇刺、水门事件等等,作为《纽约时报》的白宫记者和专栏作家,拉赛尔·贝克经历和记录了这个"最好的时代"。当然在这部自传中,作者并没有过多地去还原这些真实历史,他用更多的笔墨记录了记者和政客的关系。假如佐伊能看到这本书,应该会避免悲剧的发生吧?

在《职业生涯的恩赐》一章中,拉赛尔·贝克这样说:"这是能证明白宫记者存在的罕见场合。这种重大场合其中就包括临终看护,而白宫记者在那可怕的时刻到场时有着不可推卸的责任。总统的飞机坠毁时、刺客开枪时、动脉阻塞让总统的膝盖遭受濒死的痛苦时,记者都应当在场。对白宫记者来说最可怕的梦魇就是:当总统遭遇不测,他却在别处游手好闲。"确实,记者在不幸中茁壮成长。对于记者和政客的关系,拉赛尔·贝克也尖锐地指出:记者只能坐在那儿,他决不能参与其中。然而,包括佐伊在内的一些记者却成了"玩家","很多记者在那儿从业很长时间之后,会屈从于内心的冲动,摆脱限制旁观者的规则,变成玩家"。玩家自然是有风险的,拉赛尔·贝克说:"我对政治家的兴趣越来越限于研究这种生物类型,我的乐趣就来自于努力弄清他们运作的机制。这种乐趣是动物学家的,不是那种带着要成事的致命冲动的玩家。"

拉赛尔·贝克和比他小十岁的美国著名导演伍迪·艾伦都是陀思妥耶夫斯基的忠实读者。

在我看来拉赛尔·贝克是一个作家型的记者,他在新闻事业上的种种成功得益于他是一个有着深厚文学修养和写作才能的作家。在没有电视和互联网的报纸的"最美好的时代",一个有着作家素养的记者无疑能走得更高更远。

感谢那个"最美好的时代"和它的忠实记录者拉赛尔·贝克。

那些有血有肉的科学家

《青岛日报》的副刊编辑薛原最近出版了一本新书《南海路7号:海洋科学界的陈年旧事》。我印象里的薛原就是一个醉心于写作、出版的文人,舞文弄墨之余开开“书吧”,没想到还曾经是一名科研工作者。薛原说,南海路7号是中国科学院海洋研究所的所在地,临海的“生物楼”二楼海洋地质室211房间,留下了我的青春记忆——我在那儿工作了十五年。不妨就循着薛原的文字,去看看那些难忘的和海洋科学有关的青春记忆吧。

《南海路7号:海洋科学界的陈年旧事》全书分为了三个部分,第一部分《潮涨潮落寻贝人》主要写了作者当年的导师和同事们,第二部分《那一代人的“检讨”》则是作者从故纸堆里翻出的老科学家的档案人生,第三部分《显微镜下的“颗粒”》重点讲述了作者本人从实验室到作家的人生历程,写了他在实验室和科考船上的工作与生活。我印象最为深刻的是第二部分,因为承担了《中国海洋志》中“人物篇”的编写,薛原有机会看到了多位老先生的档案。在老科学家们的档案里有很多他们当年的思想总结、检讨、自传、入党申请书等,这些来源可靠的文字让一个个有血有肉的科学家的形象跃然纸上。

“老山东大学对于青岛人来说,是挂在嘴上永远的骄傲和遗憾。与冯沅君、陆侃如、萧涤非等文科教授相比,童第周先生是理科名家的代表。尤其是新中国建立后,以童先生为首创建了中国科学院水生生物研究所青岛海洋生物研究室——后来发展成规模为全国海洋科研机构第一的中国科学院海洋研究所”。童第周就是南海路 7 号的奠基人。《童第周的党证与轶事》一文围绕着童第周助手和长期合作者吴尚勤档案里意外发现的童第周的一枚中国国民党党证,讲述了一段不为众人所知的故事。1926 年在复旦求学时,童第周加入了国民党。他说:“当时共产党尚未公开,我就在此时加入了国民党,以后国共分裂(我毕业后),我就再没参加过国民党的活动,脱离了国民党。”但是,这枚国民党的党证一直留在童第周的身边。由于童第周的档案不在青岛,这枚党证是在吴尚勤档案里发现的,自 1956 年童第周到北京居住后,他在青岛的研究课题主要是通过助手吴尚勤进行的,“譬如在文昌鱼的研究上,就是证明了文昌鱼属于无脊椎动物和脊椎动物之间的过渡类型。这个结果意味着在动物进化过程中,童第周和吴尚勤等人的研究有了自己的地位”。

吴尚勤是一位女实验生物学家,1921 年出生,1988 年因车祸去世。“过了几年后,当科学院院士开始增选时,有些老师议论,若吴尚勤还健在,以她在学术界的声望,应该能当选院士的。不过更有老师说,吴先生如果健在,恐怕也很难当选,就凭她的性格,估计也很难有人替她说话”,薛原在《吴尚勤的“绝密”小传》中这样写道。这篇数万字的文章,大量引用了吴尚勤的档案原文,勾画了一个很有性格的女科学家。“老太太素以治学严格著称,尤其在实验上,更是苛刻得令一般人却步”,这让我想起了大学里的生物老师,一个毕业于上海圣约翰大学的老太太,每次考试题目都难到令人发指,大部分同学的分数只能靠开平方乘十之后才能及格。“在吴先生的档案里,有一份打印的标有‘绝密’字样的吴尚勤小传”,薛原认为这是 1957 年“反右”运动后“组织”上给吴尚勤的“整风”结论。档案中有一份吴尚勤写于 1958 年 10 月的“整风思想总结”,还有之后由别人抄写的记录吴尚勤“向党交心”的 104 条言论。将近六十年后看到这些言论,我觉得吴尚勤真是一个很有意思的老太太,第 34 条她说“‘四害’中麻雀是否是一害,我还有怀疑,因为老科学家里意见也未统一”,第 45 条说“斯大林同志去世时,我很担心苏联要乱,缺少了这位领导会发生困难，没有理解党的集体领导原则”，第52条则说“我对不少革命后又回家闹离婚的同志不满意。参加革命的期间，爱人在家承担了全部责任，度过了苦难的岁月，最后要离婚，真是忘恩负义”。

《吴尚勤的“绝密”小传》中还有吴尚勤的自传。正是这些自传，让我了解到当年女性从事科研工作的种种艰辛。吴尚勤的家庭是一个累世官宦的书香大族，到她父亲身上才转换为留学的半新半旧的形式，大家族只重视男孩子的教育，“而女孩子呢？只要长得漂亮、懂规矩够得上做个官太太就行了，有没有学问那是另外一回事。何况，多念了书是会拔掉了家族的秀气的，影响了男孩子们的前途”。因此，吴尚勤先是在家塾里念书，后来才进了普通小学。“中学求学的一段过程是艰苦的，斗争也开始了。先是阻止、软禁，到初三那年，更加厉害了，父亲宣布不再给我学费。可是我靠着学校的奖学金渡过了难关，直到七七事变，我上完了两年高中”。高中毕业后吴尚勤做了一年家庭教师积攒了路费，考进中大医学院想当一个好医生，“二年级的下半年，我读了童第周先生的胚胎学，立刻对它发生了兴趣”。后来吴尚勤就一直追随着童师进行学习和研究，自传中她说“二十多年以来自以为了不起的斗争实在是太可笑了，是完全以个人为出发而单独和旧家庭、旧思想去反抗，不会收到大的效果的。假使当时能将眼光看远，范围扩大，团结多数人，以妇女解放和社会改造为前提，我一定会做得比现在有意义，也不会感到孤单了”。这段话放到今日，仍然很有教育意义。薛原说，后来当改革的大潮也把老太太推到了“科技转化为生产力”的第一线时，老太太的身影也就出现在沿海的一些养殖场里。1988 年 3 月 11 日，吴尚勤在赶赴山东日照的一养虾场途中，因车祸不幸罹难。

在本书的代序《青岛海边的几个门牌号》一文中，薛原介绍了莱阳路 28 号的张玺故居。“张玺先生与青岛有缘，早在 1935 年春天，他就来到了青岛，在当时的青岛市市长沈鸿烈的资助下，张玺和他的助手开始了第一次青岛胶州湾海洋动物调查。这也是我国学者组织的第一次海洋动物综合性考察，对于学科建设有着开拓性意义”。就是这样一位科学家，在那些年月却不得不写下各种检讨，《张玺的自述与检讨》一文也有数万字，“张玺在法国待了十一年，其留学经历在他的后半生中成了‘检讨’的重要内容”，同当年周恩来那些“勤工俭学”的法国留学生不同，张玺是“公费生”，“在纷繁多样的主张中，张玺没有走革命的道路，而是决心踏踏实实地学到一门学问，像张玺这样的选择，在当时,被称为科学救国派”。在张玺众多的检讨文字中,我对这一段印象深刻:“去年夏天我到医院看病,还坐小汽车。1964年水产部与国家科委去湛江视察珍珠贝,住了羊城宾馆,每天20元,实在太贵了。虽说当时不得已,但的确太浪费了。其他方面在湛江买过虾仁,在青岛买过花生仁也是违背政府的政策”,这段检讨写于1965年4月22日。1967年7月10日张玺在青岛去世,享年70岁。他的同事齐钟彦先生说:“张先生的身体没有别的毛病,就是血压高,要是没有‘文革’,他的性格该是个活大岁数的人。”

“南海路7号”当然也有活大岁数的科学家,被誉为“海带之父”的曾呈奎先生就是一位。《档案“干净”的曾呈奎》一文介绍说:曾呈奎(1909—2005),海洋生物学家,福建厦门人。“同其他老先生们厚厚的档案卷宗不同,曾先生的档案显得单薄”,但曾先生活到了网络时代,“在网络上,关于曾先生则是毁誉交加,呈现复杂甚至评价两端的现象”。为尊者讳,薛原没有在书中引用网上的这些质疑,我百度到了这样一段文字:“海带人工养殖当是许多科学家的集体之功绩,而其关键性的海带施肥、海带自然光育苗、海带南移研究工作则是在朱树屏亲自主持领导下完成的。故而,在朱树屏去世后的20世纪80年代,人为地将某海藻学家誉为‘海带之父’当为一大谬误,这是对科学的亵渎,是对历史的篡改。”2009 年 6 月 18 日为纪念曾呈奎先生诞辰百年,中科院海洋所在青岛南海路 7 号举行了曾呈奎先生的雕像揭幕仪式。“南海路 7 号现在有了两尊铜制雕像了,生物楼正门门厅内面向大海的童第周先生雕像和这尊即将放置在生物标本馆里的曾老的雕像。当年的三位创办人,只有张玺先生仍然空缺了。其实,作为三位创办人,都应该在南海路 7 号留有他们不朽的雕像”,薛原这样认为。

1983 年暮秋,18 岁的薛原到青岛南海路 7 号中科院海洋所报到,成为海洋地质室的一名科研辅助人员。《南海路 7 号:海洋科学界的陈年旧事》一书,是薛原对 20 世纪 80 年代中国海洋科学界的个人见证,正如他所说,对于青岛这座城市人文精神的张扬和文化底蕴的建设不仅仅在于如“老舍故居”“梁实秋故居”“沈从文故居”等等文学大师的“遗迹”保存,当代的海洋科学及其已走入历史的学科掌门人,其人其事其影,也已融入城市的文化传统中,“海洋科学”所蕴含的城市文化更是青岛这座“海洋科学城”的精神财富。

薛原以这本扎扎实实的著作纪念自己在南海路 7 号十五年的时光,青春无悔,科学不朽。

拉美伤痛的一种表达

百花文艺出版社出了一套“不可思议之书”，爱德华多·加莱亚诺的《爱与战争的日日夜夜》是其中一本。作者是乌拉圭文学大师，有多年新闻从业经历，曾被军政府逮捕入狱，后长期流亡，1985 年才回到祖国。因其犀利透彻、充满良知的写作，被誉为“拉丁美洲的声音”。加莱亚诺认为，不是所有离开的都是英雄，也不是所有留下的都是爱国的。他说，《爱与战争的日日夜夜》是一本与自己记忆对话的书。而对我来说，这本书是我了解拉美伤痛的一个窗口。

1976 年七八月的一天，布宜诺斯艾利斯，爱德华多·加莱亚诺和同事锁上了《危机》杂志的大门，将钥匙扔进拉普拉塔的旋涡。后此不久，爱德华多·加莱亚诺与妻子埃伦娜·比利亚格拉远走西班牙，在一个宁静的海滨小镇靠泊。第三年，他出版了《爱与战争的日日夜夜》。20 世纪 60 年代起发生在拉丁美洲的肮脏战争是一种由军事独裁政府发动，由准军事单位施行，通过恐吓甚至灭绝异己，来应对国内动荡和危机的国家恐怖主义。美国政府以人员、技术支持和资金援助的方式参与了这些肮脏战争。“只要事关石油，没有任何死亡是意外”，作者出版发行的杂志《危机》里，曾刊登比利亚尔写的阿根廷石油调查报告的最后一部分，文章揭发了这个国家现行石油合同里的殖民条款，讲述了充满无耻行径和犯罪传统的行业历史。

曾获“美洲之家”文学大奖的《爱与战争的日日夜夜》写于作者流亡期间，加莱亚诺从拉美各地动荡的社会中寻找和提炼普通百姓的日常生活原型，以 132 段杂糅新闻报道、文学速写、旅行笔记与民间故事的短篇文字，记录并重新发现微观的个人历史。这本书并没有完整的目录，一段段非虚构文字涉及了大量真实的人物和事件，以及作者对政治、经济等问题的看法。132 段文字中，用“系统”命名的文字有 16 段之多。在《现代汉语词典》里，系统指“同类事物按一定的关系组成的整体”。作者在 1984 年的一个采访中曾说：“乌拉圭过去几十年都依靠出卖劳动力为生。对这个系统而言人太多了，但是对于国家而言，不是这样。”书中 16 段“系统”中最短的一段这样写道：

编在电脑里的系统提醒银行家提醒和将军吃饭的大使去传唤总统让他敦促部长去逼迫总监羞辱经理导致经理尖声斥责主

管主管肆意责骂雇员雇员蔑视工人工人虐待妻子妻子殴打孩子孩子踢一脚狗。

这个系统很像一条残酷的食物链。

坦白地说，这本书的阅读让我稍感吃力，因为对拉美的历史地理都了解甚少。拉丁美洲于我，就是一个足球文化繁荣的地方，我更了解阿根廷、巴西、乌拉圭的足球而不是其他。爱德华多·加莱亚诺的代表作就有一本《足球往事：那些阳光与阴影下的美丽》。在《爱与战争的日日夜夜》，作者也多次写到足球，“那时我们还很年轻，不会后悔快乐。凌晨三点工作结束以后，我们会在编辑桌中间拉开球场的阵仗，用纸团踢球赛。有时候用一盘兵豆或者一根黑烟就能买通裁判，于是一群人踢得鸡飞狗跳，直到印刷作坊送上来第一份样刊，散发着油墨香，沾着指印，刚从轮转印刷机嘴里吐出来。这是出生。然后我们就拥抱着走到大道上等日出。这是仪式”。

《1942 年夏》这段文字则讲了战争年代的一个残酷的足球故事。乌克兰被纳粹占领时，德国人组织了一场足球赛，德国国家队对阵由毛料厂工人组成的基辅迪纳摩队，上半场德国队一比二落后，中场的时候在休息室里，迪纳摩队球员听到了这样的警告：“我们的球队从来没在占驻地输过，你们要是赢了，就处决你们。”下半场迪纳摩队以四比一领先的时候裁判宣布比赛结束。所有上场的迪纳摩队球员都在一座悬崖顶端被处决。

拉丁美洲有一种说法,那里最好的作家都出身于记者。加西亚·马尔克斯曾在诺贝尔受奖词中向新闻致以最高的敬意:它每时每刻都决定着我们每天发生的不可胜数的死亡,为我们提供了一个永不干涸、充满灾难和美好事物的创作源泉。爱德华多·加莱亚诺说:“新闻也是一种文学。我并不认同把书神圣化,不觉得那是唯一的文学表达形式。拉丁美洲最经久的作家中好几位都是在新闻中展现出最好的自己的。”在他的眼里,“拉丁美洲不仅被夺走黄金白银橡胶黄铜石油,它的记忆也被征用了”,而作为一个记者、一个作家,他用这本书展示了拉美曾经的伤痛,拯救了拉丁美洲那些还存在的记忆。

《爱与战争的日日夜夜》的书名中,有“战争”,亦有“爱”。本书译者汪天艾说,这是一本残酷的、私人的、热切的书,只是,也许在合上书的瞬间,也许某一天坐在火车上朝着阳光驶去的时候,或者某个晚上在酒吧和朋友长谈的时候,一个加莱亚诺的读者会恍然大悟,原来这是一本关于真正美好事物的书。原来他是想说,爱是真正美好的事物,信仰正义是真正美好的事物,自由是真正美好的事物,希望是真正美好的事物,写作是真正美好的事物。他知晓并让我们知晓:真正美好的事物是存在的,是值得希望和争取的。

2009 年美洲峰会上,委内瑞拉前总统查韦斯将加莱亚诺的代表作《拉丁美洲被切开的血管》送给时任美国总统的奥巴马,引发全世界媒体关注。2015 年 4 月 13 日,加莱亚诺因病去世,乌拉圭举国哀悼。

你的方言土语，我的苦难乡愁

大概是四五年前在微博上认识了李鲆，有朋友转发他的系列微小说《写字楼妖物志》，我觉得好看、有趣，一来二去就互相关注了。李鲆这几年的发展变化相当惊人，他从一个编辑记者成了出版培训方面的专家，经常应邀到各地讲课，出版了《畅销书浅规则》等若干本和出版相关的热门书。然后，他又从体制内跳了出来，开了一家“小而美”的公司，专注于定制出版。做了文化商人的李鲆依然在写作，他写的书题材宽泛，最近又出了一本《母亲的一九四二》，这和上文提到的《写字楼妖物志》《畅销书浅规则》等毫不相干，真让人刮目相看。

书归正传。李鲆在《母亲的一九四二》一书的序《每个人心里都有一部〈一九四二〉》中说：“本书的更多主角其实是那些我已经日渐远离了的方言土语。这些词语里隐藏着许多秘密，像午夜昏黄的灯火，艰难地挑开苦难深重的夜色，依稀勾勒出中原大地的历史。”这本书所说的中原，主要是指河南。作为一个山东人，我对河南的方言土语不会像南方人那样感到陌生，记得刚进大学时上铺的女生是河南人，还不太习惯说普通话，有段时间我就用山东话和她的河南话进行交流，居然没有什么违和感。这是一本用河南的方言土语串起来的书，李鲆用了很多工夫去考证一个个词语的来龙去脉、历史典故，辞书的讲解固然精准，但我更喜欢他针对每个词语写的故事，这些故事描述了一个家庭的过去和现在，构成了一部“有温度的家族史”。

在《母亲的一九四二》这本书中，“母亲”作为大部分故事的主角，从苦难中走来，在 1942 年的大逃荒中活了下来。《一担两筐》中说，在 1942 年及接下来的 1943 年，“大量的河南人因为饥饿，背井离乡，逃荒要饭。一条扁担，两个荆筐，就是全部的家当。一担两筐，也由此成为逃荒要饭的代名词”。“母亲”很幸运，通过逃荒活了下来，但有很多的人死在了逃荒的路上。《时候天》中讲道，“母亲说的时候天，就是饥荒年”，生于 1935 年的父亲母亲，“经历过两个时候天”。

李鲆在这本书中，共写了七十多个方言土语，大部分和食物有关，和饥饿有关。这些词，是河南人民的方言土语，也是“母亲”那代人的苦难乡愁。其实除了“母亲”那个年代的人，生于新中国的 50、60、70 后们都有自己的饥饿记忆。我的一位同事在事业有成之后,很想奢侈地用黄金打一盘金包子,供着,以怀念小时候那些“吃不饱”的日子。说起来真是辛酸,中国人现在普遍有钱了,但三四十年前还有大部分人连饭都吃不饱。这些年中国发展的速度惊人,但也正因为太迅速了反而让很多人心里不踏实。《烧包》一文中提到“我父亲小时候,外号就叫烧包”,平时太穷,多少有点好东西总想到人前显摆一下。其实“烧包”这词北方很多地方都有,我总觉得像“煎包”一样首先是一种食物,是一种美味饱腹但在匮乏的年代不容易吃到的食物,因而由食物变成了一个形容词。我们原始的不安全感首先是从不能吃饱饭或者不能一直吃饱饭触发的,“烧包”的起因多半还是因为缺乏安全感吧?下次见到要打金包子的同事时,我打算损他一句:“你太烧包了!”

在河南的方言土语中,有很多的食物类名词慢慢演化成了包含名词、动词、形容词等词性的多义词,比如“谷堆”。河南有很多地方以谷堆命名,除了字面意义的名词,李鲆说“谷堆还用来形容凸起或突出的样子”,形容车装得满是“谷堆堆一车货”。“谷堆也常作动词用。谷堆在地上,即蹲在地上。谷堆是旧时河南人常有的习惯动作,因为从前民间普遍穷苦,缺椅少凳,只好谷堆着。”看看,一个小小的“谷堆”蕴藏了这么浓厚的乡愁,难怪李鲆会说"谷堆这个词,是向往,是企盼,是祈求,是一次次灾害饥馑烙下的陈年印痕,是一句与遥远而疼痛的往事接头的暗号,却在岁月的侵蚀中,日渐褪色,被人忽视和遗忘"。

一个又一个普普通通的河南方言土语,在李鲆的笔下变得有故事、有文化,因而显得生动起来,活灵活现。说起河南话,全国人民最熟悉的一个是"咱",一个是"中",听到这两个字,就能勾起浓浓的乡愁。这两个字和食物无关和饥饿无关,却是中原文化的深厚沉淀。河南话里的"咱"有多种意思,"你多咱走？等等咱,咱厮跟去。"一句话里三个"咱",已经有了三个意思,第一个是早晚的意思,第二个是我,第三个是我们。李鲆说"咱字在河南,还有两种极特殊的、让外地人惊诧莫名的用法"。这两种用法分别是做第二人称单数或复数,表示"你"或"你们";做第三人称单数或复数,表示"他"或"他们"。"中"则是河南话的特色代表,用来表示同意。李鲆说"中的本义是旗帜","中是中原的中,中是中庸的中,中是中国的中"。河南曾是中国的政治、经济、文化中心,但后来不复往日辉煌,难怪李鲆会感慨"中"这个字"已经少有人知道,它曾经负载的厚重历史、文化积淀以及骄傲和失落了"。

李鲆说,"我试图以方言为切入点,描绘中原地区的历史、地理和民风民俗,描绘生命的悲欢和人性的永恒”。这本书,是李鲆家族的半本饥饿史,也承载了河南人民的苦难乡愁。记录这些方言土语,既是对一个家族历史的回忆,也揭示了一个民族的秘密。

从历史碎片中看看世相读读八卦

刘小磊任职《南方周末》多年，在编辑历史版面的生涯中总会遇到一些不那么适宜刊登见报的文章，要么太长，报纸版面有限；要么太学究，更适合学术刊物。但这些文章通常都很好看，好看到他不舍得从手里流走，就算见不了报，也得换个方式让更多的读者看到。于是，刘小磊把这些稿件整理了出来，主编了《历史的反光镜》一书。

《历史的反光镜》总共收录了17篇文章，时间横跨了20世纪，作者当中既有秦晖这样的专家学者，也有名不见经传的普通作者。这本书题材宽泛，内容丰富多彩，刘小磊把这些文章编辑成了人物传、大变局、老照片、夜读抄、古今谈、民间史、演讲录等几部分，读来很受启迪。“不容青史尽成灰”，《历史的反光镜》中有多篇文章反思了“文革”，像《吴晗的悲剧》《居正女婿祁式潜之死》等文。但对制度的批判之外，一些作者对个体命运的剖析也独树一帜，比如历史学者朱宗震就认为“吴晗的《朱元璋传》

以及《海瑞罢官》都失去了学者的本真,是造成悲剧的诱因,值得反省”。他认为学者不应该纠缠在政治正确性上,而应该独立思考,建立起严谨的科学精神和创造力。

有时候图片能更直观地穿越历史的重重迷雾,让我们看到真实的世相。《揭开晚清湖南的神秘面纱——记美国工程师柏士生1898~1899年间的实地勘测和考察》一文就用大量珍贵的老照片,让我们看到了那个时代的风土人情。当年,湖南也是一个反洋情绪最强烈的省份,“柏士生感受到中国人的排外情绪源于一种与世隔绝的封闭心理。中国人不仅排外,也同时排内”,他觉得“中国人受传统礼教的束缚过深,以至于缺乏爱国之心”。一年多的时间里,在柏士生的整个旅途过程中,他看到各地到处挂着各种旗帜,但上面绣的都是地方政权的标志或者将领个人姓名,从不挂大清国的黄龙旗。他只见过一面黄龙旗,而他也是唯一携带黄龙旗并向它敬过礼的人。

作为一个没系统学过历史的理科生,历史一直是我通识中的短板,对《历史的反光镜》这本书也很难从专业的角度进行更到位的评点。但作为民国八卦爱好者,我总是能从各种史料中找到新鲜的素材,《历史的反光镜》为我提供了不少八卦史料。

《杜兰香去未移时——记大姨邹钧和王右家的交谊》一文，作者虽然写的是两个女人的友谊，但主要讲述了王右家几段不寻常的感情经历。王右家是曹禺名作《日出》中陈白露的原型，“王右家点燃了曹禺写陈白露的灵感，而曹禺也用似真似幻的金线为王右家编织出恒久的青春光辉”。其实，王右家与曹禺并无感情纠葛，他们各自有着不同寻常的感情经历。王右家于 20 世纪 20 年代末孤身赴美留学，于 1931 年乘船回国的途中遇到了罗隆基，风流才子与名媛美女互生情愫，王右家天性叛逆，“明知罗有妻室而自己有未婚夫，明知会不容于家庭和社会舆论，仍义无反顾与罗同居了”。

“与王右家相识时，曹禺先生正和郑秀热恋”。此文没有写曹禺和郑秀以后的感情发展，他们后来结了婚，生了两个女儿，但曹禺移情于方瑞，和她有了十几年的婚外情，郑秀带着两个女儿，一直不想放弃和曹禺的婚姻，为此放弃了解放前和父亲一起去台湾的机会，留在了大陆。而曹禺解放后还是和郑秀离婚娶了方瑞，生下了第三个女儿万方，后来也成为著名作家。在方瑞去世后，曹禺没有在女儿们的撮合下和郑秀复婚，而是和著名京剧演员李玉茹结了婚。

郑秀和曹禺的爱情以悲剧告终，王右家和罗隆基也没有走到终点。"罗隆基于男女关系是多元论者,王右家也同意给他一定的自由度",他们同居七年结婚五年,罗隆基风流韵事无数,"杨度的女儿杨云慧与罗隆基偷情,因事闹翻,竟去找王右家要她写给罗隆基的情书",王右家最后离家出走,抗战胜利后回国与罗隆基离了婚。罗隆基后来的故事被章诒和写进了《往事并不如烟》,说他无妻无子孤独终生。

王右家离婚后仍然追求者无数,让人大感意外的是,她嫁给了唐季珊。唐季珊曾和阮玲玉同居,对阮玲玉的自杀负有一定责任。作者也感慨"王右家和阮玲玉同为激发曹禺写《日出》的因素,却先后投入同一负心男的怀抱,更令人感叹冥冥中的定数"。王右家没有像郑秀那样为负心郎留在大陆,而是和唐季珊一起去了台湾。在台北过了几年风光优渥的生活后,因为唐季珊出轨,"面对背叛,王右家再次选择出走,带着儿子到了香港,因创业失败,后又回到台湾,于 1967 年病逝于台北"。美女敢爱敢恨的一生令人唏嘘不已,但在作者眼里,"王右家作为美女的一面广为人知,而作为才女的一面却鲜少被提及",王右家和罗隆基在一起时主持名流沙龙,后来还主编过《益世报 · 妇女周刊》,以各种笔名写过多篇文章。

八卦当然不是《历史的反光镜》一书的主旋律,书中有人物命运,有读史笔记,等等。这本书虽然只是记载了一些历史的碎片,但不论是看看世相还是读读八卦,历史这面镜子反射出的光线,可以让我们更好地活在当下,认清现实。

在魅惑世间玩一把悬恐

人不可貌相。美才女刘颖细腰长腿，肤白胸大，大学读的是南开哲学系，毕业后在《天津日报》编辑《读书》版面，走南闯北交友甚广，一直是活泼开朗的样子。她讲起八卦来眉飞色舞，略加上点天津口音就颇具相声效果，被开玩笑也不会恼，哈哈哈一笑而过。这形象再健康向上没有了。我知道她写书，却想不到写出来的书这么暗黑，她新出一本六万字的微悬恐小说集《百魅夜行》，我一口气就读完了，是被倒吸的一口冷气逼着读完的，一百多篇当中着实有几篇没太看懂，因为需要你把脑洞开得很大很大。

几年前微博上兴起过微小说热，140 字的空间要完成一个故事。那时候我也尝试写过，写过几篇就放下了，写的题材也是情感居多。那个时候我和刘颖并不相识，据说她是在微博上每天晚上写一则微小说，都是有悬疑恐怖色彩的微小说。深夜写悬恐的女子一定都有一颗强大的心脏，她坚持不懈地写，2012 年结集出版了一本书,今年又出了第二本《百魅夜行》,以一篇微小说100多字的篇幅,着实称得上高产。

最近三年每年上海书展我都会和刘颖小聚一下,我眼里的刘颖有傲人双峰,纤纤十指,留着没法做家务的长长指甲,涂得五颜六色。这是刘颖的貌相。她笔下的《丰胸》却毫不留情地戳破这皮囊:

“路上的车越来越多,交通事故发生率也直线上升。最近两起事故很严重,可两名女驾驶员都奇迹般地生还了。原因是,她们都做了丰胸手术,超大号的胸部充当了安全气囊,保住了性命。整形医院生意火爆,硅胶厂也被拯救了。马路上走满了巨大胸部的女人。”

看看,这大胸在她笔下既不爱情也不色情,倒成了女人的护身符。

《剪指甲》则这样写:“妈妈从小就不许她留长指甲,说不卫生。稍稍长长一点,就会强迫她剪掉,她的一切都是妈妈做主,绝不能违逆。她只能一脸羡慕地看着别人留长指甲,涂漂亮的指甲油。妈妈去世了,没有人再管她,她依旧手指光秃。因为,每当指甲长长,晚上就会有沙沙的声音,第二天,十指依然秃到肉。”

这写的是生死不渝的母爱吗？刘颖笔下的爱情才叫恐怖到骨头呢，且看《优乐美》："我是你的什么？你是我的优乐美呀。我就只是奶茶吗？这样我就可以把你捧在手心啦。说完，他捧起她的头，咬住她的颈动脉，猛吸一口。"

把爱情和亲情描写得这么血淋淋算什么？连小朋友心爱的童话故事刘颖都不肯放过。《灰姑娘》的结局居然变这样："十二点到了，灰姑娘急急忙忙地跑回家，遗落了一只水晶鞋。王子命人捧着水晶鞋四处寻找。全国试出了两万多个姑娘。在这个磨骨削腮的年代，给脚做个小手术又有什么了不起的。"就是，连娱乐圈的天王都情归了磨骨削腮的姑娘。

恐怖大王李西闽说，刘颖的微小说是好作品，她的作品，妙在精短，在微小的篇幅里，呈现了小说的本质，无论是文本的精妙，还是可读性，抑或对世情和人性的开掘，都有其深度和广度。

我深有同感。好的小说要揭露人性，阴暗和残忍也是人性的一面，且是很多人都有却刻意要掩饰的一面，阳光灿烂的刘颖在暗夜里用她超人的想象力挖掘着人性的残忍、血腥，揭开世相魅惑的背面。我很钦佩她的想象力，我也常有恶狠狠的念头在心里丛生，却并无笔力把它们写成悬恐的微小说。一起去看流星雨的那个人去哪了？弱女子只会兀自垂泪，刘颖就能写得血花四溅:“他许愿,如果只有死亡才能将我们分离,那请带她走吧。她许愿,我们的爱情要像这流星雨一样绚烂,至死不分离。”

生活里的刘颖多才多艺,她会画画,我认识她的时候她已经不再每晚写悬恐微小说,改成了画眼睛,她笔下的眼睛充满了故事。《百魅夜行》这本书的封面就是刘颖自己画的,布满了大大小小的眼睛,像秋天的树叶,虽然凋落,却依然对这魅惑世相洞若观火。

艾娃与五花的奇迹之旅

“仅此一次，死亡怜悯众生”，这是《世界上所有的奇迹》一书的开场白。这个动人故事的展开是从一场导致死亡的飞行事故开始的。在石庙镇举行的一次飞行特技表演发生了事故，飞行员驾驶的飞机从空中坠落，飞机的碎片散落在粮仓周围。飞行员死了。男孩沃什和女孩艾娃被发现埋在粮仓下的一堆钢筋水泥之下。

艾娃没有受伤，但钢条穿过了沃什的身体一侧。艾娃哭了起来，“她向神求助，因为只有 13 岁，她不知道是否有自己能够理解或能够相信的神。但是，从现在开始，此刻，她会相信任何事物或任何人。为了让她最好的朋友活下来，为了让朋友痊愈，她会付出一切”。结果，奇迹果然发生了，在她的手盖住的地方，沃什的伤消失了，她治好了他。一些在现场的人用手机拍下了这些画面，艾娃拥有神奇能力的新闻像野火般蔓延开去。

这故事似曾相识。好莱坞拍过很多有关超能力的电影。可这小说触动我的不是超能力，而是女孩艾娃的无助，她并不超能，救沃什消耗的是她自己的健康。可对那些慕名而来找她疗伤的人来说，他们眼里只有自己的伤痛，看不到艾娃每一次治疗付出的都是自身健康的代价。世界上所有的奇迹，都是自私、贪婪的人放大了自己的恐惧，向未知世界进行的无限索取。

2015 年夏天，我经历过同样的贪婪和恐惧。一场突如其来的股灾让众多的投资者陷入了恐慌，股市下跌势如破竹，国家的种种救市措施在暴跌面前如螳臂挡车。一个养宠物猪的朋友在我的指导之下，让她家名叫“五花”的猪进行了预测股市的尝试。朋友并不炒股，一开始也是娱乐，用代表股市上涨的大盆和代表股市下跌的小盆给五花喂饭，结果，奇迹发生了，第二天股市的走势和五花吃出来的 K 线图如出一辙。一连几天，五花都准确地预测了第二天股市的走向，“股神”五花一举成名，很多人每天晚上关注着五花怎么进食，以此来判断第二天股市的走势。在股灾的特殊时刻，几乎所有的分析师都放弃了对股市的预测，大家宁愿相信一头能带来奇迹的猪。只是，就像拥有治愈能力的艾娃消耗了自己的健康一样，拥有预测股市能力的五花也付出了健康的代价，预测股市没几天，它就出现了进食问题，常常呕吐。五花的主人为五花的健康考虑，停止了让它每晚进食预测股市的游戏。

五花和艾娃的故事真是惊人地相像。

《世界上所有的奇迹》是《纽约时报》畅销书作家杰森莫特继《亡者归来》之后的全新力作，全书探讨爱、牺牲与奇迹的力量。五花的主人出于对五花的爱，放弃了让它成为制造奇迹的股神，而艾娃的家人却无力拒绝找她治病的病人的恳求。于是，艾娃和沃什一起逃跑了，但在逃跑的过程中她还是冒着失去生命的危险治好了沃什的白血病，又帮助一出生就肺部进血的同父异母的妹妹恢复了健康，因为，她爱他们。

这本书有两条线索，一条是现实的延伸，一条是过去的回忆。艾娃的亲生母亲在她6岁的时候上吊自杀。对母亲无穷无尽的思念贯穿了艾娃的成长，最终，艾娃理解了这一切："有时在生活中，爱和爱情也会导致一个我们不会选择的结局。无须指责任何人的命运。她明白了，在这个世界上，同时存在着无法解释的奇迹和完美的恐惧。"

读这本书，每当陷入对艾娃的心疼之时，我就会想起五花。艾娃年幼丧母，她始终无法释怀母亲的突然离开，而拥有超能力又使她备受困扰，每一次她都会因此受伤、失眠、昏迷，可人们在艾娃面前都只有对她超能力的贪婪的索取。同样，在2015年夏天的股灾时刻,我是多么依赖五花,希望它创造准确预测股市的奇迹,全然不顾它的难过、呕吐。面对自己内心的贪婪和恐惧,我深深地感到羞愧。

在这本书的扉页上,作者写下这样一行字:献给那些帮助我们穿越奇迹的人们。同样,我写下这些文字,献给帮助我们穿越股灾的五花。

复活节面包与青岛大虾的集体狂欢

以翻译卡佛小说出名的译者小二，2015 年 6 月出了一本新的译作《面包匠的狂欢节》，这部长篇小说的作者是澳大利亚作家安德鲁·林赛。小二说："林赛花费了十年时间完成他的这部处女作，我断断续续翻译这本书的时间也超过了十年。"

看来这本书的写和译，都不是容易的事，而作为读者的我，读这本书虽然没用上十年，读完它也断断续续地用了一两个月。我一开始读这书就没特别感觉是自己的菜，国庆假期带着它去了拉萨，在海拔 3700 米的圣地，却一页也没有读。最终在国庆黄金周结束后，一边在网上和众人争论青岛大虾事件，一边完成了对《面包匠的狂欢节》这本书的阅读。多萝西·休伊特这样评价此书："关于人类状态骇人听闻、精妙绝伦的寓言。阅读这本书，为它惊叹，并对它致以谢意。"这正是我想说的话呀，尤其是遭遇和书中复活节面包极为相似的对青岛大虾的集体狂欢之后。

先简单说下青岛大虾事件。国庆黄金周期间，从四川到青岛旅游的范先生一家三口，在海边一家海鲜烧烤店吃了一餐饭，其中有一份虾，本来以为是38元一份，结果被店主要求按38元一只付账，后来双方闹到派出所，最后调解为支付所有餐费800元。再后来在家乡及各路媒体的帮助下，烧烤店最终退回了范先生600多元，实付156元。但38元一只的青岛大虾从此名扬全国，各种段子层出不穷，全国人民集体狂欢，对这起消费纠纷事件进行了各种富有想象力的解读。

其实，我真心觉得青岛大虾事件是经济学行为，一份虾收了1520元，以每只38元计算，总共40只，你真的认为国庆黄金周在寸土寸金的海边烧烤店可以38元吃40只蒜蓉虾吗？不符合常识的消费行为肯定暗藏陷阱，想占便宜反而吃了亏而已。菜单上妥妥地写着海鲜按个论价，这家人居然敢吃40只虾20只蚝，花蛤已经开恩没按个论了。在网络信息时代，出行前不看大众点评造成信息不对称，也是经济学行为哦。幸好不是国营大店欺客从而上升到对国企及体制的控诉，说到底是个体与个体间的沟通，不是要自由吗？开店有定价的自由吧？淘宝上那些店家在价格上玩数字游戏的也不少吧？公权力及媒体不介入才是常识。自古以来，“买的不如卖的精”就是最基本的经济学常识，当然卖家精得过分超越一般人眼里的道德底线就不太好了。

黄金周,就应该什么都比平常贵,人工成本还是日常的三倍呢,不贵的只有免费的高速公路,这一不符合经济学常识的行为造成的后果就是高速大堵车,你要用比平常多很多的时间才能抵达目的地,甚至会发生应急道被占造成车祸和受伤者死亡的惨剧。

吐槽完青岛大虾,再回到《面包匠的狂欢节》这本书。故事发生在意大利小镇巴切赖托,就像中国人民有黄金周一样,这里有被当作地方特色写进旅游指南的面包匠的狂欢节,在复活节那天,面包匠要烤出美味的复活节十字面包。让面包匠吉安尼发狂的是,他怎么也烤不出这种十字面包,为此每年都要承受一次难以忍受的羞辱。这个小镇上的居民形形色色,人们在伦理和堕落的对抗中日夜挣扎,终于在复活节和愚人节相遇的那一天,借助吉安尼神奇的复活节面包,释放了内心的恶魔,在肆意交欢中,灵魂得到了彻底的清洗。这一天,是吉安尼 50 岁的生日,他的被牧师艾米莱伤害过的女儿弗朗西斯卡勇敢地揭露了牧师的罪恶。

小二在译后记中说:作者通过戏讽常人眼中最为神圣的宗教而展现人性中的丑恶,但展现并不意味着就能粗暴地从道德的角度去批判它,甚至毁灭它。暴露丑恶同样可以洗净灵魂的污垢,因为当你反观处在文明巅峰与尽头的当代,展示荒诞也许才是最有效的治愈方式。

这话说得太好了，青岛大虾事件正是这样一步步走向荒诞，在众人眼里它意味着山东花费亿元多年打造的“好客山东欢迎您”招牌的倒塌，也给山东人厚道的集体形象抹了黑。其实，厚道和好客都是纯粹的道德标准，以道德标准来要求商业行为很可怕，若碰上吃霸王餐的人也得好客吗？一个买卖人，没人买才是最大的经营风险，而不是卖贵了被各种舆论绑架，最后罚款关门了事。

在书中，作恶的艾米莱最终还是死了。书中这样描写：“也许艾米莱的遗物箱向我们提出的最本质的问题是：如果没有足够的怜悯之心，这个世界还会有希望吗？一个人可以随便谈论自由、责任之类的东西，但是这些概念似乎过于裸露，而我们的内心却荆棘丛生。”

因为“弗朗西斯卡祭献式的存在把慈悲施加到我们每个人的身上”，所以她成了圣弗朗西斯卡。而青岛大虾神一般的走红也引发了大众的集体狂欢，各种寓言式解读层出不穷，有山东人为此而自省，有外地人因此而逃离，只有无辜的青岛大虾，像弗朗西斯卡一样成了黄金周这一狂欢节的殉道者。有时候，生活比小说更加充满了荒诞的戏剧色彩。

听父辈们讲那些过去的事情

暑假带女儿去英国游玩，在大英博物馆，当我看到馆藏的那些精美的鼻烟壶，突然就想起了最近刚刚读完的长篇小说《天桥演义》，书中就讲述了一个天桥手艺人张贺新的故事，尽管只是个不那么重要的角色，但他的悲惨遭遇在天桥芸芸众生中依然独特，令人难忘。

《天桥演义》的作者沈家和出生于 1943 年，今年已经 70 多岁了，这厚厚三本 80 万字的长篇小说是他 40 岁时开始写的，首次出版于 1987 年。今年，朝华出版社将其再版，让更多的读者能够读到这本展现老北京解放前黑暗时期底层人民真实生活和悲惨命运的著作。故事写了主人公唐二到北平寻找妻女，谁料妻女皆被天桥恶势力逼良为娼，一家人相见不相识，最后唐二劈棺救女，得见女儿最后一面，后来又与妻子团聚，与天桥百姓一起迎来了北平的解放。

沈家和比我父亲年幼几岁，于我，都是父辈。我父亲年轻的时候也热爱写作,在部队当兵时曾以解放战争为背景创作过一部长篇小说《故乡的黎明》,虽然当年没能出版,但手稿保存至今。前两年我回家的时候向父亲要了这部书稿翻了翻,在今天看来,这部长篇显然已经过时,但革命战争年代的那些故事,仍然让我为之感动。读《天桥演义》,仿佛也是在听父辈们讲那些过去的故事。

章回体是我们最熟悉的中国传统小说的体裁,我小的时候看小说,就是从章回体小说读起,从四大名著到张恨水、林语堂以及当代的一些小说,我读的第一本当代长篇小说是鄢国培的《漩流》,是"长江三部曲"的第一部,年少的时候读起来真是爱不释手,以至于多年来对章回体小说都有一种特殊的偏爱,尽管现在已经很少有作家用章回体写长篇小说了。《天桥演义》的作者沈家和年轻的时候也尤其爱读章回体小说大师张恨水先生的作品,"将他创作的《啼笑因缘》当作我学习写作的范本反复拜读",以至于"反复拜读间,我也产生了写小说的冲动和灵感"。

然而,《天桥演义》并不是一部"鸳鸯蝴蝶"风格的章回体小说,书中没有风花雪月,没有才子佳人,只有旧社会底层百姓一个比一个更悲惨的命运写实。作者搜集了大量的素材,包括文字资料、史料等,达上千万字。以至于著名作家端木蕻良直言不讳地说:“《天桥演义》,据我浅见,也可以说是‘记者文学’。作者采访了许多有关人物,积累了许多真实故事,还采访过夫子庙、城隍庙等地。当然,作者很珍惜他的资料,不愿大力割舍,所以有的地方显得故事不够调畅,通风不够。”有媒体人士也直言,这部小说更像是“评书”。

不管怎样,这部血淋淋揭露解放前旧北京底层悲惨命运的小说,仍然有它存在的意义和价值。“除了故事情节,这本书更加可贵的是描述民国时期老北京的社会生活风貌,尤其是天桥地区的婚丧嫁娶、饮食娱乐、五行八作等重要的历史文化信息,是重要的文化记忆的载体;展示天桥艺人‘撂地卖艺’的场景,如杂耍、大鼓书、拉洋片等,以及茶馆、妓院、书馆、大杂院等娱乐场所和生活场景,融医药、曲艺、饮食、手工艺、武术等老北京文化元素于一体,堪称老北京文字版的‘清明上河图’”。

尽管没有什么动人的爱情故事,书中仍有若干打动我的情节,比如开头提到的画鼻烟壶的高手张贸新,我很喜欢他续娶的夫人张袁氏,这个极具经商头脑的女人在丈夫被天桥的流氓恶霸们逼死后,毅然选择了殉夫。临死前,她在丈夫的灵前说:“是我!我把你逼死了,我把你害死了!”她说丈夫早先摆摊儿做小买卖,一天挣两顿窝头钱,可那阵子能够安生,但自从她进了门,就没给丈夫出什么好主意，她的心太高、太大！人心不足蛇吞象，她老想着帮丈夫发家，开厂子，做外国人的买卖，结果生意做大了，也被各路坏人盯上、盘算上，最终落了个家破人亡。

中国传统的生存智慧是“小富即安”，联想到最近若干小公司惹出的大祸害，我觉得张袁氏死前吐的真言于今日仍有借鉴意义，算是一点题外话。

记忆里那些海的味道

女儿小的时候,我给她完整地念过《窗边的小豆豆》这本书。每天晚上睡觉前,我读她听,两个人一起沉浸在小豆豆美好的童年记忆里。几年过去,对黑柳彻子的这本书,我最难忘的章节是《海的味道、山的味道》,巴学园的校长先生拜托家长们给孩子们的盒饭"带来山的味道和海的味道"。

我从小在青岛海边的县城长大,记忆里海的味道非常丰富,蛤蜊、八带、鲅鱼、海虹、墨鱼、虾虎……即使都是海的味道,在青岛和在厦门也是有区别的。当我读到柳已青《记忆的飨宴》这本书时,一下子就找到了属于自己的"海的味道"。

这本书是和饮食有关的柳已青散文随笔的合集,悠久鲁菜的醇厚滋味,山东半岛的饮食风情,尽在这本洋溢着海的味道、山的味道的《记忆的飨宴》之中。他说,写饮食方面的文章,是个人性情的自然流露,选择个人风格化的表述,完全是私人记忆的呈现,尽管文中有一些历史的碎片,但整体来说,这本书所描述的，是当下社会人与食物的关系。

既然是私人记忆的呈现，我读此书的经历，也是对自己记忆的一次整理。柳已青是大学毕业之后到青岛工作的，之前大海及海的味道对他都相对遥远，这本书中专门有一辑“海鲜”，这些有关海的味道的文章，都是青岛的海无私馈赠给他的，而同样一片海，也曾无私馈赠给过我很多海的味道，那也是童年的味道。

小的时候我是一个特别挑食的孩子，当回忆起童年的美味时，很多人都能津津乐道地说出许多，而我对于童年的记忆就是，我这也不爱吃，那也不爱吃……虽然小时候没觉得自己特别喜欢海味，但长大离开家乡到异乡求学、工作后，突然就怀念起小时候那些不当回事的海的味道来，因为离开了那片海，就很难吃到同样的海的味道了。柳已青大学毕业之后到美丽的青岛工作，又娶了一个当地姑娘，他笔下的海的味道，就是地地道道的青岛人民的海的味道，看看这些令人食欲大动的题目吧：《饮食男女爱海虹》《青岛人民爱立虾》《鲅鱼是青岛游子的乡愁》……我的味蕾上顿时泛起了浓浓的乡愁。

吃着“海的味道”长大的人，对鱼的热爱几乎都集中在海鱼身上，淡水鱼，那是不上桌面的。种类繁多的海鱼当中，鲅鱼和加吉鱼最受欢迎。加吉鱼头鲅鱼尾，是我们老家吃鱼的讲究。

我小的时候最爱吃爸爸做的五香鲅鱼，每年过年的时候，我爸都会把几条大鲅鱼处理干净剁成块，用他调配的五香料汁腌几天，然后再用油炸透，在没有冰箱的小时候，五香鲅鱼能放好多天都不会坏。柳已青说，在青岛，没有一种鱼，像鲅鱼这样，深具民俗意义和亲情意味。对此，我极为赞同。

在《西施舌》一文中，柳已青说，西施舌近乎绝迹，他曾请教过青岛的文史专家鲁海先生，鲁海说近年在胶南海青镇吃过西施舌，海青镇产西施舌。青岛民间有传说，西施跟随范蠡来到齐地，在齐地（今胶南）生活多年，所以这种当地海产贝类就被命名成了“西施舌”。胶南，就是生我养我的故乡，我在那里长到 18 岁，然后去上海念了大学。就在前几年，我在胶南和高中同学吃饭，饭桌上就有一道西施舌，我不记得小时候有没有吃过，但最近这些年，确实是第一次吃到西施舌。当时我用手机拍下了这道菜，大约是名贵，它是像海参一样做成了一人一盅，每盅鸡汤里只有一枚西施舌，它的外形长而色白，是有些像美人的舌头，味道也极鲜美。

27 岁的时候因为一些变故我到青岛工作了一年多，和柳已青成为一个办公室的同事。当年那个办公室，几乎人人都是文学青年，多年后也走出了几位作家、编剧，柳已青是其中的佼佼者。《记忆的飨宴》一书当然不是仅仅写了海的味道,还有蔬菜、节令、酒趣、杂拌、果盘等辑。我很喜欢《火车站广场的小吃摊》这篇文章,当年我在青岛工作时,工作和居住的地方都在火车站周围,那时我自己的小家在济南,每隔一段时间就要坐火车回济南,对火车站有特别而又深刻的记忆。看到“走过昏昏欲睡的青岛火车站,在泰安路上回望它那永恒的钟楼。在一个人的孤单之中,在人来人往的火车站,吃了一碗美味的馄饨。这情味在时间中放大发酵,愈见美好”这段文字,我仿佛又回到了那个属于青岛的海雾弥漫的春天。

萝卜青菜，各有所爱

几年前单位有一个女同事怀孕了,她是山东人,我的老乡。因为身体的需要,孕妇上班的时候总是要带一点瓜果点心,用来补充营养以及解馋。有一天女同事在单位里吃萝卜,结果整个办公室的南方同事都看呆了:萝卜还能生吃?作为山东老乡我也惊呆了:什么萝卜不能生吃?女同事吃的当然不是普通上海菜场里能买到的用来做菜的萝卜,而是从山东老家带来的青萝卜,洗干净去皮,切成一段一段,味道不逊于任何水果。我从小在山东长大,一直喜欢生吃萝卜,从青萝卜到水萝卜,只是,我很难让只会把萝卜用来做菜的南方同事明白,山东萝卜是可以生吃的,而且特别好吃!

几年后我读到一本美食随笔集《至味在人间》,突然就很想把这本书拿给当年的南方同事看,因为书中有一篇《弯腰青》,写的就是生吃萝卜。作者陈晓卿是红遍南北的纪录片《舌尖上的中国》的总导演,虽然大名鼎鼎,但文章写得质朴、温暖。弯腰青是作者家乡安徽产的一种萝卜，他说："小时候家里穷，不可能有这么多水果供我们选择，于是，这种从内到外呈统一翠绿色的萝卜，便成了饭后餐桌上的一道风景。"我小时候家里不穷，而且生活在盛产苹果、梨等水果的胶东，从小不缺水果吃，却依然很爱生吃青萝卜，因为这种萝卜有特殊的口感，连辣辣的萝卜皮吃起来都很有味道。果然，作者一直为从小吃的家乡的弯腰青感到自豪，以为是最好吃的萝卜，直到有一天他吃到了山东潍坊的青萝卜……"同事请吃胶东菜，席间，上了一道潍坊萝卜，生吃的……天，完全没有辣味的萝卜！甜甜的，脆脆的，这，这，这好像才有资格叫作水果萝卜吧？我吃了好几块，坐在那里，说实话，有些怅然。"看到这里，我这个身在异乡的山东人顿时涌起了浓浓的家乡自豪感：知道俺们大山东的好了吧？

俗话说，萝卜青菜，各有所爱。这话被各种发挥已经不大有人想到其夸赞萝卜和青菜味道的原意了。可是萝卜和青菜，真是各地有各地的美味，作者虽然吃遍大江南北，却依然难舍对青菜的挚爱，书中有好几篇文章写到青菜。《荠菜花》中说"三月三，荠菜赛灵丹。其实再过几天的清明时分，才是吃荠菜最好的时节"。我小的时候每年春天都会和我妈去野外挖荠菜，至今闭上眼就能浮现出荠菜的长相，很难理解作者说的"荠菜很难辨认，认荠菜这件事，曾耗费了我好几年的时间”，不知道这是不是属于智商的范畴。当然，作者有“天生认得荠菜的长相”的妹妹，自己就不需要有这种天分了。其实这篇文章写的是亲情，荠菜这么家常的青菜，各家各户都有自己的吃法，北方人用来包饺子，南方人拿来包馄饨，作者难忘的是和家人一起挖荠菜、吃荠菜的温馨，以及乡下“有蓝天，有野花，没有沙尘”的诗意。《白菜薹红菜薹》一文写的是山东和安徽都不原产的菜薹，“如果上纲上线到菜系的高度，白菜薹则是湘菜的传家宝，而红菜薹却是鄂菜的座上宾”。可巧，我去年两度去了武汉，对方接待的规格颇高，吃的都是特别正宗地道的鄂菜，所以特别理解作者笔下“湖北人，尤其是武汉人对菜薹有着几近变态的苛刻”。当然，作者此文的用意是比较白菜薹和红菜薹的高下，他借用了“张爱玲曾经用白玫瑰和红玫瑰作比，形容男人在选择女人过程中的首鼠两端”，对白菜薹和红菜薹进行了色香味的多角度对比，最终得出白菜薹更胜一筹的结论。我据此推测，作者身居美女如云的央视，大概更喜欢清水出芙蓉的民间女子吧？这倒蛮吻合“萝卜青菜，各有所爱”的引申含义了。

只写萝卜和青菜，当然支撑不起一本美食书的分量。《至味在人间》是陈晓卿十年谈吃文章的首度结集，作者以吃货自居，但“私底下,我也觉得自己最多是一个美食爱好者”,所以这本书的很多文章反映的只是作者的个人口味。所谓众口难调,这本书对博大精深的中华美食文化并没有从理论的高度进行总结,也没有对几大菜系从烹饪的角度进行分析。你如果想从这本书中找到米其林的几颗星,收获的很可能只是些朝不保夕的苍蝇馆子。但是,萝卜青菜,各有所爱呀,很多人就是喜欢他“因对各种食物不加挑剔的热爱,且热衷搜寻平民美食,朋友戏称‘扫街嘴’……”正因为如此,我愿意忽视书中很多在我看来完全构不成美味的食物在作者的笔下大放异彩,比如螺蛳粉,比如臭鳜鱼,等等。

陈晓卿说,挑剔,是每一个美食城市的特点。在我看来,挑剔,也是每一个美食爱好者的本色。既然连汤圆等食物都有甜党和咸党之争,写美食比写爱情就更容易引发价值观的争论。萝卜和青菜,就是我和这本书作者在美食领域能够合并的同类项,而对于其他读者,这个同类项可能是一坛酱,也可能是一碗卤煮,不如打开这本书,去找一找你的同类项吧。

期待那一天

苏葵是个热爱旅行的女人，多年来她边走边写，去了世界上很多地方，写了很多精美的文字，集成了这本好看的《另一天，另一个地方》。

游记类的文章我们读得很多了，苏葵的这一本却别具特色。她的好朋友小凤做过一档电台节目，每个嘉宾都要自带一本书、一张唱片、一张影碟到直播间来。苏葵的旅行很类似这样的节目，每到一个地方，除了地图之外，一定还要带着书、音乐、电影……读这本书，除了能看到各地风光，我们更多地了解了和风光相关的历史、文化、音乐、艺术，那年冬天她去了维也纳，带着电影《莫扎特传》，耳边回荡的是施特劳斯的《蓝色多瑙河》，读的是茨威格的《一个陌生女人的来信》，于是在文艺的熏陶下，她也变成了一个热爱维也纳的陌生女人，一个来自遥远东方的充满文艺气质的优雅女人。在维也纳，她写下这样的文字“但是我对维也纳的爱，却很像那个陌生女子——痴迷而专注，痴情得不讲道理——即使他从来都不曾认识我,我也会始终爱着他”。

很庆幸我十几年前就认识了苏葵——一个精致美丽的女人,别说男人,女人都很难不爱上她。她比我年长一些,我对很多人说过,到了她的年龄,我希望能像她一样活着,她是我的人生榜样。即使生活在济南这样一个算不上风情的内陆城市,苏葵也能把在济南的日子过得像在巴黎一样,她总能找到这个城市里少为人知的精致迷人的去处,吃饭、购物、喝茶、闲谈,她的物质生活是优越的,精神生活是多彩的。阅读、旅行、看电影、听音乐,既是她作为一个作家的写作内容,更是她作为一个女人的生活方式。

这本书一多半的篇幅是欧洲游记。再也没有比欧洲更适合苏葵旅行的地方了,再也没有比苏葵更适合描写欧洲的东方女子了。她用心打量走过的每一个地方,把欧洲的风景拍进了照片,又把欧洲的文化、历史写进了文字里。同时,作为一个漂亮优雅的女子,她也把欧洲的时尚穿在了身上,她真是非常非常会穿衣服的一个女人!

我最早看苏葵的专栏,就是她 1998 年去法国采访世界杯时写下的和足球沾些边儿、又远远超越足球范畴的那些文章。当年,她既能以“葵瓜子”的笔名写生动有趣的体育专栏,又能以

"琵琶酥"的名字写博客,记录日常生活中那些活泼好玩的事儿,而且,所有博客文章的题目都是三个字。受她的启发,我后来把给女儿写的博客文章集结成册,每篇文章的标题也都是三个字。只有讲究文字的女人才会在标题上动这样的小心思,她上一本散文集《咖啡凉了》,里面几乎所有的文章标题都是两个字。

从《咖啡凉了》到《另一天,另一个地方》,差不多隔了有七年。这七年,苏葵让自己沉淀下来,她从一个资深媒体人士转型为大学教授,教书育人之余,她有了更多的时间,旅行,阅读,写作。这本书里的文章,比以前她在报纸上的专栏文章更丰富、深刻,富有哲理。她在剑桥看云,在西班牙看斗牛,感受着翡冷翠的痛楚,又在冰河村亲临梦境……

我怀着羡慕嫉妒的心情读完了这本书,悄悄地许下一个心愿:有朝一日,我也能把这本书中写到的地方都走上一遍。期待那一天,向往那一个地方。

有关中国足球的故事和事故

1997年,我在济南供职的一家都市报招了几个跑体育的新记者,都是刚毕业的大学生,李志刚是其中最高最帅的一个。两年后,我离职,印象里的他们都还是青葱少年。十六年后我突然在新浪微博上看到了李志刚,照片里的他已经是个两鬓斑白的中年大叔,这一见非同小可,志刚幽幽地说:姐,我也老了。我只能这样理解,一直活跃在足记一线的李志刚应该是为山东足球、中国足球奉献了整个青春。

算起来,李志刚已经做了二十年的足球记者了。最近几年李志刚笔耕不辍,先后写了两本书:《鲁能足迹:1998~2013实录》《鲁能点将录:泰山108将》,前一本是大事记,后一本是英雄谱,相得益彰。在《我的足球缘》中,李志刚说:“从工作的那一天起,便一直有写一部泰山队尤其是鲁能泰山队编年史的想法,一方面是对球队过去这些年的历史做一个总结,另一方面也是为了缅怀一下自己的青春与梦想。”作为一个球迷,尤其是一个悲催的中国球迷，谁没有点和足球相关的青春梦想呢？所以，李志刚的这两本书虽然重点写山东足球，但鉴于山东足球在中国足球的重要分量以及为国家队输出过众多球员，这两本书记录的是山东足球的足迹，折射的却是整个中国足球的发展历程。那些和中国足球相关的故事与事故，历历在目，没齿难忘。

1998 年 1 月 5 日，鲁能泰山足球俱乐部正式挂牌成立。在这之前，山东足球队就是国内足坛的一支老牌劲旅，李志刚特意在《鲁能足迹》一书中写了一篇《泰山前传》，看得我心潮起伏。1994 年甲 A 扩军，山东济南泰山队赶上了甲 A 的末班车，也就是这一年，我正式开始看国内联赛。“1994 年 4 月 17 日，甲 A 联赛第一轮，山东济南泰山队 1:0 放倒了声名显赫的广州太阳神，宿茂臻攻入泰山队在职业联赛史上的首粒进球；随后的第二轮联赛，唐晓程进球，山东泰山队 1:0 战胜‘十冠王’辽宁远东。殷铁生亲手打造的‘一高一快’，就此名震江湖”，这真是一个美好的开始。宿茂臻与唐晓程也被浓墨重彩地记录进了《泰山 108 将》，李志刚把“天魁星呼保义”的称号给了宿茂臻，《水浒传》里这可是大名鼎鼎的“及时雨”宋江。宿茂臻是在曼联参加过青训的球员，若不是因为伤病，就会和“92 班”一起征战了。从球员到教练,宿茂臻都和曼联有着不解之缘。

泰山足球队的第一个辉煌莫过于 1995 年足协杯夺冠了,那年我尚在淄博工作。“1995 年足协杯,泰山队如有神灵附体”,我还和老公以及他的同事一起组团包大巴去济南看了泰山队主场对北京国安的比赛,万万没想到一年后我也到济南工作了。在南京举办的足协杯决赛上,济南泰山队“出人意料地 2:0 击败申花,夺取足协杯冠军”,至今还记得那个美好的夜晚,好多朋友开怀痛饮。

1998 年鲁能接盘后,泰山队一步一步走向辉煌,他们加大投入,引进外援,聘请了洋教练,并于 1999 年成为“双冠王”。“时任鲁能泰山俱乐部首任总经理的邵克难,年少得志、精明干练,除了是一位成功的商人之外,他身上还透着一股书卷气,事实上他除了本职工作之外,还真的是一位诗人”,当年我认识邵克难的太太张晓琴,她是山东电视台的著名主持人,说起自己丈夫来总是满脸崇拜。巴力斯塔则是鲁能泰山正式引进的第一个外援,1998 年“5 月 8 日,鲁能泰山率先与巴力斯塔签约,巴力就此成为泰山队史上的首位外援,当时的租借费为 15 万美元,合同至年底结束”。虽然是巴西人,但在《泰山 108 将》中仍然有巴力的一席之地,他排名第 16 位,名号是“天捷星没羽箭”,在 1999

赛季,他为球队最终的“双冠辉煌”立下了汗马功劳,“2015 年 12 月,鲁能巴西训练中心宣布与巴力斯塔签约,巴力作为一名教练重返鲁能,他和山东球迷的梦,同时圆了”。

1999 年无比辉煌的鲁能泰山队,不仅有故事,而且有“事故”。那年北约空袭南联盟,而泰山队的外籍教练桑特拉奇就是塞尔维亚人,4 月 14 日晚上桑特拉奇在济南一个电视足球节目上亮相,节目进行中他接了一个电话,“他的儿媳妇在防空洞里顺利产子,桑尼有孙子了”。可惜的是这个炮火中诞生的孩子后来身患自闭症,“十余年后的桑尼说自己重新执教,在很大程度上是为了孙子筹钱治病,令人唏嘘”,如今这位老帅也已魂归天国。1999 年,我的职业生涯也发生了一次事故,离开了和李志刚共事的报社,去了青岛。1999 年 12 月 5 日,鲁能泰山队夺得了联赛冠军,比赛进行的时候我正好在济南的家里搬家,搬家公司的车停在楼下,我听到广播里解说员的欢呼声,欣喜若狂。而就在一个星期前,山东队客场挑战沈阳海狮的比赛,他们遭遇突降大雪,球场“简直就是一个天然的滑冰场”,这样的场地,怎么踢?可中国足球总是会制造这样那样的事故,除了极寒天气在冰面踢球,“球队出发前往沈阳之前,泰山队辽宁籍大将宋黎辉,突然接到‘死亡威胁’电话”。宋黎辉也是真汉子,他顶住了压力并在比赛中作为替补出场。在鲁能泰山的发展进程中,他们引进了不少外援,也有很多外省籍球员在队中效力,宋黎辉就是其中之一,在《泰山 108 将》中他排名 26,是“天寿星混江龙”。

1999 年鲁能泰山的巨大成功在中国足坛上掀起了“前南风暴”,2000 年米卢接掌中国国家队帅印,这位“神奇教练”将中国足球队第一次带进了世界杯比赛的决赛阶段。“2001 年 10 月 7 日晚,沈阳五里河体育场爆满,中国队一球战胜阿曼,提前取得世界杯出线权,长达四十四年的美梦成真”,这场球我是在上海租住的房子里看的,那年 7 月我随老公来到上海工作。我转行进了证券媒体,李志刚虽然也去了同城另外一家报社,但仍然是足球记者,那几年,因为一个著名足球记者李响的出现,很多足记都备受煎熬。“十强赛结束后,李响抓住机会,出了一本《零距离》的纪实类书籍。2001 年 12 月 11 日,李响在济南签名售书。四员泰山大将李小鹏、宿茂臻、舒畅和宋黎辉进行了友情客串,集体‘背书’。而在几天之后的网络上,出现了一篇《鸿门夜宴与响姨售书》的奇文”。坦白地说,这篇奇文很酸,大约是李响不懂球又特别红刺激了很多足记的那颗专业心吧!2002 年国家队备战世界杯,在上海联洋的一块场地进行了集训,我被另外一个做足记的前同事张健带进训练场,见到了米卢,也见到了李响,我请李响这个传奇女足记签了一个名，结果张健见状跳到了三尺之外，觉得我太给他丢脸了。联洋的那块训练场当时周边有一个游泳池，还有一些别墅，国家队下榻在这里，后来申花主将申思还在这些别墅里举行了婚礼。十几年过去，那个场地、游泳池、别墅都拆掉变成了联洋社区的一个商业中心，而申思本人也成了中国足球的一个"事故"。

李志刚在《鲁能足迹》一书中对中国足球的那些"事故"总是直言不讳。2001 年五里河国足出线的当晚，"阎世铎用自己浑厚的男中音宣布：'中国男足从此站起来了！'阎世铎乃至中国足协、中国足球的声望，在那一刻起达到了顶峰，但他们对中国足球的伤害其实才刚刚开始"。2002 年的甲 B 五鼠事件，中国第一黑哨龚建平因受贿罪被判十年，等等，直到 2009 赛季"中国掀起了一股规模空前的足坛'反赌风暴'"，中国足协多位负责人被查。中国球迷对中国足球的失望到了极点。自 2002 年之后，我也有很多年不怎么关注国内足球了，甚至嘲笑多年的足记朋友沙元森把十年青春奉献给了一场假球。

2004 年鲁能泰山俱乐部聘请了图巴科维奇这位功勋主帅，"从 2004 赛季至 2009 赛季，在六年的时间里，他为鲁能赢得了两座中超联赛冠军奖杯、两座足协杯冠军奖杯、一座中超杯冠军奖杯”。而从2002年起,中国男子足球国家队却事故不断,再也没能进入过世界杯决赛圈的比赛。中国足球的职业化历程中,也发生过很多不该发生的事故,比如2009年的周海滨“叛逃”事件,“2009年1月30日,大年初五,鲁能却遇到了一个无比棘手的问题,他们收到了一份来自绝对主力周海滨措辞强硬的转会申请。和转会申请一起交给鲁能的,还有周海滨和荷甲豪门埃因霍温俱乐部已经草签的一份工作合同”。在读了多位世界名帅的传记之后,读李志刚的这两本书时我常常会诧异,中国足球怎么能这么干呢?太没经验了。中国足协自己制定的一些转会土政策在球员进行国际转会时变得漏洞百出。2008年的中超赛季还发生过武汉光谷俱乐部的退出事件,真是难以想象。

足坛名宿张吉龙给李志刚的两本书都写了序,言辞中对这位山东小老乡颇为赞许。他说:“目前,中国足球持续升温,有不少新的俱乐部出现,这是好事。同时,我们也应该关注那些自职业联赛以来一直存在的俱乐部,山东的‘泰山队’就是其中的代表。”从1998年至今,鲁能俱乐部共获得了四次联赛冠军、四次足协杯冠军、一次中超杯冠军,成绩显赫,其中也有众多足球记者的付出。李志刚说:“从1997年下半年直到今天,一直与泰山队战斗在一起，任岁月流逝，白了少年头，痴心仍然无悔。”坚持就是胜利，每一个中国球迷都希望中国足球有越来越多精彩的故事，迎来更加美好的明天。

弗格森这个老头儿

亚历克斯·弗格森,足球史上最功勋卓著的教练之一,1999年被白金汉宫授予爵士爵位。2015年的8月我们来到老特拉福德球场,看到他的塑像安静地矗立在球场一侧。在中国游客的曼彻斯特行程上,通常都会有到曼联主场一游的安排。那天下午我们来到这里,远远就能看到红色招贴画上弗格森的头像。那个时候他已经离开曼联的帅位两年多了。

弗格森出生于1941年,是个比我父亲小两岁多的老头儿,2013年退休之后他出版了一本《亚历克斯·弗格森:我的自传》。弗格森说"它是我的前一本自传《我是曼联教头》的补充"。如果说中国的史书有编年体与纪传体之分,那么名人传记的写法也可以分为编年体和纪传体,弗格森的这第二本自传就颇得中国史书纪传体的神韵,"更多地聚焦于我在曼彻斯特的神奇历程"。这本书有25章,贝克汉姆、C罗、基恩、范尼斯特鲁伊、鲁尼等曼联名将及温格、穆里尼奥、利物浦、巴塞罗那等著名对手占据了主要的章节,作者只简短地介绍了自己在苏格兰的早年岁月和子孙满堂的家庭生活。

看来想更多地了解弗格森这个老头儿,大约是需要读一下他的第一本自传了。不妨就先用编年体的方式描述一下他光辉灿烂的足球人生。

作为一个苏格兰人,弗格森在格拉斯哥的贫民区高湾长大,"在苏格兰,弗格森家族的家训是'吃得苦中苦,方知甜中甜'"。高湾曾是苏格兰第五大自治市,1912 年才并入格拉斯哥,是船舶制造业的重镇。1958 年,弗格森加入苏格兰最老的足球俱乐部女王公园,展开球员生涯,司职前锋。1960 年弗格森以半职业球员身份效力于圣约翰斯通。1964 年,被交换到邓弗姆林竞技,正式签约成为职业球员。1967 年至 1969 年,弗格森加盟格拉斯哥流浪者。1969 年至 1973 年在福尔柯克队,1973 年以半职业身份加盟艾尔联队,效力一赛季后结束其球员生涯,时年 32 岁。球员生涯中弗格森曾短暂进入过苏格兰国家队。

弗格森说"相比足球,酒馆在我早期的生活经历中扮演着更加重要的角色。我最早的做生意想法就是用我微薄的收入开家酒馆,作为告别足球以后的生活保障"。1974 年 7 月,弗格森在东斯特林郡开始其执教生涯。同年 10 月,他转而执教圣米伦队,他说“我的人生就是如此展开的,我经营着两家酒馆,同时还在圣米伦做主教练,然后在 1978 年的时候,接受了阿伯丁的主教练工作”。1978 年至 1986 年他在那儿创造了执教生涯的第一个辉煌,带队打破了格拉斯哥流浪者和凯尔特人队对国内冠军长达十五年的垄断,八年共获得 3 个联赛冠军、4 个苏格兰杯冠军、1 个联赛杯冠军,最显赫的战绩是 1983 年战胜皇家马德里,捧得欧洲优胜者杯冠军。

1985 年,苏格兰国家队的传奇主教练乔克·斯坦突然逝世,当时兼任国家队助教的弗格森不得不作为国家队主教练备战 1986 年世界杯。1986 年 6 月,他率队参加了在墨西哥举办的世界杯决赛阶段比赛,世界杯还没结束,他就接受了来自曼联的邀请。

从 1986 年南下到 2013 年退休,弗格森率领曼联取得了史无前例的辉煌战绩。“1986 年秋天我从阿伯丁南下的时候,无论如何自信,也绝没有想到未来会如此成功”,在弗格森的指挥下,曼联取得了 13 个英超联赛的冠军、2 个欧洲冠军杯的冠军、1 个欧洲优胜者杯的冠军等等 30 个冠军。

回首自己的成功,弗格森说:“在曼联,我能够对球队施加的高度控制是一种其他主教练难以企及的特权。”他是一个说一不二的教练,“刚开始执教的时候,我就非常善于做决定。甚至还是学生的时候,我就敢于对自己的球队发号施令”。这样一个强势教练手下曾有无数的明星球员,他们之间擦出的就不仅仅是火花了吧! 比如万人迷贝克汉姆。

弗格森在自传的第5章就迫不及待地推出了曼联史上最著名的球星之一贝克汉姆。一上来他就赞美了贝克汉姆:“从第一刻触球起,大卫·贝克汉姆就展现出全力以赴、精益求精的坚定意志。”但显然贝克汉姆的足球生涯在弗格森眼里是不够完美充满缺憾的,“他的某些选择让距离一名真正的伟大球员越来越远,这是我对他最失望的地方”。弗格森一直认为贝克汉姆太过追求时尚,把好莱坞当作人生的下一步,“在我执教过的队员中,大卫是唯一一个主动追求名声,把获取足球圈外的知名度当成自己的一项任务去完成的人”。当然,弗格森不会不提他和贝克汉姆之间著名的掷鞋风波,“我们之间那场闹得足球界沸沸扬扬的冲突,发生于2003年2月在老特拉福德进行的足总杯第5轮对阿森纳的比赛后,那场球我们0:2输了”。弗格森认为贝克汉姆在比赛中没有全力以赴,在场上简直像散步,觉得自己不再需要快速回追了,结果被对方轻松超过打进了第二个球,于是冲他发了火,而贝克汉姆对他的批评嗤之以鼻。“我们相距三四米,中间在地上放着一排球鞋。大卫咒骂了一句。我向他走过去，抬脚踢起一只鞋，结果正中他眼眶上方”，弗格森果然是前锋出身。当然，作为主教练，弗格森知道贝克汉姆必须离开了，因为“最重要的是权威，不能让更衣室被某个队员控制”。

作为92班的一员，贝克汉姆的曼联生涯结束得太早了一些。“我看着他跟吉格斯、斯科尔斯一起长大，大卫就像我的孩子一样。这个伦敦孩子1991年7月来到曼联，不到一年，他和尼基·巴特、加里·内维尔以及瑞恩·吉格斯就获得了青年足总杯冠军，人称92一代。”弗格森这样说。92班共有6个成员，斯科尔斯和吉格斯坚持到了弗格森在曼联执教生涯的最后一刻。中国人说“打虎亲兄弟，上阵父子兵”，弗格森和92班一代情同父子，这个班底也是他在曼联取得辉煌战绩的保障。“如果让我想象这二十年来没有本土青训球员会是什么样，我会发现球队立即失去了根基。是这些本土培养的孩子们传承了曼联的灵魂，他们给俱乐部提供了不可替代的精神”。吉格斯2014年退役之后留在了曼联担任教练。

作为曼联曾经的队员，C罗无疑是当今足坛最耀眼的明星之一，弗格森这样赞美他：“克里斯蒂亚诺·罗纳尔多是我执教过的最有天赋的球员，超越了其他我在曼联执教过的所有伟大球员。”从2003年到2009年,C罗为曼联效力了六年。把17岁的C罗带到英格兰也是弗格森教练生涯里的一次辉煌经历,他说物色球员的感觉和淘金差不多,而C罗就是弗格森在里斯本天启一般的发现,“我们需要尽快完成这笔交易,速度就是生命”。

弗格森在这本自传里,除了用大量的笔墨写自己的球员,对自己的对手也有很多的描述。阿森纳主教练阿塞纳·温格大概是和弗格森交手最多的人了。在《和温格的较量》这一章中,弗格森坦言:我和温格惺惺相惜。“如果说我俩有什么最大的共同点,那就是对失败都恨之入骨”,可是作为英超联赛的对手,弗格森和温格相遇时总会有一方遭遇失败,所以他们之间曾有很多的不愉快,包括“比萨门”事件。弗格森说“最后几年,我和阿塞纳的关系已经很融洽了”,那时曼联几乎包揽了英超联赛的冠军,而阿森纳已经多年未尝联赛冠军的滋味,经常位列第四。弗格森认为温格治下最好的阿森纳时期,他们的足球踢得激动人心,是正确的足球,而最近几年温格买的球员越来越反映球队的风格:一种更柔软的风格。作为一个球迷,我真希望温格能读一下弗格森的这本书。

如果说和温格十七年的较量中弗格森占了上风,魔力鸟穆里尼奥可让他吃了不少苦头。“我头一次认真把何塞·穆里尼奥看作一个潜在的威胁是在2004年夏天,他作为切尔西主教练的首次新闻发布会”,弗格森意识到和穆里尼奥玩心理战并不明智,“阿布的财富和何塞的才华成为曼联重建的最大障碍”。穆里尼奥率领切尔西包揽了两个赛季的英超冠军,成为一支极难被击败的球队,弗格森沮丧地说“我从来没有在斯坦福桥赢过穆里尼奥治下的切尔西”。2010年穆里尼奥离开英格兰去了皇家马德里,这大概让弗格森大大松了一口气,等他再回来的时候,弗格森已经退休了。

作为一个苏格兰人,弗格森在自传中展示了自己的幽默。他曾两次受邀接任英格兰队主教练。“执掌英格兰队,想也别想。你能想象由一个苏格兰人来做这事吗?我一直开玩笑说,我会慷慨赴任然后让他们一落千丈:如果苏格兰排在世界第149位的话,就把英格兰带到150位。”

弗格森说“从1974年在东斯特郡执教的短短4个月到2013年在曼联退休,我经历了许多逆境,才取得了成功”,必须说,这成功无与伦比,这个老头儿太棒了!“一切都取决于人的志向”,弗格森用这句话结束了这本自传。

瓜帅这个男人

2014赛季欧冠进入到了四强阶段。4月11日,半决赛对阵抽签,经过菲戈的手,拜仁与皇马相遇,切尔西与马竞死磕。之后,就是最后的决赛。每个人都有理想中的决赛,我的,你的,他的,可能相同,可能不同。

我希望瓜迪奥拉能率领拜仁挺进决赛,但是,要不要遭遇切尔西,我内心深处是矛盾的。瓜帅和鸟叔,这两个"瑜亮相争"的男人,是不是非要在这样万众瞩目的赛场,再来一场注定不可能平静的相遇?

最近刚刚读了虎扑体育出品的瓜帅传记《瓜迪奥拉:胜利的另一种道路》。开篇就是,他为什么要离开?在很多人眼里,瓜帅就应该生是巴萨的人,死是巴萨的鬼,可他却在执教巴萨四年之后,毅然决然地离开了。一年之后,他来到了拜仁,重新出现在足球世界里。

故事似乎应该从瓜迪奥拉的童年说起。在西班牙巴塞罗那西北70公里之外,一个名叫圣培多尔的小镇,一个砖瓦匠的儿子,在没有游戏机的时代,酷爱踢球。这个出生于1971年1月的少年,先是走进了巴萨的青训营,又在18岁的某一天,突然得到了一队的征召,去参加一场友谊赛。那时巴萨一队的主教练,是赫赫有名的克鲁伊夫,中场的时候,他训斥瓜迪奥拉:你的动作比我的奶奶还慢!这句话开启了足球史上影响最为深远的一段师徒关系。

克鲁伊夫不是瓜迪奥拉第一个偶像。当他去拉玛西亚青训的时候,他把心爱的普拉蒂尼的海报留在了曾经的卧室。那个时候他大概意识不到,他此后的人生就是要和一个又一个足球史上著名的男人打交道,以各种各样的方式。

克鲁伊夫是对瓜迪奥拉影响最大的人,是他最崇敬的人物。1991至1994年,克鲁伊夫率巴萨豪取西甲四连冠,瓜迪奥拉身处正值巅峰的巴萨,在1992年的温布利之夜,首次加冕欧冠。瓜迪奥拉坐镇中场,他和他的队友们一起踢出了华丽流畅又高效犀利的攻势足球,世人将他们称为"梦一队"。在克鲁伊夫执教巴萨的最后一个赛季,也就是1995至1996赛季,他从里斯本竞技签下了菲戈。没错,就是本季欧冠参与半决赛抽签的菲戈。

瓜迪奥拉身高180厘米,体重70公斤,是我心目中最完美的足球运动员的身材。劳尔也如此,虽然他们的位置不同,一个是著名的 4 号,一个是 7 号。2001 年 6 月 24 日,在效力巴萨一队 11 个赛季之后,巴萨队长瓜迪奥拉离开了诺坎普。他如释重负。离开巴塞罗那之后,他分别加盟布雷西亚、罗马、阿赫里、迪圣拉诺亚等球队。他是西班牙取得 1992 年奥运会足球冠军的一员,也代表西班牙国家队参加了 1994 年的世界杯,但因伤缺阵了 1998 年的世界杯。因此,我当年应该是看过他踢球的,但印象并不深刻。

这个注定要和足球世界最著名的男人们打一辈子交道的男人,有着完美的家庭生活。多年以前,瓜迪奥拉走进了克里斯蒂娜家在曼雷萨的店铺挑选牛仔裤,一段姻缘就此铸成。他们应该是一见钟情吧? 克里斯蒂娜为他生育了一儿两女,也成为瓜迪奥拉职业生涯最艰难时刻的力量源泉和精神抚慰。

离开巴萨的瓜迪奥拉首先加盟了意大利的布雷西亚,经历了纠心的两个礼拜。在 2001 年 10 月 21 日和 11 月 4 日的两场联赛期间,瓜迪奥拉药检呈阳性。罗马实验室在进一步检测尿样之后得出报告:瓜迪奥拉服用了诺龙,一种用于提高人体力量和耐力的合成类固醇。之后,他开始了漫长的申诉之路,他逢人就说:“你觉得对阵皮亚琴察这样的球队我需要吃药吗?”就像中国的祥林嫂。2007 年 10 月 23 日，布雷西亚的一家上诉法庭终于宣布瓜迪奥拉无罪。在奋力抗争之后他终于证明了自己的清白。意大利足协直到 2009 年才正式采信了法院的无罪宣判。

在布雷西亚，瓜迪奥拉曾经和罗伯特·巴乔、皮尔洛共事。这两个人都是意大利国家队最伟大的球员之一。

2007 年 6 月 21 日，在退役七个月之后，瓜迪奥拉出任巴萨 B 队主教练，开始了证明自己执教水准的战役。那时巴萨一队的主教练是里杰卡尔德，著名的荷兰三剑客之一。

瓜迪奥拉率领 B 队频奏凯歌，里杰卡尔德率领的一队却是节节败退，队里的大牌球星罗纳尔迪尼奥等不服管教，状态下滑。俱乐部考虑换帅，首选是葡萄牙人穆里尼奥，穆里尼奥也心心念念重返诺坎普。经过种种考量，最终巴萨选择了瓜迪奥拉，他曾是拉玛西亚青训营培养的球员，最终成了球队的主帅，这是球队历史上第一人。

2008 年瓜迪奥拉担任了巴塞罗那主教练，正式成为瓜帅。那个时候，阿根廷人梅西已在队中，他也来自拉玛西亚青训营。他将成为瓜迪奥拉“巴萨奇迹”的重要缔造者。

瓜迪奥拉做球员时候的巴萨被称为梦一队，他做教练这四年的巴萨被称为梦三队，里杰卡尔德执教时期的巴萨是梦二队。

瓜帅在个人执教的第一个赛季就完成了三冠王伟业，2009 年完成六冠王伟业。2011 年欧冠决赛，瓜迪奥拉率领巴萨再次夺冠。这项伟大的成就使瓜迪奥拉成为继克鲁伊夫和萨米蒂尔之后第三位做球员和教练都为巴萨赢得联赛冠军的人物。他是第六位以球员和教练身份都获得欧洲冠军杯的传奇，并创造了 21 世纪的第一个三冠王，历史上第一个六冠王。瓜迪奥拉在巴塞罗那执教期间总共获得 14 个正式比赛的冠军。

巴萨并不是西班牙唯一的豪门。皇家马德里曾经九夺欧洲冠军杯。在喜欢劳尔的那些日子里，我对巴萨是没有感情的，一直到劳尔离开，去了德甲的沙尔克 04。作为曾经的皇马球迷，我很难一下子就芳心另投巴萨，即使在他辉煌的梦二队时期。我曾熬夜看过巴萨的一场联赛，还是对阵皇马的国家德比。那个时候，和梅西搭档的是伊布。

再大牌的球员一旦做了教练，都面对着如何管理大牌球员的问题。更衣室风波永远都是体育记者津津乐道的话题。瓜帅接手球队后，着力打造梅西核心，让梅西处于不可挑战的境地。为了梅西，小罗走了，埃托奥离开了，瑞典人伊布花高价买来，一个赛季就走人了。我其实很喜欢伊布，但他和瓜帅互不感冒，是两个世界的人。在梅西战术下，伊布对自己的角色感到费解，他在自传里说:“我需要哈维和伊涅斯塔把球传给我,但是他们眼里好像只看得到梅西……我可有梅西两倍大啊!”

在这个没有女人出没的足球世界里,一边是冷酷无情,一边是激情四射。在瓜帅执教的第一个赛季,巴萨曾在一场关键比赛中错过了一个必得的机会,射门完成后他立马回身看着替补席,有些球员原以为球会进,看到这一幕不禁跳了起来,还有一些球员纹丝不动,连表情都没有变化。接下来的一个夏天,那天在板凳席上面无表情的人全部离开了球队。

四年里,瓜帅带领巴萨两度战胜弗格森率领的曼联,赢得欧冠。在罗马的决赛打响之前,更衣室里,瓜帅给小伙子们播放了一段长达 7 分钟的热血视频,片头是好莱坞大片《角斗士》的镜头,之后是巴萨全队的影像,这部电影的原声也成了背景音乐。看完视频,球员们略带羞涩地互相对视,有些人甚至眼含热泪。

瓜帅一直对他的球员们讲解如何阅读比赛。我曾经感到不解,阅读比赛不是我们这些看球的人做的事情吗?假如,你也是个喜欢阅读比赛的人,不管是踢球还是看球,你一定会觉得足球场上男人们之间忘情的拥抱最动人。瓜帅拥抱过很多很多人,他的恩师,他的战友,他的弟子,甚至他的敌人。

1997 年瓜迪奥拉和穆里尼奥有了第一次拥抱。当时,瓜迪奥拉是巴萨的主力,穆里尼奥是时任教练罗布森的翻译兼助手。他们曾经共处了四个赛季。

2010 年穆里尼奥担任了状态下滑的皇马主帅,使本就剑拔弩张的国家德比更加充满了火药味。两大豪门之间历史悠久的对抗到了此时,变成了两位主帅之间的决斗。在这个世风日下的社会,瓜迪奥拉成了良好品行的标杆,而穆里尼奥则完全是个激进派,狂人。他们的人生态度也大相径庭。对于他们之间的对抗,瓜迪奥拉从个人感情的角度出发看待,他觉得和皇马的那些比赛是一些糟糕的回忆。而穆里尼奥则将其视为工作的一部分,说他们两个之间没有个人恩怨。这是他的一厢情愿。

所以,我想 5 月 24 日的欧冠决赛,鸟叔可能愿意遭遇瓜帅,瓜帅则未必。

我认为,穆里尼奥是自成体系的一个人,瓜迪奥拉不是,作为一个砖瓦匠的儿子,他身上很好地体现了工匠本色。他从不避讳自己的执教手段是受到克鲁伊夫的启发,他们就是克鲁伊夫的门徒,一些理念一旦确立,球队的建设就有了基础,这样的传承对俱乐部来说是宝贵的财富。所以,当他意识到这些理念不能更好地在球队当中贯彻下去时,他选择了离开。

2012 年 4 月,瓜迪奥拉宣布赛季末离任,不再续约执教巴塞罗那。经过一年的休整，陪家人在美国度假，频频密会足球圈的各位大佬，他最终选择了拜仁。2013 年他担任了拜仁慕尼黑主教练。需要告诉大家的是，瓜帅选择德国是受到劳尔的影响，劳尔在沙尔克 04 取得了成功，他把关于德甲的一切都告诉了瓜迪奥拉。而弗格森告诉瓜迪奥拉的则是，不要去切尔西。最终，瓜帅去了拜仁，鸟叔去了切尔西，“瑜亮”各得其所。

看完这本没有女主角甚至连女性人物都没有几个的传记，作为一个球迷我很过瘾，但作为一个八卦女人我却怅然若失，足球的世界，真的是让女人走开。那作为一个男人的感情世界里，瓜帅就没有过什么花花草草吗？于是，我注意到了这样一段，瓜迪奥拉曾在球员时代阅读《廊桥遗梦》，还给梦之队队友每人买了一本，这样的形象让媒体质疑他不能强有力地掌控球队和树立权威。

一个热爱《廊桥遗梦》的男人不免让我浮想联翩，这样地想象让一个充满阳刚的光头男人在我的心目中渐渐变得柔软。

劳尔：你的样子

总会有那么一首歌，旋律深刻地印在脑海。总会有那么一个人，始终记得相遇的刹那。我一直很喜欢罗大佑的《你的样子》，也始终记得1998年夏天，在世界杯赛场上初次见到劳尔的刹那。2015年11月16日，西班牙球星劳尔通过纽约宇宙俱乐部的官网正式发布了自己将在赛季末退役的消息。这是有备而来的告别，我并不意外，意外的是《天下足球》迅速推出了他的传记。

我几乎第一时间读完了《天下足球》著，金城出版社出版发行的《指环王：劳尔·冈萨雷斯传》，重温了巨星走过的路，纵然无比熟悉，依然感动无数。这本书的文笔华丽而深情，和劳尔在场上踢球的风格颇有神似之处，“越来越多的人说，足球正变得日益功利。正是因为如此，我们才更加对劳尔·冈萨雷斯念念不忘。他仿佛不再属于这个时代，他身上呈现出的正是这个时代最稀缺的品质”。

念念不忘,必有回响。那就循着这本书,去找一找这个时代稀缺的品质吧。

一个号码

马拉多纳时代我喜欢的球衣号码是 10 号。后来我喜欢上了 7 号,当然是因为劳尔。《指环王:劳尔·冈萨雷斯传》一书共有 7 章,分别是:《从卡尔德隆到伯纳乌》《从金童到指环王》《从相逢到离别》《从银河战舰 1 到银河战舰 2》《从西班牙到德意志》《从欧洲到西亚》《从多哈到纽约》。我相信这是作者有意为之,7 号是劳尔的经典号码,干吗不把他的足球人生分成 7 段来写呢?

劳尔一生与 7 有缘。1977 年 6 月 27 日,西班牙电工佩德罗和妻子玛利亚生下了他们的第三个孩子,取名劳尔·冈萨雷斯·布兰科。这个从小踢球的孩子早早展现了他的足球才华,并且最早被马竞看中,获得过马德里竞技的少年冠军。1992 年 7 月 7 日,刚满 15 岁的劳尔第一次来到了皇家马德里俱乐部的训练基地参加训练,他被编入了由 17 岁以下球员组成的少年队,身披 7 号球衣。17 岁的时候,劳尔与西甲豪门皇家马德里签下了第一份职业合同,从此一步步成了皇家马德里传奇的 7 号。劳尔曾说:“每当穿上 7 号球衣,我的脚就好像有了魔力,对于我,它象征着胜利。”

我第一次在电视上看到劳尔踢球是 1998 年的法国世界杯,那时,他身披 10 号球衣,一上场就惊艳了电视机前的无数女球迷。虽然贝克汉姆作为足球帅哥的知名度最高,但就我个人感觉,喜欢劳尔的女球迷似乎更多,很多人觉得劳尔比贝克汉姆更帅,足球成就也更高。“2002 年韩日世界杯,原西班牙国家队 7 号球衣的拥有者、劳尔的皇马队友埃尔格拉改穿瓜迪奥拉留下的 4 号战袍,劳尔终于成了斗牛军团 7 号球衣的新主人”,然而与在皇马俱乐部队的所向披靡相比,劳尔的国家队征程几乎就是一路悲歌,“那悲歌总会在梦中惊醒,诉说一点哀伤过的往事,那看似满不在乎转过身的,是风干泪眼后萧瑟的影子”。他参加了三届世界杯、两届欧洲杯,几番铩羽而归,劳尔的国家队征程止步在西班牙获得欧洲杯冠军和世界杯冠军之前。“自从 2006 年 9 月 6 日,劳尔代表西班牙国家队出战与北爱尔兰队的 2008 年欧洲杯预选赛后,他就再也没有进入过阿拉贡内斯的国家队名单。他的国家队记录依然停留在 102 场,44 球”。

没有捧起过欧洲杯和世界杯的金杯,是劳尔人生的遗憾。

他也从来没有得到过“世界足球先生”和“欧洲足球先生”的荣誉。那又如何？劳尔少年成名，还不满 21 岁时就亲历了皇家马德里夺取了第七座欧洲王冠，在为皇马夺得了 16 座冠军奖杯之后，他选择了离开。然而 7 号传奇并没有结束，他在欧冠比赛中的进球也没有结束，因为他成了德甲沙尔克 04 队的新 7 号。

整本书中，第五章《从西班牙到德意志》最让我感动。作为球迷，这是一段我没有太多关注的劳尔的职业生涯，没想到会这么精彩，让人看了忍不住热泪盈眶。“7 号，沙尔克 04 俱乐部为劳尔准备的号码显示了他们巨大的诚意，这本是属于中国球员蒿俊闵的号码。蒿俊闵为劳尔让出了 7 号，他自己改穿 8 号球衣，他的这一举动让劳尔非常感激。”劳尔为沙尔克 04 队效力两年，为球队带来了一个冠军，离开的时候，沙尔克 04 为他封存了 7 号球衣。

三年之后，劳尔回到伯纳乌球场，那里有一场真正属于皇家马德里与劳尔的告别。2013 年 8 月 22 日的伯纳乌杯比赛，“C 罗穿上了 11 号球衣，他知道在这个夜晚，7 号是属于劳尔的。卡西利亚斯在 10 万名球迷的注视下把队长袖标戴在了劳尔的左臂上，那个熟悉的 7 号，那个熟悉的队长，那个多少人梦中的场景，至少他真的回来过”。

虽未亲临现场,但我仿佛听到了那歌声:不变的你,伫立在茫茫的尘世中。潇洒的你,将心事化尽尘缘中……

谢谢劳尔,让我爱上了7这个数字。

一世情缘

作为球迷,十几年来我曾为劳尔写下了颇多的文字。作为《指环王:劳尔·冈萨雷斯传》一书的读者,我愿意把这本精美的图书介绍给更多的朋友。这本书文笔优雅,图文并茂,有大量精美的劳尔比赛及生活照片。他的恩师、队友、朋友、太太、孩子的照片也尽在其中。

劳尔是一个帅得可以出写真的男人,有多少女人“因为一副清俊,恋上一袭白衣”。可是与很多体育巨星绚丽多彩的感情生活相比,劳尔的感情生活太单一了,如同他进球后的庆祝动作。亲吻结婚戒指是我们最为熟悉的劳尔进球后的庆祝动作,他也因此得名:指环王。

“1999年在劳尔的人生中是最不平淡的一年。在一个完整的赛季结束后,刚刚年满22岁的劳尔和自己23岁的未婚妻玛曼·桑斯决定步入婚姻殿堂”。玛曼身材高挑,曾获得过世界超模大赛的亚军,他们是在一间酒吧认识的。这对金童玉女的婚姻甜蜜美满,十六年过去,他们拥有了五个孩子,就像贝克汉姆家的小七一样,玛曼怀了三次孕生了四个儿子(第三第四个儿子是双胞胎)之后,才迎来了小女儿玛利亚的出生。“此后,细心的西班牙记者就发现,劳尔在前往训练场时总会带着一个小挎包。劳尔告诉记者,里面装着女儿玛利亚的一只鞋,这会让他感觉女儿时刻都在他身边”。真是绝世好男人！劳尔的儿子们也热爱踢球,子承父业将是最好的选择,2012 年 4 月 28 日,劳尔最后一次代表沙尔克 04 队出战德甲联赛,比赛结束后,劳尔的五个孩子都穿上劳尔的 7 号球衣,与他一起告别沙尔克。还不满 3 岁的玛利亚,被劳尔紧紧地用左臂抱在怀里,那一幕温馨又感人。

足球是一项集体运动,每个球星的职业生涯中,要与无数的人打交道,俱乐部老板、教练、队医及工作人员、队友以及各种对手。劳尔是一个长情的人,除了一生一世的妻子、孩子、父母、兄弟,他还有很多一生一世的好朋友。

劳尔职业生涯的悲歌莫过于早早离开了国家队,因此错失了西班牙国家队获得欧洲杯冠军和世界杯冠军的巨大荣誉。在 2010 年世界杯决赛之前,西班牙队主教练阿拉贡内斯曾说,我们亏待了劳尔。尽管每次大赛之前让劳尔进入国家队的呼声都很强烈,但这个固执的老头一次又一次将他拒之门外。“2014 年 2 月 1 日,75 岁的阿拉贡内斯在马德里因病去世。远在卡塔尔多哈的劳尔盛赞阿拉贡内斯是一位伟大杰出的教练,并通过西班牙最大的通讯社埃菲社发表了悼词”。劳尔是一个对命运安排无怨无悔的男人。

在劳尔众多的队友兼好友当中,我最喜欢莫伦特斯。“劳尔在后来的采访中很多次提及 1995 年 U20 世青赛,因为他在此时结识了生命中的两位挚友:莫伦特斯和德拉佩纳”。我一直觉得劳尔和莫伦特斯在锋线上的配合最为默契,无论是在皇家马德里还是西班牙国家队。我最喜欢看他们两个人进球后忘情的拥抱,“他们分别在脚腕上文上了花骨和花刺的图案,这在古希腊是友谊最好的象征”。可这对光着屁股一起长大的好兄弟却不得不接受分离,2005 年 1 月,莫伦特斯转会利物浦。后来,他们还一度成为对手。2010 年劳尔也与皇马说了再见。戏剧性的是,2011 年 2 月劳尔代表沙尔克 04 回到西班牙迎战欧冠 1/8 决赛遭遇的对手巴伦西亚队,西班牙电视台请到的解说嘉宾正是莫伦特斯,他已于 2010 年夏天告别了绿茵场,成为一名足球解说员。“令无数球迷追忆的西班牙双子星终有一天成了西班牙足球史册中的一页动人篇章,但他们的友谊却成了与他们相伴一生的最大财富,成就了又一段足坛佳话”。

每一个皇马或者巴萨球员的传记中,都会有大量的篇幅记录他们在国家德比中的表现。《指环王:劳尔·冈萨雷斯传》也不能例外。作为梅西和瓜迪奥拉的粉丝,我选择在这篇文章中淡化书中的这些情节。“尽管皇马与巴萨的战斗在足球的范畴内永远不会停止,但劳尔与生俱来的平和、善良、真诚的气质却让他赢得了几乎一切对手的尊重,他与瓜迪奥拉的友谊在西班牙早已不是秘密”。

劳尔曾说过,在他的职业生涯里最难忘的队友就是瓜迪奥拉,既是对手也是队友。“我在国家队的第一个进球就是他传给我的,在我踢球的时候,他已经具备了当教练的能力”。正是这场比赛让瓜迪奥拉和劳尔结下了深厚的友谊,在劳尔进球后,瓜迪奥拉像大哥哥一样抚摸劳尔的头发。如今的瓜迪奥拉已是一代名帅,他曾说劳尔就是西班牙历史上最好的球员。在劳尔离开沙尔克 04 前往卡塔尔的选择中,瓜迪奥拉也投了赞成票。2014 年,当瓜迪奥拉率领拜仁慕尼黑队前往多哈进行冬训时,劳尔再次前往探望,并和拜仁球员们一起听瓜迪奥拉讲解战术。

瓜迪奥拉的巨大成功给了我们这样的想象:退役之后的劳尔能否步他的后尘?

如果是这样，这将是白衣王子劳尔带给我们的最大的安慰。

“我听到传来的谁的声音，像那梦里呜咽中的小河，我看到远去的谁的步伐，遮住告别时哀伤的眼神”，劳尔，我们期待着在绿茵场上继续看到你的样子。